KB029907

아틀란티스야, 잘 가

아틀란티스야, 잘 가

허수경 장편소설

문학동네

차례

| 작가의 말 |

이 이야기를 읽으실 분들에게

우리들의 마음속에는 언젠가 꾸었던 꿈들이 있습니다. 어쩌면 우리들의 마음은 그 꿈들이 숨죽이며 누워 있는 지층일지도 모릅니다. 그 꿈의 지층을 들여다보면 우리들이 가장 강렬했던 때, 그때의 얼굴이 우리를 바라보고 있습니다.

이곳 독일도 우리나라처럼 겨울입니다. 눈도 많이 왔어요. 이 시골 마을의 오솔길을 산책할 때면 먼 숲에서는 커다란 야생토끼와 사슴들이 지나가곤 합니다. 눈을 많이 달고 쓰러진 나무들 사이로 겨울 새들이 앉아 있기도 합니다. 이 글을 쓰기 전에 산책을 했습니다. 겨울 해가 막 넘어가는 것을 보면서 들어왔는데 집 안은 컴컴합니다. 오늘 저녁은 이 글을 쓰면서 지낼 작정입니다. 이 글이 끝날 때쯤이면 벌써 깊은 밤이겠지요. 지구 저편에 있는 저의 고향엔 막 아침이 찾아왔을 터이구요.

아마도 30년이나 묵은 이 이야기를 끄집어내는 것을 두고 많은 분들이 의아해하실 수도 있을 겁니다.

이 세계가 얼마나 빨리 돌아가고 있는데!

오늘도 얼마나 새로운 일들이 많이 일어나고 있는데!

하지만 30년 전 그 당시, 밤하늘에 떴던 별들은 아직도 밤하늘을 밝히지 않는지요.

하지만 30년 전 그 당시, 마음속에 떴던 별들도 우리의 마음 어느 깊숙이 떠돌아다니지 않는지요.

그 가운데 저의 별은 뚱뚱한 소녀입니다.

언젠가 어느 에세이에 쓴 적이 있습니다. 저는 소녀였을 적 뚱뚱했고 더 뚱뚱해질까봐 겁이 나는데도 단팥이 소로 든 찐빵을 먹었습니다. 알 수 없는 일이었습니다. 남들에게 놀림을 당하는 게 그토록 싫었으면서도 한편으로는 먹으면 자꾸만 뚱뚱해지는 단팥 찐빵을 먹어치우곤 했던 건 왜였을까요? 그 달콤한 맛이 외로움을 달래주었기 때문일 겁니다. 저는 그 외로움이 어디에서 발생했는지 지금도 잘 모릅니다. 다만 알고 있는 건, 그 외로움이 저라는 사람을 글 쓰는 일로 초대했다는 겁니다. 그 외로움의 컴컴한 하늘에 뜨던 단팥소 같은 별들. 그리고 그 시대. 우리들의 정치적인 자아가 형성되던 그 시대는 슬프고 무서운 시대였어요.

요즘 시대에 맞는 발랄하고 생기 찬 오늘의 이야기를 하지 않고 30년 전의 이야기를 하는 저의 마음 역시 착잡합니다. 더구나 이야기는 뚱뚱하고 외로운 한 소녀의 참담한 실패담입니다. 70년대의 한국이라는 작은 나라의 작은 도시, 어느 골목에서 일어난 이야기. 전쟁이 끝난 지 이십여 년. 분단과 독재, 가난과 경제 개발이 우리가 살았던 그 당시의 얼굴을 사로잡고 있던 때입니다. 그 시대, 어른들이 만든 불가해한 폭력의 세계에 갇힌 아이들이 꿈꿀 권리를 잃어버린 채 울고 있던 시절의 이야기입니다.

그 시절, 누구나 그랬겠지만 조금 다르다 싶으면 금방 눈에 띄었습니다. 모난 돌이 먼저 정을 맞는다고 수더분하게 시키는 대로 하라고 어른들은 늘 우리들에게 일러주었지요. 어른들이라고 어디 그러고 싶어서 그랬겠어요? 꿈을 가지고 키우고 좋은 책 많이 읽고 하고 싶은 말, 하고 싶은 일들 많이 하면서 자라라고 우리에게 말해주고 싶었겠지요.

하지만 그 당시의 어른들은 전쟁을 겪었고 가난에 몸서리를 쳤고 조금씩 조금씩 펴지는 살림이 소중했고 독재정치의 장막이 너무나 두터워 보였겠지요. 이해가 됩니다. 그 당시 어렸던 저의 세대가 지금 어른이지 않습니까? 아이들을 키우면서 당연히 아이들이 잘되기를 바라는 심정, 모진 일을 당하지 않고 제 갈 길을 가기를 바라는 염원은 지금 어른들도 예전 어른들처럼 가지고 있지요. 그 옛적의 어른들처럼 기만과 허위를 부리는 저 자신을 바라보면서 어른이 되는 건, 살아가는 건, 살아남는 건, 참으로 쓸쓸한 일이 아닐까, 싶었습니다.

저는 1992년 가을에 우리나라를 떠나와서 독일로 왔습니다. 7, 80년대의 그런 참담한 시절이 지날 거라는 순진한 믿음을 가지고 독일로 와서 공부도 하고 타국의 문화도 접하고 그랬습니다. 그리고 21세기가 시작되는 것을 독일에서 지켜보았습니다. 그리고, 제가 겪었던 그 시절이 아직도 우리를 떠나가지 못하고 아직도 우리들의 발목을 붙잡고 있는 것도 보았습니다. 아마도 한 사회의 권력 시스템이 한 개인에게 퍼붓는 가장 강력한 폭력은 꿈꿀 권리를 빼앗는 거라고 저는 생각합니다.

하지만 꿈의 지층은 강력해서 누군가가 꿈꿀 권리를 빼앗아버려도 우리의 마음속에 엎드려 있습니다. 그 꿈들을 발굴하듯 끄집어내어보면 그 꿈이 우리를 조심조심 수줍어하며 바라보고 있습니다. 마치 아주 오래전에 잃어버린 친구처럼 서먹하게, 마치 아주 오래전에 지나온 역처럼 낯설게요. 어떤 권력이라도 마음속에 든 것들은 빼앗지 못하지요. 그 어떤 불합리하고 부조리한 시스템도 한 인간의 마음속에 깃든 것들까지 끄집어내어 수용소 같은 곳에 감금하지 못하지요. 누구나 다 알고 있는 말을 장황하게 하고 있습니다. 부끄럽습니다.

그 시절, 외로워서 찐빵을 먹으며 뚱뚱해진 개발시대의 우울한 초상 같은 경실이는 몰래 꿈을 꾸다가 그 꿈마저 오해받습니다. 그리고 경실이 앞에 놓인 시대는 점점 어려운 정치현실로 치닫고 있었구요. 아마도 그 당시 중학생이었던 경실이는 고등학교를 다니고 대학을 가서 가두에서 데모를 하느라 청년시절을 다 잃어버렸을 수도 있고 현실에 맞추어 얌전한 여성이 되어 결혼을 했을 수도 있을 거구요. 지금의 경실이가 어떻게 살고 있든 그때의 경실이가 이룬 가장 큰 승리는 아마도 일기장 속의 아틀란티스가 아니었을까요? 혼자 몰래 지어보는 낙원에 대한 꿈…… 경실이의 친구들도 마찬가지구요. 그리고 그 소녀의 패배는? 거짓말이 거짓말을 낳는 것, 이었을 테구요.

이 글을 쓰는 동안 인터넷으로 들어가 우리나라 70년대 사진을 많이 들여다보았습니다. 대부분 흑백인 그 사진들 속에는 찌그러진 지붕, 마당에 널린 채 바람에 말라가던 빨래들, 공장 굴뚝에서 나오는 연기들, 가난한 살림을 싣고 리어카를 끌고 가는 중년의 아저씨나 사방치기를 하고 노는 골목의 아이들, 이발소, 목욕탕, 전신주와 어지럽게 널린 전선들이 자주 등장했습니다. 그 사진이 찍히던 시절의 모습을 인터넷을 통해서 독일의 한 시골 마을에서 보면서 자꾸만 눈시울이 붉어졌습니다. 밤이면 그 사진들이 자꾸 꿈으로 들어왔구요. 그리고 어릴 때의 제 모습에 가까운 뚱뚱한 아이, 경실이도요. 강물 앞에 빵집 앞에 혼자 먹는 밥상 앞에 있던 아이. 자신이 한 거짓말과 타인이 한 거짓말 속에서 결국 낙원을 잃어버리고 마는 아이. 문득, 그 아이가 저 같아 보였습니다.

후드득 일어나 찬물에 얼굴을 씻고는 한참 동안 거울을 바라보니 이제는 사십 중반을 살아가는 한 여자가 거울에 있었어요. 지나간 일들과 다가올 일들 사이에서 대책 없는 시간을 지나가고 있는 한 여자의 얼굴이었습니다. 다시 책상으로 돌아와 컴퓨터를 켜고 '아틀란티스야, 잘 가'라는 파일을 열었다 금세 파일을 닫았습니다. 그 시절의 이야기는 이렇게 가슴에 가득 차 있는데 어째서인지 좋다, 즐겁다라는 느낌보다는 힘들다, 부끄럽다는 느낌이 들 때가 더 많거든요. 그리고 낙원을 단 한 번도 가져본 적이 없다는, 낙원을 믿는 그 순진한 마음을 가져본 적이 없다는 느낌이 참 힘들었습니다.

만일 그런 느낌이 저의 생애에 단 한 번이라도 있었더라면!
없어서 더더욱 애달픈 낙원……
그래서 꿈꾸는 낙원.

아직도 혼자 외로워서 공책이나 컴퓨터에 자신만의 낙원 이야기를 지어보는 많은 분들에게 이 이야기가 조금은 위로가 되었으면 합니다. 잃어버릴 줄 알면서도 낙원을 꿈꾸는 분들에게는 더욱더요. 잃어버릴 각오가 되어 있지 않으면 낙원은 그냥 그저 그런 디즈니랜드가 아닐까요?

밤이 깊었습니다.

낙원의 밤도 깊어가구요.

공책을 닫으며 컴퓨터를 닫으며 잠을 조금은 자두어야겠습니다.

내일은 내일의 낙원을 준비할 하루가 우리를 기다리고 있을 테니까요.

2011년 새해를 맞으며

독일의 한 시골 마을에서 허수경 드림

1

나, 미미야

안녕, 일기장아.

내 이름은 미미야. 남쪽의 작은 도시에서 사는 아이. 오늘, 나는 너를 문방구에서 샀단다. 표지에 발레를 하는 소녀가 있어서 금방 내 맘에 들었어. 발그레한 뺨에 분홍빛 투명한 발레복을 입고 한쪽 다리를 들고 선 저 부드러운 빛 속의 소녀. 나도 발레를 하고 싶었지. 하지만 나랑 발레는 맞지 않아.

진짜 내 이름은 경실이야. 하지만 일기를 쓸 때면 내 이름은 미미. 아름다울 미가 두 개. 다른 일기장에도 나는 나를 미미, 라고 불렀어. 경실이라고 하면 진짜 내가 탄로 날 것 같아서. 그리고 경실이라는 촌스러운 이름보다는 미미라는 이름이 더 비밀스럽고 이국적으로 보이잖아. 진짜 나를 잊어버릴 수 있는 이름. 내 이름이 아니라 가짜 이름을 쓴다고 섭섭해하지 마라. 경실이라고 쓰면 우습고 서글퍼지거든. 시험지에도 명찰에도 다 경실인데 일기장 속에서만은 나는 다른 사람이 되고 싶어. 우리 좋은 친구가 되자.

나는 친구가 별로 없어. 오늘 너를 내 책상 위에 올려놓으니 친구가 하나 생긴 것 같네. 오늘은 내가 중학교 2학년이 된 날이야. 학교가 시작되었는데 나는 혼자였어. 새로 정해진 교실에서 혼자 앉아 있었단다. 교실에는 거의 60명이 되는 여자아이들이 있었는데 나는 언제나 그랬듯 교실 한구석에 앉아 있었어. 아무도 내게 말을 걸지 않을 거라는 걸 나는 잘 알지. 언제나 새 학년이 되면 그랬으니까. 암치도 않어. 한 번 그런 일을 당하면 분하고 화도 나겠지만 나에게는 언제나 있는 일인걸.

난, 눈에 확 띄는 아이야.

공부를 아주 잘해서, 얼굴이 하도 예쁘게 생겨서 그러면 얼마나 좋겠니. 하지만 나는 그렇게 예쁘지 않아. 내가 눈에 확 뜨이는 이유는, 너도 날 봤지? 내가 어떻게 생겼는지. 난 겁나게 뚱뚱해. 우리 반에서 제일로 뚱뚱한 아이. 아니, 우리 학교에서 제일로 뚱뚱한 아이가 나야. 내 별명은 진주표 소시지, 무 다리, 뚱돼지. 새 학년으로 올라오면 언제나 새로운 별명 하나가 더 붙지. 오늘도 그런 날이었어. 누군가 다가와 나에게 새로운 별명을 붙여주면 어쩌나, 겁을 먹고 교실 한구석에 움츠리고 있었단다. 마음을 단단히 먹고. 누군가 해코지를 하면 한 방 얼굴을 갈

겨주리라, 다짐을 하면서.

새 학년이 시작되는 것이 싫어서 사실 학교에도 가고 싶지 않았어. 새 교복도 맞추어야 하고 교련복에다 새 운동복까지. 시내에는 우리 학교 지정 교복점이 있는데 매년 새 학기가 되면 허리, 가슴둘레 등을 다시 재어야 하거든. 그 집에는 눈이 두꺼비처럼 툭 불거진 남자가 있어. 여학생들 몸 치수를 재면서 슬쩍 가슴을 만진다고 몇 번이나 고발을 당한 적이 있대. 그런데도 아직 그 집에서 일하면서 줄자로 여학생들 몸 치수를 재지.

1학년 때 그 집에 옷을 맞추러 갔더니 이러잖아. 옷감값만 해도 두 배는 더 내야 하는데, 아이고, 배도 배지만 젖가슴도 만만찮네…… 내 옆에서 남자의 중얼거림을 못 들은 척하고 있던 엄마는 얼른 남자의 손에서 빤질거리는 낡은 줄자를 빼앗아서는 직접 내 몸 치수를 재더니 도끼눈을 하고 말했지. "아자씨예, 돈은 내가 낼 낀데 아자씨가 와 말이 그렇게 많아예? 한 번 더 젖가슴 어쩌고 하모 내가 이 집구석 문을 닫게 해놓고 말 팅께! 아니모 휘발유통 들고 와서 불을 싸지르거나! 나 몰라? 이 자식아, 시청 건설부 부국장댁이다!" 남자가 얼굴이 벌겋게 되어서는 "사모님예, 죄송하게 되었네예. 워낙 제 주둥이가 싸서예"라고 비굴하게 고개를 열 번이고 스무 번이고 숙였어. 올해도 그곳에 가서 새 교복을 맞추어야 할까? 그럴 거야. 1년 사이에 내 몸무게는 늘었으면 늘었지 줄지는 않았을 테니. 정말 싫어서 눈물이 나려고 하네. 진짜 싫어 죽겠어! 진눈깨비가 내리는 거리를 엄마는 하이힐 소리를 똑똑 내면서 앞서서 걸어갔지. 뭐라고 구시렁거리면서. 나는 걸음이 빠른 엄마를 따라잡으려고 온갖 힘을 다해 걸으면서 찔끔거리는 눈물을 꾹 삼키며 혼자 말했어. 울지 마, 경실아. 울지 마, 경실아.

가끔 나는 나에게 말해. 나는 별을 바라보는 것을 좋아하는 소녀다, 라고. 그런데 별도 날씬하고 귀엽게 생긴 소녀가 바라보면 폼이 나지만 뚱뚱한 소녀가 별을 바라본다면? 별은 그걸 달갑게 여길까? 별은 날 바라보기나 할까? 그 생각을 하는 순간이면 나는 사라지고 싶어. 별도 바라보지 못하는 나, 내가 이 세상에 살아야 할 이유가 있을까?

내가 찐빵을 좋아하는 이유는 찐빵 속에는 아주 다디단 독과 같은 소가 들어 있어서야. 팥을 익혀서 껍질을 벗기고 설탕을 섞어 만든 소. 찐빵을 둘로 나누면 그 안에는 마치 뭉쳐 있는 별 같은 소가 들어 있지. 이것 봐. 뭉쳐진 달콤한 별들, 그 별들을 먹으면 정말 맛있어. 그 달콤함 뒤에는 서글픔이 번져오고 핑, 눈물이 돌지. 아, 내 배 안에는 달콤한 별들이 떠다니는구나.

집에는 아무도 없어. 엄마는 계모임이 있고 아버지는? 몰라, 나는 단 한 번도 이 늦은 저녁 시간에 아버지가 어디에 있는지 안 적이 없어. 오늘도 그런 날이야. 하지만 오늘은 조금은 특별한 날이었단다.

사실 나는 반찬이 오밀조밀 차려진 밥상에 익숙지 않아. 엄마가 차려준 밥상에는 김치면 김치, 오징어채면 오징어채 한 가지만이 놓여 있어. 오징어채를 한꺼번에 잔뜩 만들어놓고 일주일 내내 그것만 먹으라고 상을 들이미는 사람이 울 엄마야. 아버지는 집에서 수저를 잘 들지 않지. 아침 식사는 딱 한 가지. 국 한 사발이 다야. 그게 집에서 숟가락을 드는 단 한순간이고. 아버지가 남긴 국과 밥을 먹고 역시 오징어채나 김치 한 가지만이 든 도시락을 들고 나는 학교로 가곤 했어. 엄마는 그 잘난 도시락 싼다고 내 청춘 다 가네 어쩌네, 매일 죽는 타령을 했지. 초등학교를 졸업하면 니 도시락은 니가 싸라, 하더니 정말 내가 중학교에 들어가면서 엄마는 도시락조차 싸주지 않았단다. 아침이면 도시락 대신 나는 43번지 찐빵집으로 가서 찐빵을 사. 그 찐빵이 내 점심 도시락이야.

언제나 나는 혼자서 밥을 먹지. 엄마 역시 집에 없어. 둥근 상에 혼자 앉아 찬밥을 물에 말고 김치나 오징어채를 밥에 얹어 먹는 동안 이상하게도 나는 살이 찌기 시작했어. 오징어채도 없을 때면 엄마는 돈을 쥐여주었지. 중국집에 가서 자장면을 먹으라는 뜻이었어. 자장면집에도 자장면을 제외하면 단무지나 양파만 있잖아. 혼자서 머리를 박고 그런 것들을 넘길 때면 외로웠어. 밥 먹는 일은 외로움이었고 외로움은 내 신경을 나른하게 만들었어. 나른한 신경들은 뛰어야 할 때 걷게 만들었고 서야 할 때 앉게 만들었으며 앉아서 해야 할 일을 누워서 하게 만들었어. 그사이 살은 소록소록 돋아나고 있었지. 처음엔 소록소록이었다가 어느 날부터 뒤룩뒤룩, 살은 온몸을 점령해버렸어. 턱과 목의 선을 지워버렸고 엉덩이와 허벅지의 선을 뭉개버렸어. 학교에서 돌아와 어두컴컴한 식당 방에 쪼그리고 앉아 밥을 먹고 나면 나는 바깥으로 나가지 않고 내 방으로 갔어. 난 거의 혼자였지. 뚱뚱해지면서 사람들이 자꾸 쳐다보자 바깥으로 나가는 게 딱 질색이었거든. 신체검사를 하는 날이면 저울에 올라서면서 울었어. 아이들은 서로 저울 눈금을 보려고 몰려들어서 눈금이 멈추어 서면 와, 하고 소리를 질러대었어. 그때면 나는 저울에서 내려와 교실 문을 나가서는 운동장을 가로질러 뛰어갔어. 뛰어가는 내 뒷모습을 보며 아이들은 더 신이 나서 놀려댔지. 살이 출렁이는 모습을 누구에게도 보여주고 싶지 않은데도 나는 운동장을 가로질러 달렸어. 빠르면 빠를수록 이 곤욕에서 벗어날 수 있을 것 같아 이를 악물고 달렸어. 그러다가 돌부리에 부딪혀 넘어지기라도 하면 그제야 흐르던 눈물은 멈추었어. 언제부터인가 분하고 분하면 되레 눈물이 나지 않더라.

나는 공부도 중간 정도, 노래도 중간 정도이긴 하지만 몇 가지 중간을 넘어서는 게 있어. 뚱뚱하다는 건 이미 적었지? 그다음은 우리 집이야. 우리 집은 아주 부자란다. 우리 반에서 제일로 부잣집 딸이 나일걸. 하지만 우리 집이 부자라는 건 비밀이야. 우리 아버지는 시청 건설부 부국장이야. 말하자면 공무원이지. 엄마는 코티분으로 얼굴을 딱딱 때리다가 뭔가 켕기는지 뒤를 돌아보며 말해.

"우리는 이 집 하나가 다다. 다른 데 건물이 있고 땅이 있다는 거 누구에게도 말하지 마라. 니가 외동딸 아이가. 집안의 비밀은 너도 지켜야제."

그러고는 다시 거울을 들여다보고 입술을 쫑긋거리다가 머리칼을 뒤로 넘기면서 혀를 끌끌 차.

"가시나가 저리 뚱뚱해서 뭘 하겠노. 어디서 주워온 것도 아닌데 에미 애비 닮은 데라고는 한 군데도 없으니……"

울 엄마는 나랑 달라. 날씬하고 예뻐. 쉰이 다 되어가는데도 볼이 불그스름하고 허리가 잘록 들어간 원피스를 입어도 잘 어울리지. 하루가 멀다 하고 미장원을 다니니까 머리 스타일은 또 얼마나 멋진데. 한복을 입어도 양장을 입어도 다 예뻐. 엄마가 지나갈 때마다 향긋한 분내가 나.

"엄마, 인생이 뭔교?"

"아니 가시나가 뭔 그런 징한 소리를 배워가지고는."

엄마는 성깔이 여간이 아냐. 그리고 남편처럼 본인도 썩기는 마찬가지여서 아래 직원이 추석이나 설을 놓치고 사과 궤짝을 보내주지 않으면 그다음 곗날에 그 직원 누나나 여동생의 혼전 구설수 등등을, 없으면 지어내고 있으면 부풀려 늘어놓았지. 나는 딱 한 번 엄마에게 내 의견을 말한 적이 있었어.

"아무리 징해도 인생이라는 말이 없으면 몰라도 있는 바에는 생각이라도 한 번은 해야지예."

엄마는 사실 그날, 나랑 그런 말싸움을 할 시간이 없었어. 계모임이 곧 시작될 거고 입고 갈 외출복은커녕 아직 세수도 하지 않은 토요일 오후였단다.

"밥 먹고 자고 화장하고 미장원에 댕기기나 하는 게 인생입니꺼. 좀더 높은 거, 좀더 귀한 거, 좀더 차원이 되는 거……"

"아니, 이 가시나가 교회 집사가, 와 그리 말도 유창하노. 중핵교까지 댕긴다고 유세하나."

나는 침을 꼴깍 삼키고 엄마를 빤히 들여다보았어.

"니체, 라고……"

"니체, 그게 뭐꼬?"

"철학자 니체. 그 사람 말이, 괴물을 오랫동안 응시한 자는 괴물을 닮는다, 고 하데예. 그러니까 내가 하고 싶은 말은……"

순간 나는 엄마의 눈에 독침이 어른거리고 있다는 걸 눈치 챘지. 그렇다고 이왕 시작한 말을 삼킬 수는 없는 일이었어.

"계모임에 나가면 맨날 똑같은 남의 이야기나 하는 그 여편네들하고 똑같이 된다 말."

엄마는 날 빤히 바라보았다. 시뻘건 얼굴을 하고선. 한동안 말문이 막힌 듯하더니 목소리를 낮추어 나직하게 그러나 또박또박,

"니체가 니 애비가? 그런 시간 있으모 살이나 빼라. 지연이 좀 봐라, 여상 다니는데 그리 빼빼하고 곱상하니 벌써 비단집 김사장이 며느리로 점찍어놨다 안 카나."

나는 멀찌감치 물러서버렸어. 하긴 니체가 누군 줄 나라고 알 턱이 있겠니? 알았더라도 니체가 내 아버지는 아니니 엄마 말이 맞기는 하지. 그 철학한다는 작자의 말은 학교에 교생 실습을 나온 대학생한테 들은 말이었어. 엄마는 세수를 하고 분을 바르고 원피스를 입더니 양산을 집어들었어.

"하고, 오늘 니 아버지 늦게 돌아오니까 이 돈으로 찐빵을 사 먹든가 아니모 라면 끓여 먹든가. 외동딸 하나라고 애지중지했더니 에미 가르치려고 발광을 하네. 내 늙으모 네 집에 가서 밥 안 얻어먹을 테니 니 인생은 니 인생, 내 인생은 내 인생 하자. 니 인생은 고상한 찐빵이고 내 인생은 막가는 차 아이가."

나는 엄마의 아직도 가녀린 허리를 바라보았어. 저 허리로 고상해지기는 틀린 모양이지. 나는 뭉툭한 내 다리를 내려다보았어. 비참했어. 고상과 비참은 같은 말인가봐. 그래야 나다니지 않고 집 안에 틀어박혀 책이나 읽을 수 있는 것은 아닐까? 엄마는 나가기 전에 몇 마디를 덧붙였어.

"그런 소리 자꾸 하모 네 방에 있는 책, 확 불질러불 끼다. 가시나가 책 많이 읽으모 자살 아니모 서방 서넛 거느리는 쌍년이 된다 카대. 하긴 저 몸에 서방이 하나는 붙겄나. 아무쪼록 바람이나 일찍 나서 이 집 어서어서 나가라. 그게 내 도와주는 기다."

그래. 그렇고말고. 나는 그 이후로 엄마와 인생에 대한 모든 대화를 중지했어.

아버지는?

아버지는 서울 사람이야. 이 지방에 산 지가 20년이 넘어가는데도 언제나 또박또박 서울말만 해. 말은 별로 없지. 번듯하게 잘생긴 중년. 그런데 딸이 이렇게 뚱뚱하니 아버지도 내가 부끄러운가봐.

"시청에 오지 마라. 아버지가 일하는 데 집안 식구들이 얼쩡거리면 보기 좋지 않다."

내가 앉아 있는 이 방 안에는 책이 참 많지? 사실 이 책은 내 책이 아니고 우리 아버지 책이야. 내가 중학교 들어가니까 아버지는 책들을 내 방에다 옮겨주었어. 아직 네가 읽을 만한 책은 없겠지만 책하고 친해지는 거는 나쁜 일이 아니다, 하면서. 우리 집 잔일을 하러 가끔 오는 정선이 아지매가 아들을 데리고 와서 책을 다 옮겨주었어. 난 아버지가 집에서 책을 읽는 모습을 단 한 번도 본 적이 없어. 그런데 저 책들 좀 봐. 언제 아버지는 책들을 사서 재어두었을까? 아버지와는 전혀 어울리지 않는 저 책, 희곡집, 시집, 소설집, 수필집…… 그리고 저기 모퉁이에 꽂힌 책들은 아버지가 입학 선물로 사준 거야. 세계위인전집. 처칠, 잔 다르크, 나이팅게일, 간디, 루스벨트. 죄다 외국 사람이네. 그리고 진짜 유명한 사람들이고. 이 세상을 위해서 좋은 일은 많이 했다고 하는데, 하필이면 아버지가 왜 나에게 이렇게 거룩한 사람들의 일생이 적힌 책을 선물했을까? 어딘가 찔려서? 그리고 나는 저런 위대한 사람들이 싫어. 그런 사람들의 일생을 읽다보면 꼭 누가 내 옆에서 거짓말을 하고 있는 것 같아. 그리고 자꾸 주눅이 들고. 저렇게 고귀하고 높은 이상을 가슴에 품고 일생을 보내다니…… 나 같은 뚱뚱한 아이가 도달할 수 없는 곳에 있는 사람들의 일생은 지루해. 아버지는 이 위인전집을 선물하면서 이렇게 말했지.

"전쟁만 없었으면 나는 의사나 예술가가 되었을 거야."

아버지는 엄마가 쓰는 사투리를 아주 싫어해. 아무리 서울말을 가르쳐도 엄마는 사투리만 썼고. 아버지는 또박또박 서울말로 공사 허가를 내주면서 돈을 받기도 했고 누구누구 승진에 관여하면서 또 돈을 받았어. 그 돈으로 아버지가 뭘 하는지 나는 몰라. 아버지가 어디에다 돈을 쓰는지 알았더라도 나는 손을 쓸 수 없었을 것이고. 아버지의 부패는 아버지의 몫이잖아. 그게 내 몫이야?

"의대 다닐 돈이 없어서. 네 할아버지가 일찍 돌아가시는 통에 건진 거 하나 없이 수도를 등지고 나왔으니. 그게 다 한이란다. 의사가 될 생각, 없니? 사람들 고쳐주고 어려운 사람들 도와주고."

아버지의 말을 들으면서 나는 속으로 웃을 수밖에 없었어. 어려운 사람을 도우라니. 내가 보기에는 아버지가 어려움에 빠져 있는 사람이었거든. 부패와 부정의 나날을 새마을 사업하듯 펼쳐나가는 아버지. 그러니까 아버지를 도우라는 말이야? 아버지는 주머니에서 지폐를 꺼내 들었어.

"인생은 짧다. 허나 의사의 길은 길어. 책 사봐라. 아니면 저금하든가. 뚱뚱하니 돈이라도 있어야 어찌 살길이 열리지 않겠니? 아니면 여의사가 되면 말이다, 뚱뚱한 게 무슨 상관이 있겠니?"

돈만 있다면, 이라는 말은 이 도시를 휩쓸고 다니는 주문과 같은 말이야. 다방에 모여서 갈빗집에 모여서 꽃놀이를 하느라 인근 해안에 있는 횟집에 앉아서 날것들을 집어 먹으며 삭힌 것들을 집어 먹으며 사람들은 돈 이야기를 했지. 인물만 있다면, 이라는 말도 언제나 돈과 같이 따라다니는 말이었고.

나는 알아. 아버지의 시청 월급으로는 그 많은 건물과 땅을 살 수 없었다는 걸. 그래서 아버지는 가끔 돈을 받나봐. 건물 허가를 내주고, 산지 개발 허가를 내주고, 산동네 개발 허가를 내주고. 집을 짓고 다리를 놓고 길을 만드는 데 왜 돈이 오가는지 나는 잘 알아. 건설부 부국장집 딸이잖아. 사는 집이 헐려서 보따리를 머리에 이고 코 흘리는 아이는 업고 걸을 만한 나이가 된 아이는 걸리면서 산동네로 모이는 아지매들, 몽둥이와 각목을 손에 들고 철거를 하러 오는 경찰들과 맞서면서, 나 죽여라,

나 죽여, 하면서 한쪽 신발은 어디에다 두었는지 구멍 뚫린 양말만을 신은 채 질질 끌려가던 아저씨들…… 철거된 집을 떠나지 못하고 무너진 집 옆에서 석유곤로를 내놓고 밀수제비를 끓이던 아지매들과 쪼그리고 앉아 먹을 것을 기다리는 아이들. 먼발치로 그런 모습들을 보면서 나는 아버지를 떠올렸어. 깔끔한 서울말, 근사한 양복에다 은은한 포마드 냄새를 풍기는 아버지. 무작정 눈물이 나려고 했지. 그럴 때마다 나는 43번지 찐빵집을 찾아가. 김만수씨가 하는 찐빵집이란다.

"저 푸른 초원 위에 그림 같은 집을 짓고, 쓰바."

찐빵을 쪄내면서 김만수씨가 부르는 노래야.

"사랑하는 님과 함께, 쓰바, 한평생 살고 싶네, 쓰바."

김만수씨는 어떤 노래를 불러도 언제나 후렴으로 쓰바, 를 집어넣지. 연분홍 치마가 봄바람에, 쓰바, 라고 할 때도 있고 사공의 뱃노래 가물거리며, 쓰바, 라고 할 때도 있지. 쓰바가 뭔교? 라고 내가 물으면 김만수씨는 말하지.

"경실아, 내가 이래 봬도 과거 있는 놈이다. 묻지 마라, 맨발의 청춘이었으닝께로. 내가 새마을 사업 일선에 나서서 녹색혁명을 하는 영농 후계자의 꿈을 품고 농업전문대학 갈라꼬 이 도시로 왔건만 밀수에다 시장번영회 사업에다 다른 사업에 정신을 팔고 있다가 전과자의 낙인을 가심에도 몸에도 콱 찍고 사는 와중 아이가. 그나저나 찐빵 그리 많이 묵다가 어쩔라고 그라노.

내사 좋제, 니가 단골잉께. 하나, 니는 계집애 아니가. 인물이 좀 돼야 앞길도 있는 긴데. 하긴, 네 아버지가 건설부 부국장이니께 별걱정은 없겄다만. 돈 아니모 권력이제. 하지만 니가 내 단골이니까 하는 말이다, 뜨개질집 김양처럼 될라꼬 그라나, 서른여섯인데 아직도 시집도 못 가고."

김양 언니는 정말 뚱뚱해. 나만큼은 될 거야. 43번지 찐빵집은 먹을 것만 파는 골목 안에 있는데, 그 골목에는 돼지머리를 눌러 파는 집이 있거든. 그 가게에 철퍼덕 주저앉아서 도마에 썬 고기를 몇 점씩 허겁지겁 집어먹는 김양 언니. 얼마나 먹는 속도가 빠르던지 고기는 삽시간에 없어지고 새우젓 국물로 얼룩진 도마만 금방 남아. 아줌니, 한 근만 더, 라고 김양 언니가 말하면 가게 아지매는 혀를 끌끌 차고 난 뒤 다시 한 도마 가득 썬 고기를 내오지.

"내 딸이 아니니 내가 간섭할 건 없다만 고만 작작 해라. 벌써 얼매나 묵었노?"

"아따, 내가 서방이 있소, 자식이 있소. 무신 낙으로 내가 산다꼬."

"가게가 안 있나. 가게 재미도 없나? 글고 술도 작작 묵으레이. 혼잔데 밤에 그리 술을 많이 처마시모 어쩔라고 그라나. 내 솥에서 삶긴 고기 묵어주었다고 나보고 송장이라도 치르라고?"

김양 언니는 들은 척도 안 하고 머리 고기에다 된장과 고추장을 발라 김치를 얹어 먹고 또 먹었지. 다른 사람들한테는 말도 척척 잘 걸고 웃음소리가 요란한 김양 언니는 나만 보면 슬그머니 피해가버려. 김양 언니가 뭔가를 먹어치우는 것을 내가 우연히 보기라도 하면 나쁜 짓을 하다가 들킨 사람처럼 슬그머니 젓가락을 내려놓고 딴 곳을 보지. 참 이상한 건 나도 그래. 찐빵을 먹으며 43번지 찐빵집을 나서다가도 김양 언니가 종종걸음을 하며 머리 고기 옆집에 있는 선지 해장국집으로 들어가는 것을 보면 얼른 먹던 찐빵을 숨겨. 서로 눈이 마주치는 것도 피한단다. 김양 언니의 통짜 허리를 보면서 난 내 무 다리를 생각하지. 김양 언니도 그럴까, 살이 뒤룩거리는 내 허리를 보면서 식빵처럼 겹겹이 오른 자기 뱃살을 떠올릴까? 김양 언니랑은 마주치지 않는 것이 좋아. 김양 언니는 43번지 찐빵집으로는 안 오니까 내가 그곳을 자주 들랑거리는 걸까? 단 건 좋아하지 않나부다 했더니 웬걸, 조청에 푹 적셔놓은 인절미를 볼이 미어져라 먹는 걸 나는 떡전에서 보았지. 근데 왜 찐빵은 안 먹는지 몰라.

오늘은 학교 첫날이어서 특별하기도 했지만 다른 일도 있었단다.

새 담임 선생님.

선우현이라는 세계사 선생님이 우리 반 담임이 되었어. 새로 부임해온 분이었지. 교실 문이 드르륵 열리는데도 나는 고개만 숙이고 있었어. 1학년 담임 선생님은 일제시대 때 일본에서 자란 발레를 전공한 무용 선생님이었지. 정년을 앞두고 있는 분이었는데 나는 그 선생님을 좋아하지 않았어. 그분은 나에게 아주 친절했지. 발레를 하면 살이 빠질지 모른다고 하면서 날 발레반에 들이려고 했지. 딱 한 번 발레반에 갔어. 발레복은 얼마나 예뻐. 분홍색의 토슈즈는 또 얼마나 고와. 그런데 문제는 그 예쁜 발레복이었지. 어깨를 드러내고 허리를 잘록하게 하고 무릎까지와 닿는 화사한 꽃 같은 발레복. 내가 발레실에 들어가자 연습을 하고 있던 상급생 언니들이 꺄르륵 웃지 않겠니? 어머, 재가 여기를 다 오다니. 선생님은 손뼉을 탁탁 치면서 지휘봉을 들고는 말했지, 조용히! 조용히! 그 순간, 나는 발레실을 나와버렸어. 그리고 1년 내내 선생님이 발레 이야기만 하면 눈을 꽉 감고 있었어. 나랑 발레? 어울리지 않아. 그런 예쁜 옷을 내가 입다니.

고개를 숙이고 있는 내 앞으로 그림자 하나가 불쑥 나타났어. 고개를 슬그머니 드니 커다란 뿔테 안경에다 단춧구멍만한 눈을 가진 남자가 내 앞에 허리를 굽히고 서 있지 않겠니. 내가 고개를 들자 남자는 나를 잠깐 바라보더니 다시 교단으로 갔어. 그리고 칠판에다 이름을 적었지. 선우현.

"나는 세계사 담당이다. 사범대학을 졸업하고 5년 동안 다른 학교에 있다가 이 학교로 발령을 받았다. 우리 서로 잘해보자."

누군가 크게 물었어. 결혼은 했능교?

"아니."

"애인은 있능교?"

"있다."

와아, 웃음소리가 요란하게 났지. 다들 서로 때리고 허리를 배배 꼬면서 웃느라 교실은 야단법석이었어. 나는 그냥 멍하니 바라만 보았단다. 선우현 선생님은 애인 이름이 김추자라고 했어. 가수 김추자 애인이네예, 그라모? 누군가 또 애꿎은 소리를 했단다. 그 순간 분필이 날아가서 그 말을 한 아이의 이마를 정통으로 때렸어. 교실이 순식간에 조용해졌지.

"울 아버지는 외팔이 상이군인이고 전쟁이 끝나고 난 뒤엔 부산 서면에서 딱성냥을 팔다가 폐렴으로 돌아가셨다. 울 어머니는 중앙시장 골목에서 지짐이를 부쳐서 나를 학교에 보냈다. 나는 신문을 돌리고 폐지와 빈 병을 주워 팔고 야간을 다녀서 사범대학을 나온 인간이다. 옛일을 잘 알아야 내일이 보인다는 걸 믿고 세계사를 공부했다. 사실은 더 공부를 하고 싶었지만 집안 사정으로 사범대학엘 갔다. 이만큼이 내 이력이다. 각설하고 다른 남선생들하고는 달리 나는 여자는 안 때린다. 분필이 날아가서 이마를 때리든 목을 때리든 그건 내가 때리는 건 아니니까. 여자는 절대로 때려서는 안 된다고 아버지에게 하도 얻어맞은 울 어머니가 내게 신신당부한 말이다."

선우현 선생님은 차갑고 살벌하게 말을 마치고는 몸을 돌려 칠판을 닦았지. 그 순간 내가 뭘 보았는지 알아? 다른 아이들은 모르겠지만 나는 분명히 보았어. 선생님의 실밥이 터진 낡은 바지 주머니 위에 마른 밥알과 멸치 대가리가 몇 개 붙어 있는 걸. 그걸 보자 웃음이 나오려고 하는 걸 나는 간신히 참았지. 첫날이라 오전 수업뿐이었단다. 나는 너를 문방구에서 사고 쌀쌀한 바람을 맞으며 43번지 찐빵집까지 걸어갔지. 점심을 해결해야 했거든. 문을 열려다 말고 안을 들여다본 나는 깜짝 놀라고 말았어. 찐빵집에 선우현 선생님이 앉아 있는 거야. 그리고 만수씨가 탁자를 마주하고 앉아 있었지. 들어갈까 말까 잠시 망설였어. 처음에는 찐빵 말고 오늘은 중국집에나 가자, 하다가 슬그머니 호기심이 들잖아. 선우현 선생님이 찐빵집에서 만수씨와 마주 보고 앉아 있다? 나는 문을 열었어. 두 사람이 일제히 나를 바라보았어. 만수씨는 뚱보 경실이구나, 하는 눈이고 선생님은 재 혹시 우리 반 아이 아냐? 하는 눈으로 날 바라보았지.

"아저씨, 찐빵 다섯 개."

만수씨는 아무 말 하지 않고 손가락으로 찐빵이 쌓여 있는 선반을 가리켰지. 나는 찐빵 다섯 개를 선반 옆에 걸어둔 검은 비닐봉지에 집어넣고 돈을 두고 나가려고 했어. 그런데 만수씨가 무슨 맘인지 날 부르는 거야.

"경실아, 오늘도 찐빵이 점심이가. 마침 내도 내 고종 동생도 때를 챙겨야 하닝께 같이 먹자. 오뎅 넣고 시금치 넣고 끓인 우동인데 니도 괘않나?"

"언지예."

나는 고개를 흔들었어. 선우현 선생님이 만수씨 고종 동생이라는 말에 깜짝 놀랐거든. 그리고 만수씨 얼굴이 그리 밝아 보이지도 않았고. 금방 찐빵집에서 사라지고 싶었지. 나가려고 하는 나를 선생님이 불렀어.

"니 우리 반 학생 아이가?"

주춤주춤 땅을 내려다보면서 나는 고개를 끄덕였어. 선생님이 와라, 와라, 손짓을 하는 거야. 나는 쭈뼛쭈뼛 다가갔지.

"이름이 뭐꼬?"

"박경실인데예."

"여 단골이가?"

"예."

나는 혀를 깨물었어, 잔뜩 긴장을 했거든. 선생님이 왜 여기서 끼니를 때우냐고 물을까봐.

"우리 형님이 찐빵 하나는 잘 찌지. 저리 무거운 무쇠솥 뚜껑도 번쩍번쩍 들어올릴 줄 알고. 손은 넙적해도 저래 봬도 섬세하기는 알랑 들롱이다."

킥킥 웃음이 터져나왔어. 프랑스 영화배우 알랑 들롱이라니? 저 두꺼비 손이? 나는 만수씨가 하자는 대로 우동을 같이 먹기로 마음을 고쳐먹었단다. 우동은 맛있었고 다 좋았어. 선우현 선생님은 인물로 치면 그렇게 잘나 보이지는 않지만 참 착한 분 같았거든. 그리고 내가 뚱뚱하다는 눈치를 절대로 보이지 않았고. 내가 우동 속에 든 오뎅을 다 건져 먹자 선생님은 자기 우동 안에 있던 오뎅을 건져서는 내 그릇에 넣어주면서 많이 묵어라, 먹다가 죽은 귀신은 없신께로, 라고 했다. 세상에, 나보고 많이 먹으라고 하는 사람이 있다니, 다들 작작 묵어라, 하는데. 나는 웃어야 할지 울어야 할지 몰라서 젓가락에 든 오뎅을 보면서 잠시 생각하다가 그냥 입안에 집어넣었단다. 만수씨가 암말도 하지 않고 국수 가락만 후루룩 넘기면서 연방 땀을 닦는 통에 더 이상 난 아무것도 물어보지 못했어. 두 사람 사이가 정말 사촌인지 뭔지 말이다. 사람과 사람들 사이는 조금 이상한 거라 속사정을 안다고 하더라도 진짜 그 사정을 알까, 싶은 생각이 나에겐 있었거든. 누가 내게 물어봐, 내가 왜 이리 뚱뚱한지. 난 몰라…… 일기장아, 넌 아니?

그런데 진짜 특별한 일은 집 앞에서 일어났어. 대문 앞에 누가 보따리를 가슴에 안고 서 있는 거야. 검은 치마에다 흰 교복을 입은, 나보다는 조금 더 나이가 들어 보이는 여학생이었어. 키도 크고 눈도 크고 아주 예쁜 여학생이었어. 하지만 얼굴이 새까맣게 탄 게 시골에서 올라온 것 같았지. 나를 보자 여학생은 활짝 웃으며 말했어.

"니가 경실이제. 한눈에 봐도 척 알겄네. 나는 니 이복언니, 정우다."

나는 가슴이 쿵, 내려앉았단다. 이복언니라고?

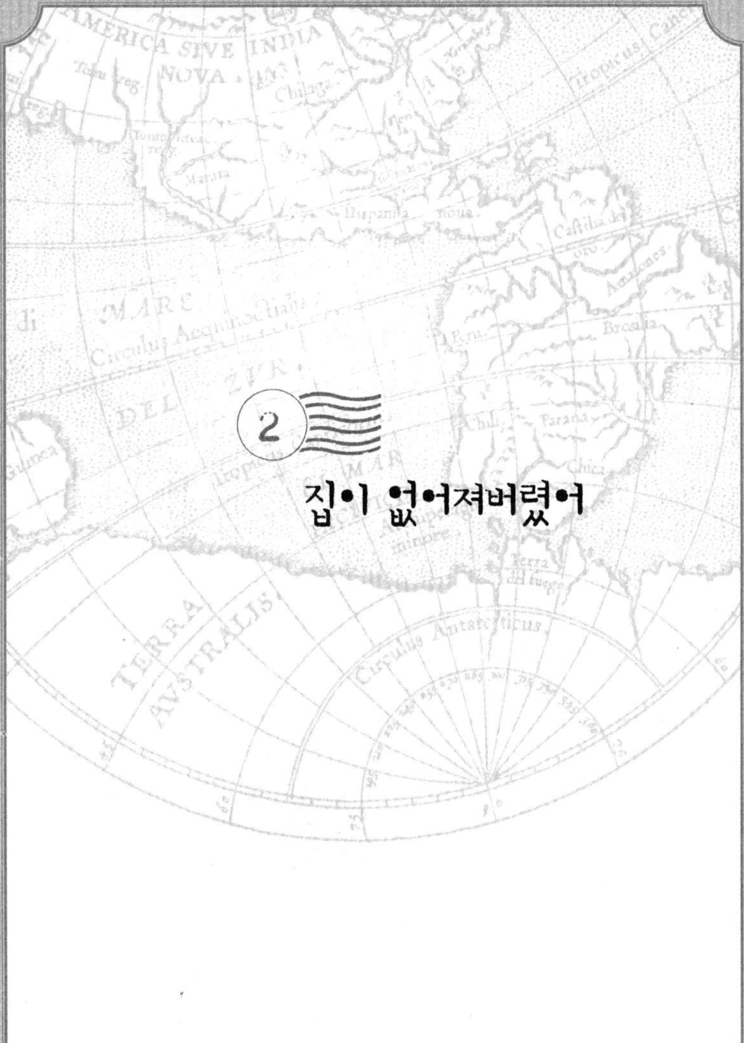
AMERICA SIVE INDIA
NOVA
Hispania nova
MARE
Circulus Aequinoctialis
DEL ZVR
TERRA
AVSTRALIS
Circulus Antarcticus
Peru
Chili
Parana
Brasilia
Amazones
Terra del fuego

2

집이 없어져버렸어

일기장에게.

대문 앞에서 보따리를 들고 있던 정우는 내가 대문을 열어주자 성큼 집 안으로 들어오며 집 하나, 참 좋네. 이거 정원이라는 거가. 아이고, 저거 향나무 아이가. 연못도 있네. 두리번두리번, 감탄에 감탄을 계속하면서 현관까지 왔어. 우리 집에 그래, 정원이라는 게 있잖아. 정원을 지나면 현관, 그리고 현관에서 신을 벗고 올라가면 거실이 있지. 정우는 현관문 안에다 보따리를 던져두고는 운동화를 벗고 거실로 들어섰어. 입이 딱 벌어져서는,

"소파, 전축 좀 봐라. 테레비도 저리 크나?"

이복언니. 나는 그런 언니가 있다는 말을 단 한 번도 들어본 적이 없었어. 엄마조차 나에게 이복언니가 있다는 걸 모를 것만 같았어. 이복언니가 나에게 있다면 아버지가 다른 여자를 두고

있다는 뜻인데…… 그러니까 나보다 나이 많은 이복언니. 아버지는 엄마를 알기 전에 이미 다른 여자랑 결혼이라도 했단 말? 이런저런 복잡한 생각이 머릿속에서 오갔지만 경실이제, 라고 말하는 통에 나는 덥석 정우를 집 안으로 들여놓고 말았던 거야. 엄마가 안다면 뭐라고 할지 조금은 걱정이 되었지만 말이야.

하지만 그날 엄마는 유난히 늦었어. 아버지는 물론이고. 정우는 거실에 있는 소파에 앉아서 단어장을 놓고 영어 단어를 암기하면서 시간을 보내고 있었어. 저녁이 되어가자 배가 고팠지. 우동 한 그릇에다 찐빵 다섯 개가 오늘 먹은 거 전부였으니…… 하지만 거실에 있는 정우를 놔두고 혼자 자장면을 시켜 먹을 수는 없었어. 부엌에는 보나마나 먹을 게 아무것도 없을 거고. 나는 방에서 나와 정우에게로 갔어.

"배 안 고프나?"

정우가 단어장에서 눈을 떼더니 날 바라보았어. 그리고 고개를 끄덕였지.

"집에는 묵을 만한 게 없는데, 우리 외상으루다 자장면이나 시켜 묵자."

"자장면?"

정우는 의아하다는 듯 날 바라보았단다.

"와, 자장면 싫어하나? 아니모 우동? 우리 동네 남도반점, 우동 좀 한데이."

"아니, 싫어하지는 않는다. 하지만…… 자장면은 좀 특별한 날 묵는 거 아이가?"

정우는 그렇게 말하고는 날 빤히 보았지. 나는 좀 어색해졌어. 맞는 말이네. 자장면은 그래, 조금 특별한 날 먹는 거지. 적어도 다른 사람들한테는 말이야. 졸업식이나 입학식, 학교에서 상을 타거나 집안에 좋은 일이 있어서 식구들이 외식을 하거나 할 때 탕수육 한 그릇 시키고 자장면이나 우동을 시켜놓고는 서로 많이 먹겠다고 젓가락을 잽싸게 움직이며 아직 삼키지도 않았는데 입안에 다시 면을 집어넣으면서, 몇 점 들어 있지도 않은 돼지비계는 아껴서 나중에 먹으려고 그릇 밑으로 꽁꽁 숨기면서 먹는 음식이지. 하지만 나에게 자장면은 잔치 음식이 아냐. 집에 먹을 게 마땅찮을 때 엄마가 쥐여주는 돈으로 사 먹는, 그저 그런 음식일 뿐이었어.

"오늘, 특별한 날 아이가. 생전 보도 듣도 못한 니가 나, 이복 언니다, 하고 짠, 나타났응께."

정우는 귀 끝이 빨갛게 달아오르더니 영어 단어장을 탁 덮었어. 그러고는 발딱 일어나더니 가야겠다고 했어.

"어데로 갈 낀데?"

"역전에 있는 여인숙에 방을 하나 얻었데이. 니 어머니 오거든 정우 거기 있다 캐라. 그라모 알 끼다. 이 쪽지 전해주었시모 좋겠다."

단발머리를 자꾸 귀 뒤로 넘기면서 정우는 말했어. 쪽지에는 역전 여인숙의 주소가 적혀 있었지. 그리고 올 때와 마찬가지로 정우는 보따리를 들고 현관을 나섰단다. 나는 나가는 정우를 붙들지 않았어. 다만 현관 창문으로 집을 나가는 정우를 오래 지켜보았어. 날씬하고 긴 종아리, 단발머리…… 이복언니라고? 저렇게 예쁜 소녀가 내 이복언니라니. 초봄의 저녁은 아주 쌀쌀했어. 나는 외투도 없이 두툼한 스웨터 하나를 교복 위에 걸쳐 입고 보따리를 안은 채 걸어가는 정우를 아주 오래 바라보았단다. 당차네…… 여인숙에다 방을 얻어놓기까지 하다니. 낯선 사람들도 얼마나 많을 텐데.

어렵쇼!

술에 잔뜩 취한 엄마가 거의 자정이 가까워서야 집으로 돌아왔어. 이제 술까지 마시나, 한마디 하려다가 현관문을 열고 조심스럽게 구두를 벗는 엄마를 나는 뚱하게 바라보기만 했지.

"아직 니 아부지, 안 왔제?"

"……"

"오늘, 니 아부지 진짜로 집에 안 들어올랑갑네."

"정우, 아능교?"

엄마는 스타킹 한쪽을 벗으며 거실 소파에 털썩 앉았다가 내 입에서 정우라는 이름이 나오자 벼락 맞은 오뚝이처럼 일어나는 거야.

"갸가 왔더나?"

"왔데예. 보따리 안고."

"가시나가 와 말을 그리 생뚱맞게 하노?"

나는 말을 생뚱맞게 하지 않았어. 엄마가 그렇게 들은 것뿐이지. 나는 그냥 궁금했어. 이복언니가 있다면 나에게도 큰일이지. 그 정도 알 권리는 있다는 게 내 생각이었어. 엄마는 금방 벗은 스타킹을 다시 허둥지둥 신었어. 그러고는 현관 쪽으로 가는 거야.

"어디로 가능교?"

"정우 왔담시롱? 가봐야제."

"어데 있는지나 아능교?"

나는 정우가 준 쪽지를 내밀었어. 역전 여인숙이라고 적힌 쪽지를 보던 엄마의 얼굴은 벌겋게 달아올랐지. 손을 후들후들 떨더라니깐. 그러고는 오도 가도 못하는 사람처럼 그 자리에 서 있었어. 지랄, 지랄, 지랄, 연달아 그 말만 하면서. 나는 엄마가 그렇게 놀라는 걸 처음 보았단다. 엄마는 한동안 그렇게 서 있더니 다시 허둥거리며 현관 쪽으로 걸어갔어.

"염병 맞을, 구두가 와 이리 안 신기노."

엄마는 현관에 앉아서 구두를 거꾸로 들고는 자꾸 발을 집어넣었어. 당연히 신기지 않을 수밖에. 나는 슬며시 걱정이 되어 엄마에게로 가서 구두를 빼앗았지. 그러고는 다시 엄마 손에 들려주었어. 엄마는 구두를 받더니 신을 생각은 안 하고 갑자기 우는 거야. 구두를 들고 얼굴을 감싼 채 말이야. 이게 무슨 일이냐.

때마침 아버지가 나타났어. 아버지는 현관문을 열다 말고 현관에 쪼그리고 앉아 울고 있는 엄마를 보더니 얼굴을 찡그렸어. 아버지에게서도 술냄새가 났어. 아버지는 정말 아버지답게 흠흠, 헛기침을 하더니 울고 있는 엄마는 놔둔 채 나를 바라보았어.

"집에 무슨 일이 일어났니?"

나는 고개를 흔들면서 또박또박 말했지, 정우가 왔더라고. 엄마는 저리 울고 있으니 아버지라도 해명을 해보라는 뜻이었어. 하지만 아버지는 아버지. 정우라는 이름을 듣더니 아버지는 구두를 벗고는 성큼 거실로 들어서더니 방 쪽으로 가면서 말했어.

"그만 자자."

그 순간 엄마는 얼굴을 들더니 손에 들고 있던 구두를 아버지 쪽을 향해 던지는 거야. 구두는 아버지의 이마를 향해 날아가다가 벽에 꽝 부딪혔어. 아버지는 노한 얼굴로 엄마가 아니라 날 바라보았어. 마치 내가 구두를 던진 양. 그러고는 단 한마디를 덧붙였는데 그만 자자, 라는 앞서 한 말과 똑같은 말을 던지고는 방문을 열고 들어가버렸지. 엄마는 다시 얼굴을 감싸고 쪼그려 앉아 억장이라도 무너지는 양 울었어.

그날 밤에 나는 잠을 자지 못했어. 엄마는 거실 소파에 앉아서 모로 누워 훌쩍였고, 엄마에게 아무 말도 할 수 없었던 나는 내 방으로 들어왔단다. 엄마가 훌쩍이는 소리가 아직도 들려오네. 냉수 사발이라도 건네야 하나 싶었지만 그만두었어. 무슨 사연인지는 몰라도 글쎄…… 그게 참 그래. 나는 엄마를 위로할 재간이 없었어. 위로는커녕 나도 부아가 나서 견딜 수가 없었으니까. 아무도 나에게 무슨 일이 일어났는지, 앞으로 무슨 일이 일어날지를 설명해주지 않는 거야. 그냥 국으로 입 닫고 차린 상이나 받으라고?

창문 너머로 별이 보였어. 나는 차가운 빛을 바라보았단다. 무슨 일이, 앞으로 무슨 일이 생길까. 작은 일은 아닐 거야. 이복 언니라니까.

다음날, 엄마는 화장도 하지 않는 맨얼굴로 어디론가 갔다가 저녁 무렵에야 혼자서 집으로 돌아왔지. 돌아오자마자 물을 벌컥벌컥 마시더니 자리에 드러누워버렸어. 아버지는 아무 일도 일어나지 않았다는 듯 아침에 출근하고 밤이면 술냄새를 풍기며 집으로 돌아왔고. 그 다음날도 그랬어. 그리고 사흘째 되던 날.

정우가 집으로 왔단다. 정우는 새 옷과 새 신발을 신고 있었어. 보따리는 없어지고 빨간색 가죽 가방을 들고 말이야. 살짝 웃으면 보조개가 들어가는 정우는 검은 치마에다 연한 갈색빛이 나는 스웨터를 입어서 정말 예뻤지. 그리고 무슨 일이 일어났는지 알아?

세상에나, 엄마가 부엌에 있는 거야. 부엌에는 갈비 한 짝이 물이 가득한 그릇에 들어 있고. 엄마는 불 옆에 서서 겨울을 지내고 갓 나온 냉이에다 된장을 풀고 작은 돌굴을 넣은 국을 끓였어. 그뿐이야, 고추장을 풀고 무를 썰어서는 도미머리를 조리고 있었지.

"아이고, 김치라곤 양념 하나 안 들어간 짠지뿐이니……"

마치 엄마는 6·25전쟁으로 피난살이 온 종갓집 큰며느리라도 되는 양, 천장을 바라보며 탄식을 했어. 그러니까 말이야, 열 가지가 넘는 김치로 언제나 밥상을 차려온 듯. 엄마는 뒷마당에 묻어둔 김칫독에서 동치미 무 하나를 꺼내와서는 종종 썰어서 물에 넣고 소금기를 빼고는 꽉 짜서 참기름, 고추장에 깨소금까지 뿌리네. 저것 봐, 마치 신들린 사람처럼 손가락을 재빠르게 움직이면서.

차암, 난리군.

나는 다시 부아가 났어. 단 한 번도 엄마가 부엌에서 정선이 아지매도 없이 종종거리는 걸 나는 본 적이 없거든. 수라상이라도 차리냐고. 부엌문에 기대서 있었더니 엄마는 나를 바라보면서 마뜩잖은 얼굴로 이러는 거야.

"할 일 없이모 마늘 좀 까라. 고양이 손이라도 빌려와야 할 판이데이. 아니모 저 가게에 가서 간장 한 병하고 두부 한 모 끊어오등가."

나는 굳은 얼굴로 암말 하지 않고 부엌문에 버티고 서 있었어. 엄마가 매섭게 날 노려보더니 고개를 설레설레하고는 아이고, 내 손이 내 딸이제, 하면서 직접 가게에라도 가려는지 행주로 손을 닦았어. 나는 마지못한 듯 엄마에게 손을 내밀었지. 엄마가 주머니에서 돈을 꺼내주자 나는 암말도 안 하고 뒤돌아서서 성큼성큼 부엌을 나왔어.

가게에는 저녁때라서인지 두부는 없었고 간장 한 병만 살 수 있었어. 간장병을 들고 집으로 오는데 눈이 내렸단다. 바람도 막 불고. 나는 집으로 들어가려다 말고 대문 앞에서 간장병을 들고 그냥 그대로 서 있었어. 어디 도망이라도 가고 싶었어. 이 망할 놈의 집! 이복언니가 갑자기 나타났는데 누구도 나에게 그 언니라는 게 어디서 어떻게 생겨났는지 말해주지 않았어. 그리고 엄마라는 사람하고는. 그렇게 곰살맞게 부엌에서 재재거리는 엄마. 엄마는 내게는 절대 그런 밥상을 차려주지 않을 거야. 눈물이 주르륵, 흘렀어. 꼭 모두에게 버림받은 것 같았거든. 귓가로 차가운 바람이 스쳐가고 콧등으로 눈물이 떨어지는데 나는 콧물을 들이켜며 울고 있었어. 뚱뚱한 아이가 대문 앞에서 우니 얼마나 볼썽사나울까, 하는 생각도 들었지만 어떡해, 눈물이 떨어지는데……

얼마 후 나는 헛기침을 서너 번 하고 눈물을 닦은 뒤 문을 열려고 했지. 그런데 불쑥 대문이 열리면서 정우가 얼굴을 감싸쥐고 뛰쳐나오는 거야. 나는 너무나 놀라서 간장병을 떨어뜨리고 말았어. 어디 돌 모서리에라도 부딪혔는지 병이 소리도 없이 깨지면서 간장이 쏟아져나왔고, 정우는 그만 간장병을 피하다 꽈당 넘어지고 말았단다. 정우는 발딱 일어서 달려나온 나를 쳐다보고는 불에 데기라도 한 양 놀라더니 그길로 달려가는 거야. 대문으로 달려나온 엄마도 뒤에서 정우야! 불렀는데, 나는 엄마를 한 번 흘깃 보고는 정우 뒤를 따라갔지.

정우가 얼마나 빨리 뛰는지 나는 제대로 따라갈 수가 없었단다. 몇 미터 못 가서 숨이 가빠 헉헉거리며 쉬었어. 그러고는 행여나 정우를 놓칠세라 다시 뛰었지. 결국 정우를 놓쳐버렸어. 골목에라도 숨어버렸는지 아무리 두리번거려도 정우는 보이지 않았어. 검고 녹슨 자전거가 세워져 있는 골목 하나로 들어가보았어. 정우야, 정우야!

정우는 없었어. 그러다가 나는 전봇대 뒤에 주저앉아 울고 있는 정우를 보았단다. 정우는 간장으로 범벅이 된 치마를 자꾸 아래로 내리며 서럽게 울고 있었어. 나는 정우 앞에 쪼그리고 앉았지.

"정우야, 뭔 일 있었나?"

"……"

"그리 울지 말고 말 좀 해라."

"……"

"그러지 말라니까! 와 그리 우노?"

울음소리가 점차 잦아들더니 정우는 손바닥으로 머리칼을 뒤로 쓸어넘기며 일어났어. 괘안타, 괘안타, 하면서. 그리고 얼결에 정우를 따라 일어난 날 밀치고 가려고 했지. 그때 나는 뒤에서 정우의 손을 꽉 붙들었어. 그런 맘이 어디서 솟았는지 몰라.

"오밤중이 다 돼가는데 어델 갈 끼고?"

정우는 뒤돌아보지도 않고 말했지. 차부에. 나, 우리 집에 갈란다.

"너거 집이 어덴데?"

다시 정우는 어깨를 들먹거리기 시작했어. 그러면서 말했지. 집이 없어져버렸데이……

"뭐시라꼬?"

"없어져버렸다닝께. 엄마가 시집가버렸다꼬! 그래서 너거 집에 온 기다. 니 어머이가 내 이모다. 울 엄마 여동생."

이번에는 내가 놀라서 기절할 뻔했어. 야가 지금 무슨 소리하노, 울 엄마가 정우 엄마 여동생이라니?

운다고 옛사랑이 오리오마는 쓰바…… 눈물로 그려보는 쓰바, 만수씨가 찐빵 솥에다 가득 찐빵을 넣고 기다리면서 『선데이 서울』을 보는 둥 마는 둥 하고 있었어. 다른 불 위에는 멸치

육수가 끓고 있는지 바깥으로도 구수한 멸치 냄새가 흘러나왔어. 『선데이 서울』을 던지고는 만수씨는 도마를 내놓고 노란 단무지를 쓱쓱 썰더니 양은 쟁반에 담아놓고 다시 빈 쟁반을 꺼내서는 양파를 썰고 그 위에 고춧가루와 식초를 부었지. 한숨을 한 번 쉬더니 나무 걸상에 털썩 주저앉았어. 그참, 오지다! 그랑께로 배워야 한다니께. 배워야 이 짓을 면하제, 혼잣말을 하는 것까지는 좋았는데 다시 『선데이 서울』을 들여다보잖아. 나는 만수씨가 철학책을 보기를 기대하지는 않았어. 영어책을 들고 있기를 바라지도 않았고. 하지만 허구한 날 『선데이 서울』이니…… 나는 망설이다가 정우의 손을 끌고 찐빵집 안으로 들어갔지. 어서 오십쇼! 만수씨는 문소리가 들리자 자동으로 말하면서 문 쪽을 바라보았어.

"어, 경실이. 이 시간에 웬일이고? 떨이로 찐빵이라도 묵으러 왔나? 오늘은 떨이 없다, 다 팔려부렀다니께."

말은 나를 향해 하면서도 만수씨는 정우를 흘끔흘끔 바라보았어. 그러더니 손으로 코를 감싸 쥐는 거야. 간장 냄새가 그리 심하나?

"내가 아무리 불 옆에만 있다꼬 냄새도 못 맡는 줄 아나. 너거들 누룩 뜨는 머슴방에라도 들어갔다 나왔나? 글고 니는 경실이 친구가?"

"아니예, 정우라고 내 언니라 카대예. 그건 그렇고, 우리 우동 좀 먹을 수 있능교? 너무 늦어서 안 되모 라면이라도. 글고 외상으로 말임더."

만수씨는 내가 무슨 귀신 씻나락 까먹는 소리라도 하는가 싶어 고개를 갸우뚱하더니 잠시 후 맘대로 하쇼, 하는 표정으로 양은 냄비를 불 위에 얹었어.

"어이, 정우 동생, 달걀 넣어주까이?"

만수씨가 날 보고 소리를 버럭 질렀어.

"니, 달걀 넣은 라면 먹을라나?"

정우가 고개를 끄덕이자 나는 만수씨에게 예! 하고 대답했지. 만수씨가 라면 두 그릇을 들고 우리 앞에 놓고 갈 때까지 정우와 나는 아무 말도 하지 않고 고개만 숙이고 앉아 있었어. 라면을 다 먹고도 한참 동안 아무 말 없이 앉아 있었지. 내일 장사 준비를 다 한 만수씨가 『선데이 서울』을 뒤적거리며 한쪽 구석에 앉아 우리를 흘깃거리는데도 가만 앉아 있었지.

"집에 같이 가자."

정우는 식은 엽찻잔만 만지작거리더니 결심을 한 듯 말했어.

"그래."

만수씨는 나가는 우리 뒤를 오랫동안 보고 있었어. 누가 지나가다가 해코지라도 할까봐 만수씨는 우리를 집까지 데려다주려고 했지만 내일 새벽에 일어나서 찐빵을 쪄야 하는 아저씨 신세를 질 수는 없는 일, 착한 만수씨, 저리 맘도 여리고 일도 야무지게 하는데 아직 각시를 구하지 못했다니, 이 세상 여자들, 다 눈이 멀었나봐. 만수씨의 말대로 가진 대로 장가드는 세상이라 그런지도 몰라.

"정우야."

"니는 나보고 와 자꾸 정우라 카노? 내가 니보다 두 살이나 많은데."

"야는, 언니라는 말이 금방 입에 붙는 줄 아나? 시간이 다 걸리는 문제데이. 그건 그렇고, 엄마가 니보고 뭐랬기에 울면서 집을 뛰쳐나왔노?"

예쁘게 생긴 정우는 입을 다물면 더 예뻐. 완강하게 입을 다물고 눈을 지그시 내린 정우의 옆모습을 나는 흘깃거리며 훔쳐보았어. 세상은 정말 불공평해. 어떤 아이는 저렇게 예쁘고 어떤 아이는 이렇게 뚱뚱하고. 같은 아버지를 가졌는데도 우리는 이렇게 달랐어. 그러니 내 입에서 언니라는 말이 선뜻 나오겠어. 마치 영화 속에 나오는 경양식집에 가서 스파게틴가 뭔가 하는 서양 국수를 포크에 둘둘 말아 먹곤 하던 하이틴 스타 같은 정우의 얼굴. 그 앞에서 나는 주눅이 든 게 사실이야. 하지만 지금 비극의 주인공은 내가 아니고 정우잖아. 아니면 우리 둘 다 비극의 주인공이든지. 말이 나왔으니 하는 말이지만, 정우는 진짜 영화배우가 되어도 잘나갈 것 같았어. 좀 씻기고 닦고 화장도 하면 진짜 영화배우감! 이복동생이니 정우를 쫓아다니며 영화

찍는 구경이나 했으면 좋겠다는 생각이 그 와중에도 들더라. 내가 좀 덜떨어지긴 했어.

"이모 말이, 엄마의 행복을 빌어줘라, 카대. 난 이모가 울 엄마 말은 하지 않았으모 좋겠데이. 그 다짐을 받고 이 집으로 온 거 아이가. 근데 내가 부엌으로 내려가니까, 글카대. 엄마의 행복을 위해서, 니가 이해하라꼬. 내가 암말 안 하고 서 있었더니 그러데, 나 도와주는 셈 쳐라. 그래서 내가 달겨들었제, 와 내가 이모 도와줘야 합니꺼? 그랬더니 나도, 니 엄마도, 니도 다 불쌍항께…… 불쌍하다꼬? 내가 와 불쌍한데? 울 엄마가 날 두고 시집을 가서? 이모 집에 살러 와서? 아버지 없이 자랐다꼬? 나는 불쌍한 사람 아니데이."

"……"

"이모는 울 엄마한테서 울 아버질 빼앗아갔으니 양심의 가책이 많겄지만……"

정우는 운을 떼다가 말꼬리를 슬며시 흐렸어. 나는, 그런데? 하고 물었지.

"울 엄마가 니 엄마한테서 아버지를 빼앗았다꼬?"

정우는 잠시 망설이는 눈치였어. 그러다가 눈을 내리깔더니 말하는 거야.

"그래. 울 엄마가 새로 시집가기 전에 우리 집에 이모가 왔대. 그때 그 말 하더라. 내가 있는데도 암치도 않은 거맨키로. 그라고……"

"그라고 뭔데?"

"그래서 딸 하나 있능 거, 그리 뚱뚱하고 못생겼다꼬. 죄받는 거라꼬."

나는 고개를 숙였어. 차가운 바람이 목을 스치는가 싶더니 뜨거운 무엇이 목을 딱, 때리고 지나가는 것 같았거든. 그러니까, 나는 엄마가 죄를 지어서 못생긴 얼굴과 몸으로 이 세상에 나온 아이란 말이지. 정우가 내 어깨를 쓰다듬었어. 그 말을 한 걸 후회하는 모양이었지만 이미 입에서 나온 말을 주워 담을 수 없는 노릇이었어.

만수씨의 찐빵집에서 걸어나온 우리는 벌써 극장 앞까지 와 있었어. 나는 극장으로 올라가는 계단 위에 털썩 주저앉았지. 뱃살이 출렁, 흔들렸어. 나는 배를 있는 힘껏 뒤로 밀어넣다가 에라, 싶었어. 그렇다고 이 살이 안 보이냐 말이야.

엄마는 언제나 날 배신했지. 밥을 해주지 않아서가 아냐. 언제나 바깥으로만 나돌아서도 아냐. 엄마의 눈이 문제야. 나를 바라보는 엄마의 눈. 언제나 거리를 두고 어디 낯선 물건을 보기라도 하는 듯한 그 눈빛! 나는 언제나 그 눈빛이 싫었지. 그런데 정우의 말을 듣고 보니 조금 분명해지는 건 있었어. 그 눈빛의 정체. 친언니를 배신한 죄로 낳은 뚱뚱한 아이를 바라보는 엄마의 눈. 차라리 북극곰처럼 맘에 안 드는 새끼를 잡아먹어버리지 그랬어! 나는 극장 계단에 앉아서 도로 옆으로 흘러가는 밤의 강을 바라보았단다.

일기장아.

엄마가 시집가서 제 엄마를 배신한 이모 집에 살려고 온 정우보다 내가 더 불쌍하지 않니?

배신은 자기가 해놓고 내 탓을 하는 엄마.

그런 생각을 하다가 나는 오뚝이처럼 발딱 일어났지. 내가 불쌍하기는 왜 불쌍해. 그런 눈빛으로 딸을 바라볼 수밖에 없는 엄마가 불쌍하지!

"나, 자취방 얻어서 나갈 끼다. 돈은 아버지가 주겠제. 학교도 다녀야 하닝께…… 처음부터 그랬어야 했는데. 내가 맘을 잘못 묵었다 아이가."

정우는 내 옆에 서서 그렇게 말했어. 그리고 덧붙였지.

"경실아, 니, 못생긴 아이 아니다. 니 눈이 얼마나 초롱초롱하다꼬. 라면 묵으면서 봤데이."

"아니, 라면 묵는 눈이 초롱초롱하다는 말은 처음 들어봤다. 거짓말 마라. 글고 다 괘안타. 그라고 진짜 자취방 얻을 끼가? 고마 나랑 방 같이 쓰자. 아니모 내 옆방도 비어 있다 아이가. 같이 살자, 응."

그렇게 자연스럽게 내 입에서 그 말이 나왔어. 나는 말을 하면서도 왜 내가 그런 말을 하는지 알 수가 없었지. 정우는 암말도 하지 않았단다.

우리가 집으로 돌아가자 엄마는 대문 앞에 서 있었어. 얼마나 오래 서 있었는지 벌벌 떨면서. 우리가 나타나자 흠칫 놀라더니 눈길 한 번 안 주고는 문을 홱 닫고 들어가버렸지. 우리도 그 뒤를 따라서 엉거주춤 집 안으로 들어갔어. 아버지는 이미 돌아와서는 거실에 앉아 있었어.

"니들 왔니? 밥 안 먹고 기다렸다. 밥 먹자."

아버지는 한마디하더니 얼굴을 한 번 찡그리고 얼른 부엌으로 들어갔어.

"니들, 옷은 좀 갈아입었으면 좋겠구나. 장 냄새니, 뭐니?"

우리는 쭈뼛거리면서 욕실로 가서 세수를 하고 정우는 종아리까지 씻고는 옷을 갈아입고 부엌으로 들어갔단다.

거하게 차려진 저 밥상 좀 봐. 반찬이 열 가지는 넘겠네. 게다가 갈비찜까지! 아버지가 수저를 들자 나도 정우도 수저를 들었어. 엄마는 밥상 한쪽머리에 앉아서 반쯤 고개를 숙이고 국만 천천히 쓴 약 넘기듯 넘기고 있었어. 정우와 나는 라면을 먹긴 했지만 갈비잖아. 우리는 갈비를 하나씩 들고 씩씩하게 밥을 먹기 시작했어. 아버지는 정말 아버지답게 도미머리조림 딱 하나만으로 밥을 먹었고. 그러다가 도미조림으로까지 침범한 내 젓가락과 부딪치자 아버지는 젓가락을 거두고 헛기침을 한 번 하더니 정우를 향해서 말했어.

"뭐 갖고 싶은 거 없니?"

정우는 먹던 갈비를 밥그릇 가장자리에 슬그머니 내려놓고 말했어.

"예. 한 가지가 있어예."

"말해보렴."

"지구의 하나만 사주이소."

아버지는 약간 의외라는 듯 눈썹을 한 번 들어올리더니 그러자, 했어. 정우는 입을 뗀 김에 할 말을 해야겠다는 듯 젓가락을 놓았어.

"제 방은 따로 필요 없고예, 경실이랑 한 방 쓸랍니더. 지는 고등학교 댕기니께 경실이가 모르는 거 있시모 금방금방 가르쳐 줄 수도 있고. 그래도 명색이 언닌데…… 저도 혼자 자라서 꼭 동생이 하나 있었시모 했어예. 그리고 아버지든 이모든 울 엄마 말은 하지 마이소. 아니모 자취방을 얻어주든가예."

정우는 씩씩하고 앙증맞게 그 말을 하고는 다시 갈비를 들고 신나게 뜯기 시작했어. 아버지가 뭐라고 반응하든간에 그것만은 양보할 수 없다는 듯이 말이야. 정우의 입맛은 어디에 숨어 있다가 저렇게 돌아왔담. 엄마한테서 빼앗아왔나? 엄마는 고개를 숙인 채 국만 훌훌 떠먹었고 아버지는 알았다, 하고 상에서 일어났지.

"그러면 우리, 잘 살아보자. 유신 헌법 시대 아니냐? 내일 학교 마치고 집에 오면 지구의가 있을 거다."

이불이 두 채나 내 방에 깔리는 건 오늘이 처음이네. 우리는 어색하게 나란히 누워서 눈만 멀뚱거렸어. 엄마는 방으로 들어와서 우리를 물끄러미 바라보다가 갔지. 엄마의 얼굴은 창백했고 잘 자그레이, 하는 말 속에는 두려움 같은 게 묻어 있는 것 같았어. 나는 모른 척했어. 정우는 이모도 잘 주무시소, 상냥하게 말했지. 아버지는 얼굴 한 번 내밀지 않았어. 정말 아버지다워. 누군가와 접촉하는 것을 끔찍이도 싫어하는 아버지. 거북살스러운 일이 생기면 그만 자자, 하며 방문을 닫아버리는 아버지. 참 편리한 생각이야.

불이 꺼졌어. 잠은 쉬 오지 않았지. 누가 내 옆에서 자는 것이 처음인데다가 마음속이 복잡해서 말이야. 이렇게 복잡한 마음은 처음이야. 하긴 아직 내 인생에는 아무 일도 일어나지 않았다가 오늘 처음으로 무슨 일이 일어난 건지도 몰라. 그러니까 연속극에 자주 나오는 혈연의 비밀이랄까, 뭐 그런 거. 〈미워도 다시 한 번〉 같은 거, 아님…… 비극이거나, 아님…… 코미디거나…… 아님 혈육의 비밀을 찾아가는 뚱보의 모험이라거나…… 겨우 잠이 드는가 했는데 누군가 날 깨우는 거야.

"경실아, 경실아."

"뭐, 뭐?"

나는 눈을 비비고 주위를 살폈어. 어둠 속에서 정우가 날 흔들어 깨우고 있었어.

"니, 어데가 젤로 가고 싶노?"

어둠 속에서 울려나오는 또랑또랑한 정우의 목소리.

"이 오밤중에? 무신 소리고? 나 자게 내버려도고. 낼 학교에 일찍 가야 하는데."

어둠 속에서 정우가 씽긋 웃었어.

"내가 특별한 능력이 딱 하나 있데이. 가고 싶은 곳은 어디든지 갈 수 있는 능력. 자, 말해보거라, 어데 가고 싶노?"

"자고 싶다니께."

"그라모 내가 가고 싶은 데로 닐 데려가도 되겠나?"

"무신 소리고?"

"우리, 파리에 가자."

"파리가 뭐꼬?"

"와, 프랑스에 있는. 에펠탑, 센 강…… 글고 네 일기장 표지 안에서 발레하는 소녀가 사는 곳."

어둠 속에서 들려오는 정우의 목소리는 다정했고 아련했고 안개에 싸인 것처럼 신비한 느낌까지 들었단다. 그런데 이 오밤중에 파리에 가자고? 나는 이불을 머리끝까지 뒤집어썼어.

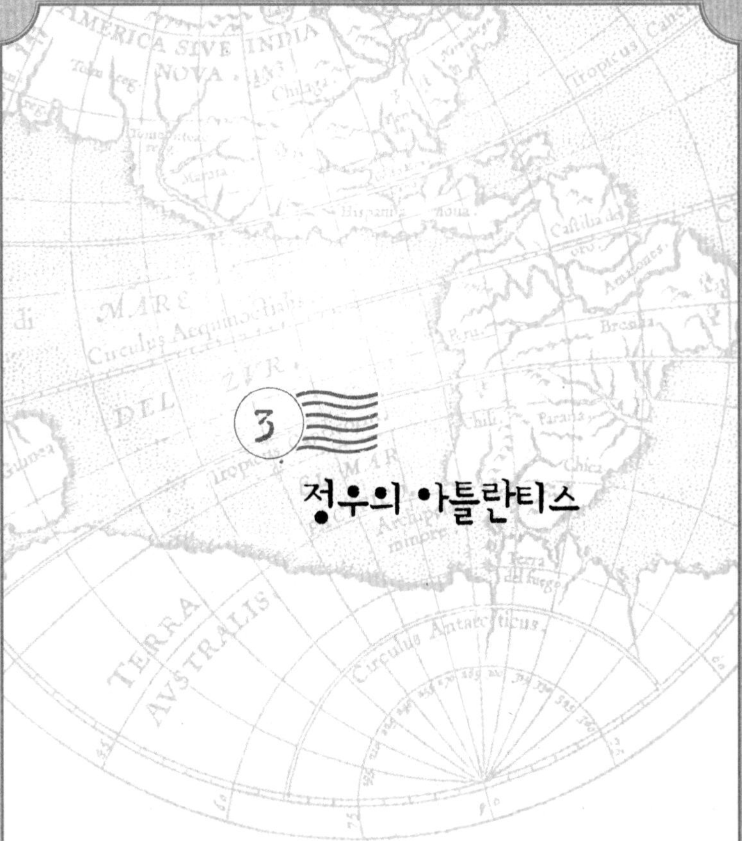

3

정우의 아틀란티스

일기장에게.

그날 밤, 정우의 말을 나는 무시해버렸어. 자다가 잠꼬대하는 줄 알았지 뭐야. 파리라니, 그 먼 곳으로 어떻게 가냐 말이다. 서울, 광주, 울릉도, 제주도도 아니고 파리. 나는 정우가 뭐라고 하든 그냥 잠을 계속 잤어. 다음날, 정우는 암치도 않은 표정을 하고 나를 학교 앞까지 바래다주었어. 그 다음날도 그 다음날도 정우는 파리에 대해서는 한마디도 하지 않았어. 나도 묻지 않았고. 하지만 밤이면 정우는 이불에 누워서는 뭔가를 쓰고 또 쓰고 있었단다.

3월 말인데도 바람은 그렇게 추울 수가 없었어. 칼 같은 바람 앞에서도 정우는 표정 하나 바꾸지 않았지. 완강함…… 나는 입을 다물고 바닥을 바라보면서 걸었어. 그 말, 그 밤에 파리로 가자던 그 말.

일기장아.

너라면 그 말을 진짜라고 믿겠니?

정우 미쳤나봐. 한데 그 표정…… 파리로 가자던 그 얼굴에는 내가 알 수 없는 빛 같은 게 어른거리고 있었어…… 하긴 혼자서 여인숙에 방까지 얻을 줄 아는 아이니, 혼자서 파리에 간다고 하더라도 놀랄 일은 아닐지도 몰라. 정우는 파리까지 걸어서 갈까, 아님 우산을 들고 메리 포핀스처럼 날아갈까, 아님 사라질까. 갑자기 킥킥 웃음이 나왔어. 상상해봐, 나처럼 뚱뚱한 애가 우산을 들고 메리 포핀스처럼 짠, 하고 파리 에펠탑 꼭대기에 나타난다면 말이야. 나라도 웃겠네.

정우의 학교는 내가 다니는 학교 옆에 붙어 있거든. 버스에서 내려 교문까지 걸어가면서 정우는 말했어.

"니는 와 내 말은 무시하노?"

"귀신 씻나락 까묵는 소리를 니가 한께 그렇제. 그리고 그게 헛소리 아니냐 말이다. 혼자서 파리까지 갔다 왔나?"

정우는 아무 말 하지 않았어. 그리고 교문 앞에서 그랬어. 학교 끝나면 기다려라, 같이 집에 가자, 고. 정우는 고등학생이고 나는 중학생이니 정우 수업이 끝나려면 두 시간 넘게 교문 앞에서 기다려야 했어. 그래서 내가 말했지.

"만수씨 찐빵집에서 만나면 되잖냐?"

정우는 고개를 끄덕이는가 싶더니 이상하다는 듯 물었어.

"니는 만날 그 찐빵집에만 가나?"

"정우야."

"이 가시나가. 언니라 불러라 캐도."

"어쨌든간에 오늘은 엄마가 도시락을 싸주었제. 하지만 기다려봐라, 며칠이나 갈란지. 울 엄마, 본인 말씀을 고대로 옮기자면, 도시락이나 쌀라꼬 태어난 사람, 아니데이. 만수씨네 찐빵집이 내 구원처라 말이다. 그기에 있시모 놀리는 사람도 없데이. 만수씨가 다 쫓아버리거나 면박을 주어서 입도 못 떼게 하니께. 난 그 찐빵집이 우리 집보다 더 편하다 아이가. 그리고 저녁에 집에 가모 식은 밥이랑 마른 찬밖엔 없고."

"이모는 집에서 아무것도 안 묵나?"

"야가 와 이리 순진하노? 건설부 부국장 사모님이모 시내 갈빗집, 일식집, 소금구잇집, 삼계탕집, 가는 데가 다 집이다."

"울 엄마는 차부에서 멸치 국수에다 막걸리만 10년 넘게 팔았는데, 이모는 그리 잘 묵고 다녔나?"

그 말을 끝으로 정우는 알았다, 그럼 찐빵집에서 만나자, 하더니 교문 쪽을 향하여 총총히 걸어갔어. 나는 정우의 모습을 멀뚱하게 바라보았지. 한편으로는 당차고 한편으로는 저리도 순진하다니.

오늘은 체육 시간이 있는 날이야. 내가 제일로 싫어하는 날. 하지만 교련 시간보다는 낫지. 그리고 교련복을 입고 행군하는 날보다는 몇 배나 낫고. 그렇지만 체육 시간은 정말 질색이야.

막 교실로 들어가려는데 누가 내 앞을 떡, 막고 서는 거야. 미숙이였어. 1학년 때 같은 반이었지만 말을 주고받는 것도 몇 번 안 될 거야. 걔는 나처럼 외톨박이도 아니어서 주변에 친구도 많았고 심지어는 부반장이었거든. 나는 작년 반장 선거에서 미숙이에게 표를 주지 않았어. 반장이 되었던 현미에게도 표를 주지 않았고. 나는 기권을 했지. 내 맘에 드는 애가 없었어. 선거 연설이라는 것도 내가 보기에는 그냥 그렇고 그랬어. 합심해서 반을 잘 이끌어가겠다느니, 성적이 제일 좋은 반으로 만들겠다느니 하는 말은 그렇다 치고, 왜 중학교 반장 선거에 유신 정신을 잘 이어받겠다는 말이 나오냐고. 북괴를 물리치겠다고 하지 않아서 다행이었어. 미숙이는 그런 말은 하지 않았지만 선생님의 말씀과 급우들의 의견을 잘 받들어, 라고 말하는 대목에서 나는 웃음을 참느라 혼났어. 미숙이는 내가 무슨 생각을 하고 있는지 알까? 이놈의 학교라는 곳에서 작은 구석만이 내 차진데 그 아이는 내 의견도 잘 받들까? 기권. 그런데 미숙이가 내 앞에 턱 나타나서는 이러는 거야.

“경실아, 니 우리 독서클럽에 들어올래?”

“독서클럽?”

"응. 니가 쓴 시, 잘 읽었다 아이가."

시? 아, 그 시.

내가 지난해 봄소풍 백일장에서 지었던 시. 나는 얼굴이 확 달아올랐어. 그 시, 반 이상을 베낀 거였거든. 그런데 그날, 그 시가 장원을 차지했단다. 나는 1등을 해본 적이 한 번도 없어서 장원 박경실! 이라는 교감 선생님의 외침을 듣자마자 고개를 숙여버렸지. 반이나 넘게 남의 시를 베꼈는데 장원이라니. 그 순간 나는 내가 한 거짓말을 밝힐 수가 없었어. 거짓말을 밝히기에는 너무 늦어버렸거든. 나는 순간적으로 일어나서 뒤뚱거리며 앞으로 걸어나갔어. 아이들이 일제히 날 바라보았는데 나는 그때 심지어 통쾌한 느낌까지 들더라. 그래, 이것들! 날 놀리더니 내가 거짓말을 하는 줄도 모르고! 하지만 1년이 지난 지금…… 누가 그 시 말만 하면 나는 뒤로 숨어버리고 싶어. 이 순간, 나는 미숙이에게 진실을 고백할까, 생각했어. 내가 쓴 시가 아니라고. 그러나 세상에, 누군가 나에게 독서클럽에 들어오라고 권하다니. 나는 기분이 좋아서 얼굴이 발갛게 달아올랐어.

"같이 책 읽고 토론한다 아이가. 한 달에 두 번. 그리고 니가 가입하모 어디서 토론이 열리는지 가르쳐주꾸마. 안 들어오고 싶으모 내가 한 말 싹 잊어뿌려라. 비밀 독서클럽이닝께."

나는 망설였어. 이 순간, 정말 고백해버려? 누군가 사실을 밝혀낸다면? 그런데 나는 그만 응, 하고 승낙하고 말았어. 무슨 허영심이랄까, 미숙이처럼 부반장까지 하는 애한테 선택을 받았다는 게 은근히 자랑스러웠거든. 미숙이가 활짝 웃으며 쪽지를 하나 내밀면서 돌아섰을 때 나는 교실 문턱에 서서 두려움 때문에 꼼짝할 수가 없었어. 거짓말 위에 또 거짓말을 하고 있는 것 같아서. 그렇지만 이런 기회라니. 따돌림을 당하지 않고 비밀스러운 클럽에 낄 수 있는 기회가 나에게 또 올까, 싶었어. 슬그머니 쪽지를 펴보았더니 토요일 오후 3시, 시내 공원, 평대루 앞, 이라고 적혀 있잖아. 나는 쪽지를 주머니에 넣고 교실 안으로 들어갔단다.

그날 체육 시간에는 왕복 달리기를 해야 했어. 목각을 여기에서 저기로 옮기는 달리기였는데, 나는 언제나처럼 우리 반에서 꼴찌. 체육 선생님은 초시계를 보더니 한숨을 내쉬었어. 그리고 혼자 연습해라, 하시고는 다른 아이들을 데리고 8백 미터 달리기를 하러 갔지. 나는 왕복 달리기를 하는 곳에서 혼자 진눈깨비를 맞으며 왕복, 또 왕복을 했단다. 춥지는 않았지만 그전에 이렇게 혼자서 연습을 할 때처럼 서럽지는 않았어. 독서클럽!

그러나 혼자라는 느낌 때문에 나는 여러 번 쉬었어. 참 그래, 혼자라는 느낌이 올 때마다 울컥. 하지만 혼자다, 싶을 때면 울지 못하겠더라. 서러운 마음이 들면 들수록 나는 냉랭해져버려. 그렇다고 말이야, 사람은 울지 않는다고 정말 강해지는 걸까? 우리 아버지 좀 봐. 나는 아버지가 냉랭한 얼굴로 방에 들어갈 때마다 속으로 말했지, 진짜 용기가 있으면 아버지는 맞섰을 거야. 왜, 그 와중에 계속 고상한 인간처럼 목소리를 낮추며 방으로 들어가는 거야? 난 결정적인 순간에 목소리를 낮추는 모든 인간들이 무서워. 낮춘 그 목소리로 얼마나 자기 식구들을 쪼아댈까? 그 여름, 아버지가 선풍기를 정원에 던지던 그때처럼 말이야. 그리고 돌아서서 나를 혁대로 때리려 하던 그때처럼. 무슨 일이었냐고? 나중에 말할게. 그 일만 생각하면 지금도 입술이 떨려……

수업을 마치고 나는 정우와 약속한 대로 만수씨네 찐빵집에 앉아서 세계사와 생물 숙제를 했어. 만수씨에게 외상으로 먹은 라면값을 갚고 찐빵을 시켜놓고는 숙제를 하면서 정우를 기다렸어. 정우가 찐빵집에 나타났을 때 나는 깜짝 놀라고 말았어. 선우현 선생님이 정우랑 함께 온 거야. 정우는 생글거리면서 많이 기다렸나? 하면서 내 앞에 앉았어. 선우현 선생님은 만수씨랑 이런저런 이야기를 나누었어. 그리고 우리가 앉은 곳으로 와서는 합석하자이, 하더니 대답도 안 듣고 우리 자리에 앉았단다. 정우랑 선우현 선생님은 아는 사이 같았어.

"내가 시골 학교에 있을 때부터 정우는 내 동생 아이가. 전근을 하고 동생 하나 잃어버린 줄 알았는데 오늘 전학을 왔담시롱 인사하러 왔더라. 그나저나 박경실이, 니는 여가 니 집이가? 글고 숙제는 집에서 하지 와 여서 하노?"

나는 얼굴이 달아올라서 공책을 슬그머니 덮었어. 하긴 맞는 말이지. 저녁나절이라 드나드는 사람도 많은 이 찐빵집에서 숙제라는 게 가당키나 한 노릇이야.

"현아, 니는 선생이라는 게 찐빵집에서 아들 가르치려고 드나? 학교에서 덜 가르쳐서. 고만 놔둬라. 경실이 속사정은 내가 잘 아닝께로. 벌써 몇 년째 단골인데."

만수씨가 찐빵을 가져다놓으며 선생님을 나무랐어. 선생님은 만수씨를 삐딱하게 바라보았을 뿐 대꾸는 하지 않았지.

"선생님, 여로 전학 올 때 선생님이 이 학교에 있다는 거 몰랐심더. 그란데 서울에는 와 가시지 않고 여로 왔능교? 다들, 서울로 가서 대학원에 댕기신다꼬 했는데."

"그러게 말이다. 뜻대로 안 되는 게 인생 아이가? 글고 정우야, 경실이가 니 이복동생이라 캤나?"

"예."

"그라모 건설부 부국장이 니 아버지가?"

"논리적으루다 그게 맞지예."

"내는 니 엄니한테 하도 공짜 국수하고 공짜 김치를 많이 얻어묵어서 마음 빚이 많은 사람이데이. 엄니, 잘 계시나?"

"예."

정우는 김이 오르고 있는 찐빵을 들여다보면서 선생님이 엄마

이야기를 더이상 하지 않기를 기다리는 눈치였지. 어느새 선생님도 눈치를 채고 찐빵 한 개를 입으로 가져가서는 홀랑 한입에 털어넣더니 우적우적 삼키다가 목에 걸렸는지 어, 어, 하면서 물, 물, 했어. 정우가 얼른 일어나서는 물주전자를 들고 와서 선생님에게 내밀었단다. 선생님은 물을 한 모금 마시고 숨을 멈추더니 다시 물을 마셨어. 정우가 뒤에 서서 등을 두들겨주었단다.

"선생님은 못 묵고 살았십니꺼. 언제나 묵는 거만 보면 사정없이 쑤셔넣으니. 우리 집에서 국수 드실 때도 그라더만 하나도 달라진 게 없네예."

선생님은 아무 말도 하지 않고 눈을 부릅뜨고 숨을 멈추고는 앞만 바라보았어. 만수씨가 동치미가 담긴 사발을 들고 와서 선생님 앞으로 내밀었어. 선생님은 벌컥벌컥 마시고는 휴! 긴 숨을 내쉬었어.

"미안하네예, 형님요. 제가 푼수가 없어서."

"현아, 니가 내 동생인데 오죽하겠나. 외가나 친가나 가진 게 없다 보이께 배 꺼질세라 살살 걸어댕기던 우리 아이가. 정우 말이 맞고말고. 그나저나 다들 여는 왜 왔노? 니, 아무리 총각 살림이지만 매일매일 찐빵, 아니모 우동 묵고 살라꼬 그라나? 그리고 경실이, 니 어무이는 새 딸이 집에 들어왔는데 집에서 기다리지도 않나?"

"몰라예."

나는 무뚝뚝하게 대답하고 말았어. 새 딸. 나는 아직도 정우가 우리 식구라는 게 믿기지가 않았어. 아직 마음의 준비가 안 되어 있는지도 몰라. 언니라니? 나는 언니라는 말이 입에서 나오지도 않아. 정우랑 한 방을 쓰게 되었지만 파리 가자, 어쩌자, 하는 정우가 아직 낯설어 보였거든. 정우는 다시 자리로 돌아와 고개를 숙이고 엽찻잔만 만지작거렸지.

우리는 아무 말도 하지 않은 채 각자 다른 곳만 바라보았지.

"선생님, 아틀란티스 이야기 다시 한번만 해주이소."

고개도 들지 않고 정우가 갑자기 선생님에게 말했어.

"아틀란티스?"

"와, 사라진 왕국이 있다고 하지 않았십니꺼?"

"그런데? 갑자기 와?"

"그냥예……"

선우현 선생님은 헛기침을 한 번 하고는 정우를 보았지. 그러고는 허공을 한 번 바라보더니 정우가 묻는 말에는 대답도 하지 않고 역정이 난 사람처럼 만수씨를 향해서 소리를 질렀어.

"형님요, 여서 장사한 지 얼마나 되능교?"

"와, 몰라서 묻나? 벌써 십여 년이 다 되어간다 아이가. 청운의 꿈은 간곳없고 찐빵 찌는 가마솥만 남아 있는 인생인데 뭐가 그리 궁금하노?"

"찐빵에다 우동에다 라면 말고 다른 메뉴라도 개발해야지예.

개발 시대 아이라예?"

"자네, 아이들 가르치는 기술이나 개발하소. 나는 나대로 할 테니께. 글고 선생이 찐빵집 새 메뉴니 어쩌니 말참견하능 거 보니 홍익인간 시대 이후로 교육은 다 틀린 일인갑다. 현아, 내일 이발소나 가서 머리나 깎자. 쓰바, 절이라도 들어가야지, 이 무신 고역이냐 말이다."

근데 선우현 선생님, 얼굴 좀 봐, 저리 사나운 눈빛하고는, 그런데 그 눈빛을 담은 입에서 나오는 말이라니.

"찐빵 말고 만두 좀 하라 카이, 형님."

"뭐라 카노?"

"예가 얼마나 물산이 풍부한 곳잉교? 여게서 만두 빚어서 팔모 이문은 보장되겠구만. 푸성귀에다 돼지비계……"

그렇게 말하는 선생님을 만수씨는 어쩐지 마뜩잖은 걸 바라보듯했어.

"배운 동생이라고 대접했더이 니가 내 소신을 뭉개는구나, 아무리 집 안에 묵을 거 없어서 손들이 떠돌아다닌다 해도 배운 손이 저런 말이나 하능 거 보이까 진짜로 우리 집안 끝 아이가. 동생, 정신 차리소. 내 찐빵은 내 찐빵이고 동생 세계사는 동생 꺼네."

만수씨가 저렇게 소리를 높이는 건 나도 들어본 적이 별로 없었어. 선우현 선생님 얼굴 좀 봐, 불그죽죽, 꼭 맨드라미 같네.

"쓰바! 내는 원래 농업전문학교엘 다니고 싶었다, 아이가. 새마을운동 시대닝께. 어느 날, 농민 잡지를 보니께 녹색혁명이라는 말이 나오데. 외국에서 들여온 종자를 서로 붙여서 새 벼 종자를 농업연구소에서 만든다 카대. 새 종자는 멸구에도 강하고 벼알이 재래종보다 두 배가 많이 달리고 키는 크지 않아서 비가 와도 잘 쓰러지지 않는다 아이가. 글고, 도열병이나 벼줄무늬잎마름병에도 강하다 카더라. 내가 와 이리 유식하게 말을 하는고 하니 나도 책 읽던 시절이 있었다 아이가."

만수씨는 손으로 코를 한 번 팽 풀었어. 그러고는 아이고 음식 맹글어 파는 놈이 손을 더럽게 하모 안 되는데, 하더니 손을 씻고 오더라. 그러고는 말을 이어가는데, 무성영화 변사처럼 술술.

"잡지를 보닝께 농업연구소의 실험 비닐하우스가 나오데. 새 종자를 들고 웃고 있는 박사님도 있고. 새 품종은 통일벼가 가진 냉해에 약한 점을 보완해서 개발된 것이라고 박사님이 말하더라. 이거다! 싶었제. 우리 집안이 대대로 농사로 업을 이어나가던 농사꾼 집안 아이가. 그때가 말하자모 새 기계나 기술은 말할 것도 없고 토끼며 소, 돼지, 닭들도 새 종자들이 무더기로 들어오던 시절 아이가."

나는 만수씨의 말이 길어지면 길어질수록 고개를 떨어뜨리던 선우현 선생님을 보았어. 정우는 엽찻잔을 만지작거리면서 계속 머리를 귀 뒤로 넘기고만 있었지. 찐빵집 안에 앉아 있는 우리

모두는 마치 만수씨 연설을 들으려고 모인 사람 같았어. 그것도 준비된 연설이 아니라 얼결에 나온 장광설 앞에서 고삐 잡힌 소처럼.

"하나 내 소신이 뭐냐, 새 종자를 계속 들여오기만 하면 뭐하노, 자립 자조를 해야제, 하는 것이었소. 근면 협동 자조 아이가. 그러니까 우리 기술로 새 종자, 그것도 벼 종자를 개발해야제. 그래서 일찍 부모님이 세상을 베리자 내는 홀갑게 고향 마을을 떠났제. 부모가 일찍 돌아가신 것은 혁신적인 일을 도모할 후계자에게 짐을 덜어준 거다, 싶었제. 마을버스 정류장에서 인근 도시로 나가는 차를 탔을 때 혈혈단신, 그러나 희망에 부풀어서였제. 하지만 내가 처음으로 도시물을 맛본 것은 농업전문학교가 아니라 목욕탕에다 밀수꾼들이 우글거리는 국제시장 모퉁이에다 그다음은 형무소 아니었나. 목욕탕에서 때밀이로 일을 잡았는데 목욕탕 사장은 더운물로 장사하는 사람이 아니었데이. 녹용 장사꾼이었제. 몇 번 사장이 하도 지랄을 떨기에 근처에 있는 항구 도시에 가서 물건을 받아오기까지 했다 아이가. 글고 자정에 목욕탕에 형사들이 들이닥쳤는데 그놈들이 목욕을 하러 온 줄 아나, 긍께 여가 도시 아이가."

나는 이렇게 청산유수로 사설을 길게 늘어놓는 만수씨를 처음으로 보았어. 아니, 만수씨가 저렇게 말을 잘해? 언제나 유행가 아니면 『선데이 서울』이나 뒤적거리는 줄 알았는데. 밀가루를 나르거나 찐빵 소를 만들기 위해 팥을 삶거나 하던 만수씨였는데.

"형무소에서 나와보이 누가 두부라도 한 판 들고 기다리고 있기를 하나. 형무소 담 길을 걸으면서 내가 이래 봬도 결심한 게 하나 있다. 처음 목표는 이제 달성할 수 없으니 쓰바, 한 길이 정해지모 그 길로만 가자. 전과자닝께 달리 할 일도 없고 그래서 이 시장통으로 들어와서 짐꾼 노릇 하다가 찐빵집 하던 영감님 눈에 들어서 이 집, 이어받은 거 아이가. 그 영감님, 지금은 돌아가셨지만 찐빵 만드는 기술 하나만은 정말 똑 부러진 양반이었제. 내가 임종에다 염에다 장례까지 다 치러주었데이. 영감님이 생전에 하신 말이 뭔 줄 아나? 만수야. 이 가게, 니가 돈 벌어서 사라. 찐빵으로 말이데이."

선생님은 만수씨의 연설을 들으면서 연방 땀을 훔치고 있었어. 꼭 야단맞고 있는 아이처럼. 정우는 눈을 내리깐 채 조용히 만수씨의 연설을 듣고만 있다가 자리에서 슬그머니 일어나더니 만수씨에게로 다가갔어. 만수씨가 목에 두르고 있던 노란 타월로 얼굴에 난 땀을 훔치는 걸 보더니 정우가 말했어.

"아저씨, 진짜 멋지네예. 우째 그런 목표를예!"

만수씨는 정우를 본 둥 만 둥 하더니 선생님에게 말하더라.

"니 쥐틀 만들 줄 아나? 밀가루 포대에 와 쥐가 그리 많이도 몰키노. 쥐틀 맹글다보모 니도 좀, 그 뭐냐, 쓸모 있는 생각 하겄제."

정우가 온 뒤로 우리 집에는 얼마간 변화가 생겼단다. 엄마가 집을 비우는 시간이 줄어들었다는 거, 그리고 좀처럼 말을 하지 않는다는 것. 처음, 정우와 함께 집으로 돌아온 그날, 사실 나는 집 안에 정우 말고도 무슨 변화가 생긴 걸 눈치챘어야 하는데 그러려니, 하고 넘겨버린 거야. 집에 돌아오니 믿기지 않는 일이 둘, 있었어. 현관으로 들어서자마자 국 냄새가 났던 거. 그리고 거실 탁자에 지구의가 올려져 있었던 거.

엄마는 부엌에 서서 국을 끓이고 있었지. 볶고 굽는 냄새가 거실까지 밀려나오더라. 그리고 밥상 앞에는 아버지가 턱, 앉아 있는 거야. 그리고 아버지는 책을 읽고 있었어. 아버지가 밥상에 앉아서 우리를 기다리며 책을 읽다니. 일기장아, 나는 단 한 번도 그런 모습을 상상할 수조차 없었단다. 그런데 현실로 이렇게 떡, 눈앞에 나타났어. 정우가 오밤중에 파리로 날아갈 수 있다고 말해도 이제는 믿어야 할지 모르겠어. 책을 덮은 아버지는 말했지, 밥 먹자.

정우와 나는 가방을 방에다 두고 부엌으로 갔지. 둥그런 상 위에 올라온 여러 가지 반찬에다 따뜻한 국을 보자 가슴이 뛰었어. 이거, 진짜 집이네!

그리고 우리 모두가 둥근 밥상에 둘러앉았어. 젓가락질 소리가 들리고 후루룩 짭짭, 씹고 넘기는 소리가 들리고 간간이 이것 묵어봐라, 저것도 묵어봐라, 하는 소리도 들리더니 정말 믿기지 않는 일, 엄마가 내 밥그릇 위에 잘 무친 봄동겉절이를 올려주며 묵어봐라, 꼬수하다, 하잖아. 나도 얼떨결에 엄마, 갈치도 참 맛있네예, 아주 살갑게 말을 하는 거야. 정우도 생글거리며 밥을 먹고 아버지도 기분 좋은 얼굴로 엄마에게 여보, 집에 정종 있어요? 엄마는 부리나케 일어나며, 데워올까예? 아버지는 그래주세요, 라고. 아버지의 저 서울 존댓말! 엄마에게 건네는 말도 꼭 식당 종업원에게 하는 말처럼 한다니까! 잠시 기분이 구겨졌어. 에라, 이게 내 문제냐, 아버지 문제지, 싶어서 나는 갈치 살도 발라먹고 향긋한 뭇국도 먹었어. 거기까지는 정말 천국이었지. 그런데,

"경실이 아버지예. 하나 물어볼 게 있는데……"

"뭐예요?"

"저 중앙시장 개발사업하고 뭐더라 수정동 산동네……"

갑자기 아버지가 젓가락질을 멈추었어.

"왜요? 당신이 무슨 관심이라도 있어요?"

"아임더."

"집에서 그런 이야기 하는 거 아니에요. 바깥일, 입에 올리지 말아요."

"그게 아이고…… 누가 물어봐서……"

"누구였어요?"

"저기, 동성건설 사장 부인이……"

"그래서요?"

"언제 시작되는지……"

아버지는 젓가락을 밥상 위에다 탁, 소리를 내며 내리더니 이러는 거야.

"못 배웠으면 그냥 모르는 척하세요."

착 가라앉은 목소리로 말하더니 한입에 정종을 털어넣고는 자리에서 일어나는 거야. 그러고는 덧붙였지.

"나, 색동다방에 있어요. 기다리지 말고 자요."

그 순간 엄마도 자리에서 발딱 일어났어. 눈을 부릅뜨고, 주먹을 꽉 쥐면서.

"와예, 색동다방에 새 레지라도 왔답디꺼. 누가 그라데예, 시청 건설부 부국장이 달걀노른자 든 쌍화탕 시켜놓고 다방 레지, 미스 고랑 〈베사메 무초〉를 하염없이 듣더라고."

정우랑 나는 밥숟가락을 놓고 하얗게 질려버렸어. 아버지의 연애담을 듣고 싶어하는 아이는 이 세상에 없을 거야. 내가 어떻게 태어났는지를 진짜로 알고 싶어하는 아이도 없을 거고. 상상해봐, 엄마와 아버지가 이불 밑에 누워 날 만들고 있는 모습을.

나는 아직 삼키지 못한 밥알을 입안에서 이리저리 굴리고만 있었지. 입안에서 밥알이 삭아서 달큰한 맛이 났어. 그런데 그 맛은 아주 불안한 맛이었지. 꿀꺽, 목으로 넘기려는데 아버지는 나가려던 걸음을 멈추고는 몸을 천천히 엄마를 향해 돌렸어. 갑자기 밥상이 공중으로 튀어오르는 거야. 그릇들이 와르르 바닥으로 쏟아졌고 부엌은 갑자기 아수라장이 되었어. 미처 피하지 못한 정우와 나는 김치, 국, 밥에다 갈치까지 홀딱 뒤집어쓰고 그 자리에 석고상처럼 굳어 있었어. 아버지는 더이상 뒤도 돌아보지 않고 그길로 집을 나갔고 엄마는 벽에 기대어 앉아 꼼짝도 하지 않았지. 정우는 암말 하지 않고 그릇을 주워 담았단다. 걸레를 가져와서는 방바닥을 닦고 설거지통에다 그릇들을 옮겨두었지. 나? 나는 뭘 했냐고? 나는 엄마 옆으로 가서 엄마처럼 벽에 기대어 앉아 있었어. 그전에 아버지가 선풍기를 집어던지고 나를 혁대로 때리던 저녁이 생각났어.

그때 나는 아버지에게 말했지, 제발 학교에다 돈봉투 좀 보내지 말라고. 나에게 발레를 해보라던 1학년 시절 담임 선생님. 그 선생님이 유독 나에게 살갑게 군 이유는 아버지가 엄마를 시켜 보내곤 하는 돈봉투였다는 걸, 나는 우연히 알게 되었지. 그 사실을 안 뒤 발레실 앞으론 얼쩡거리지도 않았어. 뭐랄까, 창피한 마음이 들어서였어. 내가 그렇게 말하자 아버지는 처음에는 아주 단정하게 웃었지. 내가 다시 창피하다고 말하자, 아버지는 아주아주 단정하게 일어서더니 갑자기 바지 혁대를 풀어서는 나를 향해 내리치는 거야.

"아버지를 훈계하겠다는 자세, 어디서 나온 거지?"

그 말을 끝으로 선풍기를 집어던지며 그날도 아버지는 부엌을 나갔어. 나는 몰라, 저녁이면 아버지가 어디로 가는지.

조용해.

정우가 지구의를 빙그르르 돌렸어. 아틀란티스……라고 정우는 중얼거렸어. 사라진 왕국……

나는 젖은 머리칼을 털면서 정우를 바라보았지. 저 아이는 왜 뜬금없는 소리만 해댈까? 집 안에 난리가 났는데 아틀란티스라고?

정우는 지구의를 돌리고 또 돌리면서 몇 번이나 아틀란티스, 라고 중얼거렸지.

"아틀란티스는 진짜 있었을 거야."

정우는 손가락으로 대륙의 해안선을 짚어나갔어. 아버지가 사온 지구의는 아주 좋은 거라서 대륙이 있는 곳은 도톰하게 돋아나와 있었다. 한참 동안 손가락으로 해안선을 짚어가던 정우가 문득 말했어.

"내가 이야기를 하나 지었데이. 아틀란티스라는 사라진 왕국에서 살았던 소녀 이야기."

"그런 걸 와 하노?"

"뭐?"

"이야기 짓기 말이다. 소설가라도 될라 카나?"

정우는 벌렁 드러누웠어. 한참 동안 천장을 바라보기만 했지.

"니는 괴롭지도 않나?"

"모르겄다."

"이야기를 짓다보모 잡생각이 싹 달아난다 아이가. 새로 시집 간 엄마 생각도 안 나고, 멸치 국숫집 생각도 안 나고. 엄마가 국수를 말면 내가 국수를 날라야 했거등. 학교 마치고 집으로 와서 국숫집에만 나가 있었데이. 차부 앞에 있으니 장사는 그런대로 되는 집이었는데 매일매일 국수 그릇이 담긴 쟁반을 나르다보모, 이거 아이다, 싶은 날이 얼마나 많았다고. 손님이 뜸하모 공책을 펴놓고는 이야기를 지어냈데이. 와, 니도 찐빵집에서 숙제 안 하나? 집에 들어오기 싫다고 하면서."

정우는 어수선하게 책들이 놓여 있던 책상 위에서 공책 한 권을 들고 왔어. 회색에다 검은 띠지가 둘린 흔하디흔한 공책이었지.

"아직 주인공 이름이 없다 아이가. 다른 거는 다 있는데."

"이름이 없다꼬?"

"그렇데이. 다른 거는 다 있다."

나는 갑자기 흥미가 생기기 시작했어. 정우가 지은 이야기를 읽어보고 싶은 생각이 들었단다. 그리고 갑자기 좋은 생각 하나가 떠올랐어.

"정우야, 그 아이 이름, 미미라고 지으면 어떻노?"

"미미?"

"그래. 외국 이름 같지 않냐 말이다."

일기장을 쓸 때 나를 미미라고 부른다는 것을 나는 정우에게 말하지는 않았어. 사라진 왕국에서 살던 소녀, 얼마나 낭만적이야? 미미…… 아틀란티스에서 살았던 멋진 소녀, 미미. 그 아이는 박경실, 바로 나.

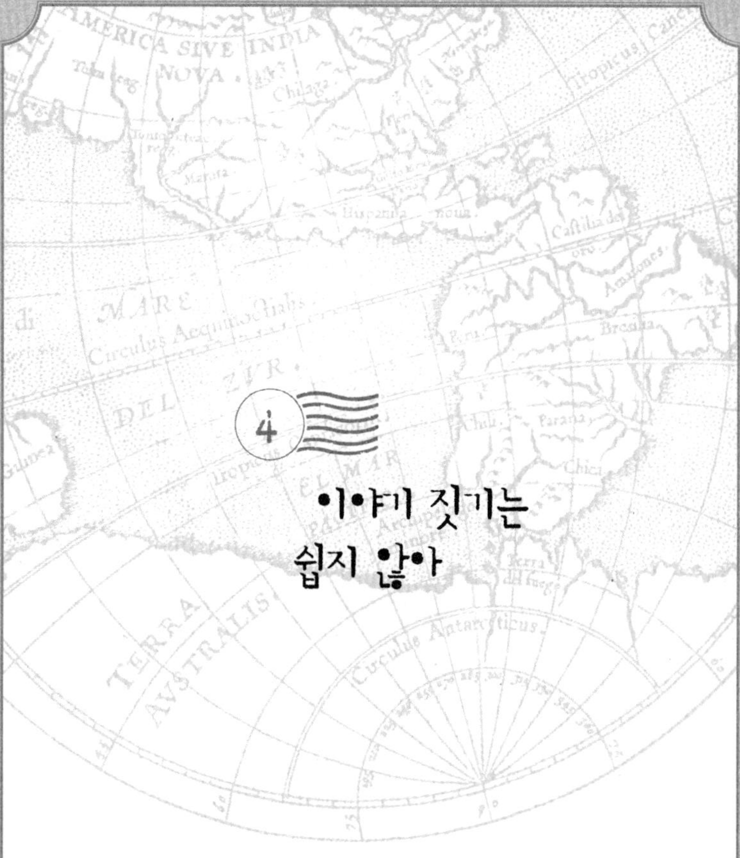

4

이야기 짓기는 쉽지 않아

일기장에게.

정우가 쓴 이야기는 아주 간단한 거였어. 미미(내가 우기고 우겨서 정우가 마지못해 받아들인 이름)라는, 지금은 사라진 대륙 아틀란티스에 살았던 아이가 겪는 첫사랑 이야기. 이야기의 배경은 아틀란티스라는 대륙의 구석에 있던 사천, 이라는 작은 도시.

"야, 정우야."

"이 가시나가, 언니라 카라 캐도."

"니는 누가 짠, 하고 하루아침에 언니라고 나타나모 언니 언니 함시롱 엄동에 언 강아지처럼 따라댕기겠나? 그건 별로 중요한 일은 아니고, 사천이라모 우리 옆 동네 아이가. 그런 옆 동네 이름을 갖다붙이모 이거 좀 웃기지 않냐고?"

"와? 아틀란티스에 사천이라는 이름을 가진 작은 도시가 없으라는 법이라도 있나? 유신 헌법에라도 들어 있느냐 말이다, 아니모 국민교육헌장에라도? 나는 그 이름이 참 좋데이. 니사 학교에서 한문 안 배우제? 나는 시골 학교를 다녀서 한문을 쪼금 배웠데이. 그래서 하는 말인데, 네 개의 천(川)으로 둘러싸인 도시, 라는 뜻 아이가. 얼마나 비밀스럽노? 꼭 아틀란티스 같잖냐 말이다."

정우는 눈을 감았어. 마치 네 개의 천으로 둘러싸인 머나먼 곳을 꿈꾸는 것처럼. 하지만 나는 그런 정우의 이마를 딱, 때리고 싶은 걸 간신히 참았어. 아무리 꿈이라도 그렇지, 이렇게 재미가 없을 수가 있냐고. 멸칫국물이면 만수씨 집에 가도 있잖아. 그리고 찐빵집이 있는 그 시장통에는 비린내, 소 내장, 돼지 내장 냄새에다가 오줌내, 썩어가는 배춧잎 냄새가 진동을 하지 않느냐고. 오뎅을 만들어 팔던 오뎅집에서 나던 기름내도 그렇고. 닭 머리를 탁, 잘라서는 누렇게 올라오는 더러운 기름에 집어넣던 닭집 아저씨에게는 얼마나 노린내가 나는데. 나는 눈을 감고 말했어, 이건 아냐. 이야기에는, 그러니까, 뭐냐, 맞다! 아름다움이 있어야 해! 아름다움이라는 말이 떠오르자 나는 침을 꿀꺽 삼켰어.

나와 아름다움.

뚱뚱한데다 썩은 공무원을 아버지로 가진 나, 나의 아름다움.

나는 잠시 눈을 감았어. 그리고 눈을 떴을 때 마치 내 앞에는 신천지가 열린 듯했어. 신천지를 본 나는 신이 나서는 정우에게 내 생각을 말했지, 마치 흉년에 신 내린 배곯은 무당처럼.

"그래, 그건 그렇다 치고 그 도시 차부에 국숫집이 하나 있었는데…… 뭐라꼬? 아틀란티스 사람들도 국수, 라는 거 묵나? 차라리 미미, 라는 이름을 빼자. 안 어울린다. 미미가 국숫집 딸이라꼬?"

"국수가 어때서? 밀가루가 있는 곳에서는 다 국수를 만들어 묵잖나? 아틀란티스에도 밀가루가 있었을 거 아닌가베. 밀가루가 있시모 국수나 수제비 같은 거, 그 사람들도 맹글어 먹었을 거 아이가. 아니모 니가 그리 사랑하는 찐빵이라든가. 하긴 아틀란티스에 팥이 있을지는 모르겄다."

"찐빵 말고 이거 사랑 이야기 아이가. 글고 그 국숫집 아이가 시골로 첫 발령을 받아온 선생님을 사랑했다고? 이거 니 이야기 아이가?"

그 순간 나는 신들린 무당의 입장을 벗어나서는 제정신이 들어 발딱 일어났지. 그리고 정우를 똑바로 바라보았어.

"선생님, 선우현 선생님이가? 니, 진짜로 그 선생님 좋아했나?"

정우는 나에게서 공책을 확 낚아채더니 가슴에 꼭 안았어. 그러고는 살짝 웃더니 고개를 설레설레 저었어.

"아이다. 이건 지어낸 이야기 아이가."

나는 의심스러운 눈초리로 정우를 보다가 다시 벌렁 누워버렸단다. 몇 번 더 물어보아도 새침한 정우가 나에게 진짜를 털어놓을 리가 없을 것 같았거든. 그러다가 다시 나는 정우에게 물었어.

"파리, 라는 도시에서 일어난 이야기도 그 공책 안에 들어 있나?"

"맞다. 오늘, 자율학습 시간에 지어냈다."

"정우야, 니, 나보고 파리 가자고 한 거, 이야기 짓자는 소리였나?"

"맞다."

나는 며칠 전 만수씨가 일장 연설을 늘어놓는 통에 정우가 왜 나를 바깥에서 만나자고 했는지 묻는다는 걸 깜빡하고 말았단다. 정우는 아무 말 하지 않고 누워서 천장만 바라보았지. 얼굴을 정우에게로 바짝 들이댔어.

"며칠 전에 니, 와 바깥에서 만나자고 했노?"

"이야기 함께 지어보자고. 그 말 할라꼬 만나자 했다 아이가."

정우의 말을 듣고 나는 망설였어. 이야기를 함께 지어보자고? 왜?

"내 현실을 생각하모 너무 슬프니께. 엄마랑 헤어질 때 울지도 않았데이. 엄마가 새로 얻은 남자는 엄마가 날 데리고 갈까봐 얼매나 겁을 냈는지. 사실은 말이데이, 나는 진짜로 엄마 따라가고 싶었데이. 난, 아버지가 딱 싫었제. 1년에 두 번, 아니모 세 번 우릴 만나러 와서는 돈만 딱 탁자에다 올려놓고 물 한 잔도 안 마시고 가는 사람이 아버지였데이."

"그래도 돈은 챙겨줬능갑다."

"그 돈으로 국숫집 안 차렸나. 내가 성질을 부리모 엄만 말했제. 너그 아버지, 좋은 사람은 아니지만 나쁜 사람도 아니다, 고. 저런 사람이 내 아버지라꼬예? 내가 글카모 엄마는 그라지 마라, 어른들도 힘들다. 니 아버지라꼬 저리 살고 싶었겠나. 젊었을 때는 연극 한답시고 돌아댕기던 위인이다. 그 밤에 네 이모가 영화관에 가자꼬 네 아버지 꼬시지만 않았어도 우리 이리 살지는 않았을, 않았을 거구마. 하나, 다 지나간 일 아이가."

"나는 전혀 몰랐는데…… 울 아버지가 젊었을 때는 연극을 했다꼬?"

일기장아.

아닌 게 아니라, 이 방에 들어 있는 아버지 책들을 생각하면 그럴듯하게 여겨지기도 해. 연극 대본 책이 저렇게 많아서 이상하다고 했더니. 몇 번 읽어보려고 하다가 집어던진 책 가운데는 어려운 연극 대본 책이 많았거든. 그런데 시청 다니는 공무원으로 살면서 저 책들을 왜 없애지 않았는지 몰라. 아버지는 가슴속에 과거에 꾸었던 꿈들을 한쪽에 담고 살아왔을지도 모르는 일.

연극이라면 나도 해본 적은 있었어. 초등학교 학예회 때. 〈허수아비와 참새〉라는 연극에서 나는 참새4를 했는데 내가 그 역을 맡은 이유는 대본에 그 참새가 뚱뚱하고 먹을 것만 밝힌다고, 나에게 딱 어울리는 역할이라고 아이들이 우겨서였지. 우울하다, 그 생각을 하니. 난 정말 싫었어, 참새4 역할을 하는 거. 엉덩이를 올리면서 어머 어머, 저거 보리알이다, 라거나 니가 다 먹어버렸니? 라고 참새2가 말하면 미안해, 라고 고개를 숙이는 역할! 그것도 연극 한답시고 사투리를 쓰지 못하게 하던 선생님, 서울말로 하라 카이! 우리들은 쑥스러워서 쿡쿡 웃으며 그 미끈거리는 서울말을 연습하곤 했지. 그건 그렇고, 나 역시 괴로워.

엄마는 학예회에 구경 왔다가 무대에 등장하는 날 보고는 고개를 숙여버렸지. 학예회를 마치고도 엄마는 날 끌고 조용히 학교를 빠져나왔어. 마치 화가 잔뜩 난 사람처럼. 참새옷을 입고 엄마와 함께 버스를 탔을 때 버스 안에 있는 사람들은 일제히 날 바라보았어. 나는 고개를 숙이고 그냥 발로 낙서만 했단다. 사람들이 킥킥거리면 엄마는 사나운 눈으로 그 사람들을 째려보았어. 정말 햇빛이 그리도 좋던 5월이었단다. 나는 그 환한 햇빛이 너무나 싫어서 눈을 꽉 감고 있었지. 얼른 내 방으로 들어가고 싶었어. 아무도 날 바라보지 않는 그곳으로. 그리고 그 참새

옷. 똥통에라도 집어던지고 싶었고.

"자장면 시켜 묵든가 아니모 굶든가 해라."

버스에 내려 돈을 쥐여주면서 무슨 성난 일이라도 있는 양 엄마는 입술을 깨물었어. 그러고는 총총걸음으로 사라졌지.

참새옷을 입은 나는 사거리에 버려진 채 두리번두리번.

참새옷을 입은 나는 집으로 혼자 돌아오면서 울먹울먹.

텅 빈 집 안. 말 안 통하는 엄마. 뚱뚱하다고 놀려대는 학교 아이들. 길거리에서 버스 안에서 나만 보면 킥킥 웃어대는 남자 아이들. 그 아이들이 보기 싫어서 눈을 감고 걷다가 전봇대에 부딪힌 적도 있었어. 살을 빼면 될 거 아니냐고? 아니. 살은 안 빠져. 서러운 마음을 꾹꾹 누르며 허겁지겁 찐빵을 집어먹는 이상 이 살은 날 따라다닐 거야. 그래. 정우랑 이야기를 짓다보면 이 서러운 마음이 사라질 수도 있겠다 싶었어.

정우가 쓴 미미 이야기. 아틀란티스라는 왕국의 한구석, 사천이라는 작은 도시. 그곳 차부에서 엄마와 함께 국숫집을 하는 소녀.

미미에게는 비밀이 하나 있었어요. 선생님을 짝사랑하는 것. 풀밭에 앉아서 네잎 클로버를 찾다가 누워서 하늘을 바라보면서 구름이 둥둥 떠가는 것을 보면서 미미는 말했어요. 이 비밀, 영원히 지키자. 이루지 못할 사랑이니 비밀로라도 지켜야지. 그런데 어느 날 선생님이 아리따운 아가씨와 함께 국숫집에 나타났어요. 아가씨는 늘씬하고 긴 머리칼에다 눈이 부리부리했지요. 국숫집에 온 것이 못마땅하다는 듯 얼굴을 찡그리며 아가씨는 나 국수 싫어해요, 라고 말했지요. 추자씨, 내가 신세 많이 진 국숫집이에요. 그리고 김치도 아주 맛있고. 아가씨는 양식집에 가면 좋을 텐데. 그러니까 이 시골을 떠나라고 내가 말했잖아요! 라고 말했지요. 미미는 엽찻잔을 나르다 말고 두 사람이 하는 말을 엿들었답니다. 두 사람은 국수를 먹는 둥 마는 둥 하다가 국숫집을 나갔어요. 미미는 제 방으로 들어가서 소리를 죽이고 울었답니다.

이야기 속에서도 우네. 나는 공책을 덮으며 정우에게 말했어.

"이거 현실에서도 일어나는 일 아이가. 좀 재미있고 뭐라냐, 거 상상력이 좀 되는 거, 그런 이야기 없나. 나 같으모 이렇게 짓겠다. 미미가 구석방에 앉아서 우는 게 아니라, 요술을 부리는 거라. 아가씨에게 요술을 걸어서 삐딱구두 굽을 분질러놓든가, 아니모 치마에 구멍을 내버리든가. 이야기 속에서는 통쾌한 복수라는 거가 좀 있어야 되는 거 아이가. 몬테 크리스토 백작 이야기도 모르나? 통쾌한 복수가 좀 나와야 속이라도 시원하제."

정우는 배시시 웃으며 그랬어. 그러니까, 니가 다시 지어라 카이.

4월이야. 아직도 날씨가 변덕스러워. 정우도 나도 학교생활을 하느라 조금 바빴지. 하지만 우린 밤이면 이야기를 지어내느라 즐거웠어. 정우의 공책 안에는 많은 이야기들이 있었단다. 정우는 이야기 짓는 게 공부하는 것보다 더 즐거운지 학교 공부 이야기는 단 한마디도 한 적이 없었지. 내가 생물이나 수학 이야기를 하면 정우는 눈을 깜빡거리며 듣고만 있었어. 나는 정우가 나에게 좀 어려운 수학 문제 같은 걸 옆에서 도와주었으면 했지만 정우는 내가 물어봐도 그냥 고개만 살랑거리며, 국어나 영어 같은 거만 물어보라고 하더라. 그래서 나도 그러자 싶었지. 정우가 우리 집에 와서 나는 사실 은근히 좋았단다. 저녁이면 저녁밥이 기다리고 있고 혼자 밥 먹을 일도 없었으니.

그러던 어느 날이었어.

김양 언니가 날 기다리고 있다니. 이런 일이 있다니. 일기장아, 난 단 한 번도 상상조차 해보지 못했단다. 내가 용식이랑 시장 골목에서 실랑이를 하고 있는데 김양 언니가 경실아! 하고는 나타나잖아.

사실, 난 요즘 조금은 뜸하게 찐빵집엘 갔어. 엄마는 그전과는 달리 부엌에서 음식도 하고 정선이 아지매랑 이불 홑청도 뜯어

내어 빨고 물을 뿜어가면서 풀도 먹이고 하면서 집에 있었거든. 계모임에 나가더라도 점심만 먹고 일찍 돌아와서는 저녁이면 국도 끓이고 김치도 담그고 했어. 그래서 나도 학교가 끝나면 찐빵집으로 가지 않고 집으로 왔지. 그리고 독서클럽 일도 있었고.

독서클럽은 정말 재미있어. 세상에, 토요일 오후에 남학생들을 만나서 책 이야기를 하다니. 날 처음 본 남자아이들이 조금 이상한 표정을 하고 미숙이를 바라보기는 했어. 그때 미숙이가 날 소개했고 또 그 시 이야기를 했단다. 아, 그 시…… 우리도 다 읽어봤다 아이가. 유명하다, 그 시…… 나는 쥐구멍이라도 있으면 정말 숨어버리고 싶었지만 한편으로는 우쭐한 기분도 들었어. 하지만 이 거짓말이 얼마나 오래갈까 싶어 불안했지.

"경실아, 그렇게 시를 잘 쓰니 정말 좋겠다. 책도 많이 읽나? 무슨 책을 좋아하노?"

누군가 물었어. 나는 기어들어가는 목소리로 말했지.

"세계 명작들. 그리고 테네시 윌리엄스. 『욕망이라는 이름의 전차』……"

와! 하고 남자아이들이 탄성을 질렀어. 미숙이도 존경하는 눈으로 날 바라보았지. 정말 그 책을 읽었느냐고? 아니. 아버지가 가진 책 가운데 하나야. 표지만 보았을 뿐 읽어본 적은 없었지. 하지만 제목, 근사하잖아. 욕망이라는 이름의 전차.

"그거, 중학생이 읽기엔 너무 야하고 징글맞잖나?"

용식이라는 아이가 미숙이에게 소곤거렸어. 미숙이는 용식이의 어깨를 한번 툭 치더니, 니는 읽어보기라도 했나? 라고 용식이에게 묻는 거야.

"아니, 안 읽어봤다. 하지만 우리 형님이 대학생인데 읽어봤다 아이가. 형님 친구들이 그 욕망이라는 이름의 전차, 영화 이야기하는 거는 들어봤다 아이가. 말론 브란돈가 하는 영화배우가 주연이라 카대."

나는 침을 꿀꺽 삼켰어. 이거 거짓말을 하다가 큰일 나겠구나, 싶었단다. 나는 얼굴이 빨개져서는 말했어.

"나도 다는 읽어본 게 아이고 시작을 했다 아이가."

내 목소리는 떨렸고 낮았어. 오늘이라도 당장 집에 가서 읽어보아야겠다고 마음먹었지. 진짜 내가 읽을 수 있는 책일까? 나는 그때 이 거짓말을 끝내버리고 싶었지만 거짓말이라는 건 참 묘하더라. 거짓말을 한 번 하면 그 거짓말을 지키기 위해 또 거짓말을 해야 하고 또 거짓말을 해야 하고. 하지만 나는 다짐했어. 한 번 나간 김에 끝까지 나가보자…… 독서클럽을 마치고 집으로 가는데 용식이란 아이가 내 뒤를 쫄랑쫄랑 따라오는 거야. 나는 모른 척하고 앞을 보면서 걷기만 하다가 어느 순간 뒤를 돌아보았지. 그리고 물었어.

"와 날 따라오노? 형사라도 되나?"

용식이가 쭈뼛쭈뼛하더니 나에게 다가왔어. 그러고는 물었단다.

"니, 진짜로 그리 고상한 책 읽나? 진짜로 그라모 너무 존경스럽다 아이가."

"와, 내가 거짓말하는 것처럼 보이나?"

"아니…… 그런 건 아니고…… 조금 이상해서…… 니가 지은 그 시 말이다, 너무 잘 지어서…… 그냥 존경스러버서……"

나는 슬그머니 신경질이 났어. 아니, 이 아이는 신발 바닥에 붙은 껌이라도 되는가 말이다. 그리고 마음 한구석의 불안, 이 아이와 이야기를 계속 나누다가는 내 거짓말이 탄로 나겠다 싶은 두려움. 나는 그 순간, 소리를 지르고 말았어.

"가라, 가라니께. 한길에서 니가 자꾸 말을 걸면 사람들이 자꾸 쳐다본다 아이가."

이때 김양 언니가 나타났어, 경실아! 하고.

"저 머시마가 니 놀리나?"

용식이가 깜짝 놀라서 뒤로 물러섰어. 용식이는 빼빼하고 얼굴에 광대뼈가 튀어나오기는 했지만 눈만은 소눈처럼 커다랗고 맑았지. 그런 용식인데 허리가 평대루 기둥만한 김양 언니가 버럭 소리를 지르니 놀랄밖에.

"아입니더…… 경실이는, 그러니께이…… 내 친굽니더."

그 순간, 깜짝 놀란 건 나였어. 날 친구라고 말하는 남자아이가 있다니. 남자아이들이라면 내 뒤에서 수군수군대거나 무 다리에다 똥돼지네, 라고 놀리던 놈들이 대부분이었는데. 용식이는 학생 모자를 벗고 김양 언니를 향해 꾸벅 절을 하고는 뒷걸음질 치더니 쏜살같이 달아나고 말았어.

김양 언니는 도망치는 용식이를 바라보다가 재빨리 골목 담으로 날 끌어당기는 거야. 이건 웬일이람. 그리고 나는 너무나 부끄러웠어. 김양 언니랑 골목 담에 서 있는 거.

"와예? 무슨 일이라예?"

"니, 만수씨, 어데 있는지 아나? 벌써 사흘째 빵집 문이 닫혔구마."

"뭐라꼬예?"

만수씨는 절대로 찐빵집의 문을 닫은 적이 없었어. 새벽에 일찍 문을 열고 밤늦게 문을 닫는데, 비가 오나 눈이 오나 그랬지. 그런데, 사흘째 문이 닫혀 있다니.

"니, 만수씨, 어데 사는지 아나? 연탄가스라도 마셨나, 걱정이 돼서 죽겄네."

아니, 빵집이라면 멀리 에둘러서 가던 김양 언니가 언제부터 만수씨 걱정을 했다냐. 하지만 만수씨 걱정에 나는 그런 생각을 하고 있을 때가 아니었어.

"수정동 산동네에 안 삽니꺼. 내도 한 번도 가본 적은 없어예."

"우리 가보자."

"뭐라꼬예?"

"가보자니께. 사람이 죽었는지 살았는지라도 알아봐야 할 거 아이가. 니는 인정도 없나?"

김양 언니 말이 맞았어. 그래, 가보자. 나는 김양 언니랑 골목을 나와 시장을 지나서 수정동 산동네까지 갈 생각을 하니 창피하기는 했지만 이건 우리의 만수씨 일 아니냐 말이다. 나는 앞장을 섰어. 가족도 없이 혼자 사는 만수씨가 진짜 연탄가스라도 마시고 싸늘한 방에서 죽어 있으면 어쩌나 싶었지. 학교에서 선우현 선생님은 그런 내색도 안 했는데, 선우현 선생님도 뜸하게 만수씨 빵집을 들렀나봐.

산동네 입구에는 공동 수돗가가 있었고 그곳을 지나니 작은 구멍가게가 하나 있었어. 나도 처음 가보는 곳이라 어떻게 만수씨가 사는 집을 찾을까, 싶었단다. 우선 구멍가게로 가서 물었지. 만수씨를 아냐고. 구멍가게를 혼자 지키고 있던 아저씨는 이른 저녁에 소주를 마시면서 날 뚱하게 바라보더니 대답했어.

"저 둘째 골목을 지나면 함석집이 있는데, 그 가운데 두번째 집 문간방에 만수, 산다."

나는 구멍가게 아저씨에게 머리를 숙이고 흘끔거렸어. 아직 날씨는 그리 따뜻하지 않은데, 입고 있는 저 러닝은 뭐람. 술을 마시니 덥기도 하겠지. 나는 아버지가 집에서 정종을 마실 때 가끔 윗도리를 벗는 것을 보았거든. 윗도리를 벗고 집에서 술을 마실 때 아버지는 진짜 집에 온 사람 같았지. 그런데 구멍가게 아저씨는 조금 달랐어. 집에 앉아 술을 마시는 사람이 아니라 갓길에 앉아 떠다니는 고추잠자리나 보면서 술을 마시는 사람 같았단다. 그리고 그 마늘 냄새하고는…… 혼자 사는 아저씨인가보다, 싶었어. 신문지를 깔고 날마늘에다 소주를 마시다니.

아무튼 김양 언니는 그 대답만으로도 감지덕지한지 연방 고개를 숙이며 고맙심더, 고맙심더, 하더니 무슨 신이 났는지 경사진 비탈길을 오르기 시작하는 거야. 우리가 만수씨가 세들어 사는 집이 있다는 곳에 도착하자 골목길에서 고무줄놀이를 하고 있던 계집애들이 우리를 보고 와, 웃었어. 그 아이들만 나무랄 일은 아니지 뭐. 뚱뚱한 여자와 뚱뚱한 계집아이가 한꺼번에 그 좁은 골목에 나타났으니 말이야. 나는 고개를 한쪽으로 삐딱하게 숙이고 만수씨의 방으로 바로 통한다는 문을 두들겼어. 김양 언니는 내 뒤에 서서 손을 앞으로 모으고는 문이 열리기를 기다렸어. 이윽고 문이 열리고 만수씨가 고개만 삐쭉 내밀었어.

"경실이가? 내가 여 사는 줄 어째 알았노?"

"빵집 문이 사흘이나 닫혀 있다고 해서예. 어디 아픕니꺼?"

만수씨는 아직도 콜록거렸지. 진짜 독감이라도 걸렸나.

"맞다. 독감이라 카대. 그냥 집구석에만 박혀 있어야 얼릉 나을 거 같아서 집에만 있었데이. 와, 걱정이 돼서 찾아왔나? 고맙네, 우리 경실이."

그러다가 만수씨는 내 뒤에 서 있는 김양 언니를 보았어. 김양 언니는 선뜻 앞으로 나오지 못하고 내 뒤에 서 있기만 했는데, 그렇다고 눈에 뜨이지 않을 리가 없지.

"김양이 여긴 웬일이라예?"

콜록콜록 기침을 하며 만수씨가 말하자 김양 언니는 얼굴이 빨개져서는 기어들어가는 목소리로 물었어.

"뭐라도 자셨능교? 독감이라모 잘 묵어야 하는데."

그러더니 그 숫기 없는 김양 언니가 선뜻 만수씨를 제치고 집 안으로 들어가는 거야. 쪽문은 바로 부엌으로 연결되어 있었어.

"아이구마, 연탄불도 꺼졌네예. 냉방에서 독감 치릅니꺼?"

만수씨는 깜짝 놀라서 이 여자가 미쳤나, 하는 표정으로 손을 저었어. 김양 언니는 만수씨가 그러든지 말든지 부엌과 연결된 방문을 열고 방바닥을 짚는 거야. 그러더니 김양 언니는 부리나케 바깥으로 뛰어나가면서 나에게 말했지.

"경실아, 니 구멍가게에 가서 콩나물하고 라면 몇 개만 사온나. 그리 서 있지만 말고 얼른 뛰어가라니께."

김양 언니는 내가 머뭇거리자 얼른, 하는 표정으로 손짓을 했어. 나는 만수씨를 한 번 바라보다가 구멍가게로 갔지. 돌아와보니 김양 언니는 어느 집에서 재주 좋게 연탄 밑불을 빌려와서는 아궁이에다 연탄불을 피우고 있었고, 만수씨는 그런 김양 언니를 말리지도 못하고 구석자리에 서서 콜록거리고만 있었지. 아닌 게 아니라 부엌도 썰렁, 방도 썰렁. 아니, 아픈 사람이 있는데 이 동네 사람들은 들여다보지도 않는 모양인가, 모진 사람들 같으니라고. 며칠 동안 불이 꺼져 있었는지 아궁이에서는 연기가 모락모락 났어.

"거 서 있지만 말고 들어가예. 방이 따뜻해질라모 조금 시간이 걸리겄지만, 한데보다는 낫겄지예."

만수씨는 콜록콜록 기침을 하면서도 뭐가 못마땅한지 엉거주춤, 부엌에서 계속 서 있더니 기어코 한마디했어.

"김양, 혼자 사는 총각 집에 와서 무슨 참견을 합니꺼?"

"아픈 사람이 뭔 말이 그리 많응교? 얼른 연탄불 피우고 경실이 사온 라면에다 콩나물 넣어서 끓여줄 것이니 들어가소."

김양 언니는 만수씨를 방으로 밀어넣더니 눈물을 흘리며 콜록거리며 연탄 아궁이를 들여다보고 있었어. 나는 방으로 올라가는 댓돌 위에 앉아서 그러는 김양 언니를 바라만 보았어. 김양 언니는 부엌 한쪽에 비스듬히 서 있는 찬장을 열어보고 고춧가루가 좀 있어야 하는데, 하더니 구석에서 낡은 고춧가루통을 찾아내고는 좋아라 했지. 그리고 석유곤로에다 불을 피워서는 라면을 끓이기 시작했어.

"밥하고 국이랑 맹글라모 시간이 많이 걸린다 아이가. 우선 뜨끈한 거라도 묵어야제. 라면값, 니 돈으로 냈제, 경실아. 자, 여기 돈이다."

나는 김양 언니가 주는 돈을 받고는 다시 멀뚱거리면서 댓돌 위에 앉아 있었단다. 김양 언니가 나에게 쥐여준 지폐에는 생선전에서 갈치 파는 아지매에게서 받은 돈인지 비린내와 돈내가 섞여서 났어. 방 안으로 콩나물과 고춧가루가 많이 들어간 라면을 밀어넣으면서 김양 언니가 만수씨를 향해 외쳤어.

"우리 인제 갈랍니더. 내일 들를까예?"

잠깐 침묵이 흐르더니 만수씨가 기어드는 목소리로 말했어.

"내일은 가게 문 열려 있을 테니 걱정 마소."

예! 씩씩하게 대답하고는 김양 언니는 가자, 고 하더라.

그러니까 이건 사랑 이야기, 아니냐 말이다. 김양 언니는 만수씨를 짝사랑하고 있었음이 분명했어. 그러니까 찐빵집 근처에는 얼씬도 안 했겠지. 그리고 날 보고 모른 척한 이유는 내가 뚱뚱해서가 아니라 만수씨와 내가 친하기 때문이었다는 거. 하지만 저렇게 뚝 부러지게 만수씨 집을 찾아와서 연탄불을 피우고 라면을 끓이는 걸 보면 사랑의 힘이 강하긴 한가봐. 그 이야기를 정우에게 했더니 정우는 깔깔거리며 웃었어.

"보라 카이. 시장통에 그런 비밀이 있다니. 그러니 사라진 왕국 아틀란티스에는 얼마나 비밀이 많았겠냐고."

우리는 이불에 배를 깔고 누워서 아틀란티스 이야기를 고쳤어. 미미가 짝사랑하는 선생님의 애인 추자씨를 골탕 먹일 이야기를 만들었지. 정우는 추자씨를 골탕 먹이는 장면을 짜면서 뭐가 그리 신이 나는지 자꾸 웃었어.

"니 진짜로 수상하다, 그리고 추자씨, 진짜 인물 아이가. 선생님, 처음으로 왔을 때 애인이 있는데 이름이 김추자라 카대."

"맞다, 선우현 선생님 애인 이름이 진짜 김추자 아이가. 국숫집에 온 거도 맞고. 하지만 이건 이야기인 기라."

나는 고개를 갸우뚱거렸어. 국숫집도 선생님 애인 이름도 다 진짜라면 이 이야기는 지어낸 게 아니라 진짜 뭐냐, 수기, 아닌가 말이다.

"정우야, 이 이야기 하나도 재미없다. 진짜가 이야기 속에 등장하모 현실감이야 있겠제. 하지만 재미는 제로, 아이가."

정우는 다시 배시시 웃었어. 그러더니 추자씨 골탕 먹이는 부분을 연필로 쫘악, 지웠단다. 내 차례였어. 나는 추자라는 이름 대신에 은희라는 이름을 붙였고 국숫집에서 나온 두 사람이 이별하는 장면을 집어넣었어.

"그라니께, 삐딱구두 굽을 집어들고 은희가 선생님을 바라보면서, 우리 더이상은 안 될 것 같아요. 너무 차이가 많이 나요. 성격도, 사는 모습도 그렇고…… 하모 어떻겠노. 그라모 선생님이 괴로운 표정으로 은희를 보다가…… 정말로? 이대로 헤어지는 건가요?"

"니, 진짜 이야기 잘 지어낸다. 경실아, 니, 이야기 박사가?"

"아니. 난, 미미가 불쌍해지는 게 딱 싫어. 짝사랑은 그렇다 치더라도 소가지가 밴댕이 같은 여자가 선생님 애인이라니, 좀 그렇다 아이가. 좀더 멋진 이야기를 만들자니께. 글고 조금 더 신비한 거, 뭐냐, 좀 이국적인 맛이 풍기는 이야기를 좀 집어넣자."

아틀란티스라는 사라진 왕국에서 살았던 미미 이야기를 접고 우리는 불을 껐어.

"아버지, 아직 안 왔는갑다. 통금이 지났는데."

맞아. 그날 밤, 아버지는 집으로 돌아오지 않았어. 엄마는 혼자 안방에서 텔레비전을 보다가 잠이 들었는지 집 안은 조용했지. 저녁을 차려주고 엄마는 사실 일찌감치 안방으로 들어가버렸고 우리는 설거지를 같이 했어. 정우는 얼마나 살가운지 엄마에게 과일까지 깎아서 가져다주었단다.

"정우야."

"이 가시나가. 내가 니 언니 아이가. 그런데 말끝마다 정우야, 정우야, 해쌌네."

"정우야. 그건 그렇고, 아버지는 요새 와 그리 늦게 집에 오노? 안 들어올 때도 있고."

"언니라니께! 자꾸 정우라고 카면 내 더이상, 니랑 말 안 할란다."

정우야…… 미안해. 하지만 언니라는 말이 도대체 입 밖으로 나오지 않는 걸 나더러 어떡하라고! 나는 이제부터 더이상, 정우라는 이름을 부르지 않고 말만 걸기로 했지.

"아버지, 말이다. 와 집엘 안 들어오는가, 말이다."

정우라고 나보다 아는 것이 더 많을 리는 없겠지. 정우는 그런데 아무렇지도 않은가봐, 아버지가 집에 들어오지 않는 것이. 하긴, 언제나 아버지 없이 살았으니 집에 아버지가 없는 게 이상할 이유가 없겠지. 하지만 나는 달라. 아무리 쌀쌀맞아도 아버지는 언제나 아무리 늦어도 집으로 들어왔지. 통금이 지나도록 들어오지 않는 아버지는 진짜 이상했어. 엄마는 화투 점을 떼면서 아버지를 기다리고 있을까, 집이 이렇게 조용하니. 아니, 엄마는 잠이 들었을 거야. 그런데 갑자기 엄마가 방문을 열었어.

"너거들, 벌써 자나?"

우리는 발딱 일어났지. 불을 켜고 엄마를 바라보았어. 울기라도 했는지 눈이 퉁퉁 부어 있는 엄마. 엄마가 슬그머니 우리들 이불 발치에 앉았어.

"정우야, 내일 학교에서 언제 돌아오노?"

"자율학습 마치고예."

"경실이, 니도?"

나는 찔끔했어. 내일 찐빵집엘 들르려고 했거든. 만수씨가 가게문을 열었는지 보고 안 열었으면 집에라도 찾아가보려고 생각하고 있었어. 정우에게 말해서 같이 갈까도 생각했지. 정우는 음식을 잘 만드니까 만수씨가 굶고 있으면 밥이라도 해줄 생각으로 이미 나는 돈도 마련해놓았단다…… 그래. 엄마에게 거짓말을 또 했지. 영어 단어장 사야 한다고. 거짓말을 왜 그렇게 밥 먹듯 하느냐고? 아니, 만수씨 집에 들러서 밥이라도 끓여주느라 돈이 필요하다면 엄마는 어떤 표정으로 날 바라보았을 것 같니? 일기장아, 거짓말을 또 해서 그렇지만 이번에는 내가 문제가 아니고 만수씨가 문제야. 그래도 거짓말 자꾸 하지 말라고? 일기장아, 네 말이 맞아. 하지만 미미가 거짓말을 하는 건 아니잖아. 경실이가 거짓말을 하고 그리고 네게 비밀을 다 털어놓으니 괜찮지 않을까?

"너거들, 내일 나랑 가볼 데가 있데이. 학교 마치모 집으로 바로 올 수 있나?"

"어딘데예?"

"가보모 안다. 내일 말해주꾸마."

AMERICA SIVE INDIA
NOVA
Hispania noua
Castilia del oro
Amazones
Brasilia
Peru
MARE
Circulus Aequinoctialis
DEL ZVR
Chili
Parana
Chica
Terra del fuego
TERRA AUSTRALIS
Circulus Antarcticus

5

독서클럽

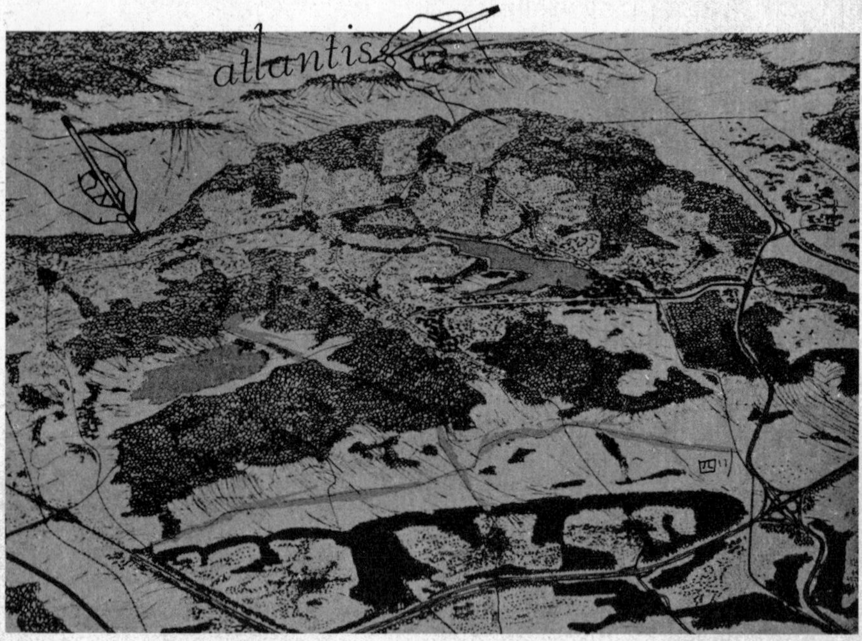
atlantis

일기장에게.

아침 조회를 마치고 난 뒤 선우현 선생님이 날더러 점심시간에 교무실로 잠깐 들르라고 하더라. 점심시간에 선생님에게 갔더니 선생님은 혼자 교무실에 앉아 계셨어. 날 보더니 나가자, 하셨지. 우리는 학교 운동장 벤치에 앉았단다.

"정우, 잘 있나?"

다짜고짜 선생님은 정우 안부부터 물었어.

"요새도 정우, 아틀란티스 이야기하나?"

나는 대답을 어떻게 해야 할지 잠시 망설였단다. 그럼, 정우는 아틀란티스 이야기를 자주 하지. 그런데 정우만 그 이야기를 하는 게 아니라 나도 같이 하고 있으니 선생님에게 뭐라고 대답을 해야 하나? 또 거짓말을 해야 하나? 내가 머뭇거리자 선생님은 한숨을 푹 내쉬었어.

"경실아. 니, 비밀 이야기 하나 들어볼래?"

"뭔데예?"

선생님이 나에게 비밀 이야기를 하다니, 진짜 아틀란티스 같네. 하지만 사라진 왕국 아틀란티스란 도대체 뭘까? 무슨 이야기를 선생님이 정우에게 해주었기에?

"경실아, 정우는 좀, 뭐랄까, 뜬구름 잡는 소리를 잘하는 아이다. 이 세상이 아니라 저 세상에 사는 사람맹키로. 내가 정우를 동생처럼 여겨서 하는 소리데이. 정우 흉을 보는 게 아이고. 그래서 지난번 빵집에서 정우가 아틀란티스 이야기 또 하기에 그만 못 들은 척했다 아이가."

비밀이고 뭐고 할 것도 없었어. 나도 잘 알아차렸으니. 정우는 싹싹하고 마음 씀씀이도 좋은 아이인 건 분명하지만 진짜 여기가 아니라 저기에 사는 아이 같아. 정우의 공책 안에 빽빽하게 들어 있는 이야기는 온통 파리, 런던, 텍사스에다 알래스카, 그린란드, 북극, 남극에서 일어나는 이야기였어. 지구의를 사달라고 아버지에게 말하던 정우가 생각나. 그 지구의에다 정우는 압침을 빼곡히 박아두었는데 압침들은 정우 이야기 속에 등장하는 곳에 꽂혀 있었어. 마치 대한민국, 그리고 북한만 빼고 압침이 지구의에 다 박혀야 정우는 이야기 짓는 일을 그만둘 것 같았지. 매일 밤, 지구의를 뱅그르르 돌리며 눈을 반짝거리는데 말릴 수도 없었어. 우리가 아틀란티스에서 일어난 이야기를 함께 고칠 때만 빼고는 정우는 지구의를 돌리고 돌렸단다.

"이번 일제 고사 때 정우가 전교에서 꼴찌를 했다 아이가."

선생님이 말한 비밀이란 그거였어. 뭐라고, 꼴찌라고? 나는 침을 꼴깍 삼켰어.

"자율학습 시간에 하라는 공부는 안 하고 이야기를 짓고 있다가 담임한테 걸려서 벌을 받은 것도 한두 번이 아이다."

"선생님, 아틀란티스라는 사라진 왕국이 진짜 있었능교?"

나는 궁금해서 불쑥 묻고 말았어. 아틀란티스는 정말 정우에게는 중요했거든. 매일매일 그 이야기를 했으니. 이제 보니 학교 공부는 꼴찌를 하고도 아틀란티스를 찾았다는 느낌. 나에게 아틀란티스는? 나는 그곳을 그냥 신비한 곳으로 여겨. 사라진 왕국이라니까 아톰이나 마징가 제트나 마루치 아라치 같은 만화영화에 나오는 이야기랑 비슷한 그 무엇. 선생님은 머쓱한 얼굴로 날 바라보았어.

"니, 내 말 듣나? 정우가 전교에서 꼴찌를 했다 카이. 니도 정우맹키로 뜬구름 잡는 소리 하고 사나? 정우, 대학은 안 갈 낀가, 말이다. 시골에 있을 때는 집이 가난하니 대학엘 가겠나, 싶었제. 그래서 교대를 가서 선생님을 하모 얼마나 좋겄노, 했데이. 정우가 시골에 있을 때는 공부를 잘했다 아이가. 여기에는 아버지도 있으니 대학 등록금 걱정은 없을 거다, 싶었더만……

글고 아틀란티스라는 사라진 왕국, 나도 잘 모른다. 그냥 전해오는 이야기를 정우한테 해주었제. 그날 밤에 하도 정우가 울어서. 밤에 국숫집…… 깍두기 사발을 정우 엄마 얼굴로 집어던지는 술꾼 때문에…… 정우가 하도 울어서…… 나도 잘 모르는 옛날 이야기를 해준 기라, 그러니까, 니, 플라톤이 누군 줄 아나?"

"……"

"옛날 그리스 사람인데 철학자라 카더라. 그 사람이 아틀란티스라는 사라진 왕국 이야기를 했다 안 카나. 잃어버린 낙원이라 카대. 신의 노여움을 사서 사라져버린 거라고. 그리고 그 플라톤이라는 사람도 직접 본 건 아이고 어릴 때 할아버지한테 들은 이야기라 카더라. 그리고 할아버지라는 사람도 직접 본 적은 없고 솔론이라는 친구한테서 들은 이야기고. 글고 솔론이라는 사람도 그 왕국을 직접 본 적이 있냐 하모, 그게 아이고 이집트 사람들에게 들은 이야기라 카대. 잃어버린 낙원…… 이야기라고 보면 된다."

잃어버린 낙원? 선생님이 그 말을 하는데 나는 가슴이 짠했어. 괴롭다고 정우가 그러더니 정말 정우가 낙원을 찾고 있는지도 몰랐거든. 하긴 나라고 다를 건 없었어.

나는 더이상 묻지 않기로 했어. 정말 선생님은 정우 걱정을 하는 것 같았지. 그리고 정우는 왜 나에게 그 말을 하지 않았을까, 꼴찌를 했다는 말. 하긴 부끄러웠겠지. 내가 지 동생이니. 그리고 언니라고 부르지도 않는 동생에게 그 부끄러운 사실을 털어놓고 싶지는 않았겠지.

"경실아, 니가 좀 이야기를 해봐라. 정우는 내 말은 안 듣는다 아이가. 그리고……"

선생님은 이런 말을 해야 할지 말지 망설이는 눈치였어.

"내가 곧 결혼을 하는데…… 정우 상태가 더 나빠질지 모르겠다…… 추자씨라모 먼발치에서도 기겁을 하는 아잉께."

나는 선생님이 되레 이상하게 여겨졌어. 아무리 정우 엄마, 그러니까 큰이모한테서 공짜 국수랑 김치를 많이 얻어먹었다 해도 이해가 안 가. 정우한테 선생님은 무슨 잘못이라도 저질렀나?

선생님은 입을 닫았어. 난, 이런 경우에 어떻게 해야 할지 정말 몰라서 화끈거리는 얼굴을 숙이고만 있었지. 선생님은 비밀이라고, 다른 아이들에게는 절대로 말하지 말라고 했어. 그제야 나는 선생님에게 만수씨가 독감에 걸려 찐빵집 문을 사흘이나 닫았다고 일러주었지. 선생님은 아이고…… 엎친 데 덮친 격이네, 하시더라. 그리고 학교가 끝나고 난 뒤에 찐빵집에 들르시겠다고 했지. 나도 잠깐 들르기라도 해야겠다고 생각했어. 정우가 나보다 학교를 늦게 마치니 시간이 조금 있을 것 같았거든.

학교를 마치고 찐빵집으로 가보니 문이 닫혀 있었어. 선생님과 나는 만수씨가 사는 산동네로 올라갔지. 집 문을 두드리다가 나는 깜짝 놀랐어. 그 안에서 김양 언니의 웃음소리가 흘러나오는 거야. 김양 언니가 또 왔나, 싶었지. 선우현 선생님이 헛기침을 하면서 안경을 고쳐 쓰는 동안 문이 열리더니 보름달처럼 둥그런 김양 언니 얼굴이 양철판으로 얽어둔 문 뒤에서 정말 보름달처럼 떠오르는 거야.

"경실이가? 마침 때맞게 왔네. 이제사 우리도 밥 묵는다 아이가."

우리라고? 언제부터 김양 언니는 만수씨랑 우리가 되었지? 부엌에는 빨래를 했는지 양말이 주렁주렁 빨랫줄에 매달려 있었어. 그리고 된장국 냄새가 나는 거야. 그뿐이야, 썰렁하던 부엌은 얼마나 따뜻한지. 김양 언니는 김치를 도마에 놓고 써는 중이었는지 손에는 김칫국물이 묻은 식칼이 들려 있었어. 날 따라 들어오는 선우현 선생님을 보고는 어매나! 하면서 뒤로 조금 물러났어.

"니 혼자 아이네."

선생님은 약간 뒤로 물러서서 김양 언니를 바라보았어.

"우리 담임 선생님인데 만수 아저씨 고종 동생이라예."

나는 뚱하게 김양 언니에게 일러주었어.

"형님, 어데 있노? 여, 딴 집이가?"

선생님도 조금 이상한지 주위를 살피고 있었어.

"현아!"

만수씨가 방문을 드르륵 열고는 나타났어. 아직도 기침이 떨어지지 않았는지 콜록거리면서 문지방에 걸터앉았어.

"들어온나. 이 아가씨, 이웃집 아가씨 아이가. 내가 아프다고 밥 해주고 연탄불 갈아주고 하는 고마운 사람이다. 김양, 내 동생이라예."

나는 그길로 세 사람에게 인사를 꾸벅 하고는 나와버렸지. 그 자리는 내가 낄 자리가 아니었어. 아무리 내가 만수씨랑 친해도 그렇지, 만수씨 사랑 사업에 내가 끼어들 틈이 어디 있겠어.

집으로 돌아오면서 나는 생각에 깊이 빠져 있었어.

정우에게 물어보아야 하나, 어쩌나? 전교에서 꼴찌를 했다는데. 하지만 집에는 뒤숭숭한 일이 날 기다리고 있으니. 나는 물어보지 않기로 마음을 먹었어. 정우가 먼저 말을 끄집어낼 때까지 기다려야지.

정우가 돌아오자 우선 엄마는 정우의 저녁상을 봐주었고 정우는 밥을 먹고 난 뒤 설거지를 했지. 엄마는 무슨 대단한 결심이라도 한 듯 굳은 얼굴로 거실 소파에 앉아서 바깥만 하염없이 보았어. 그리고 우리에게 나갈 채비를 하라고 했지. 참 이상한 일도 다 있어, 엄마는 외출 준비를 하려면 아주 시간이 많이 걸리는 사람인데 오늘은 달랑 입술연지만 발랐어. 며칠 동안 미장원엘 가지도 않았나봐. 눈은 울었는지 퉁퉁 부어 있었고.

우리는 버스를 탔어. 버스는 꽉 차서 발 디딜 틈조차 없었는데 사람들은 내가 비집고 들어서자 눈치를 주기 시작했어. 나는 그러든지 말든지 못 본 척했단다. 다른 사람들의 눈치를 살피기에는 사태가 조금 심각했거든. 아직 엄마는 우리가 어디로 가는지 말해주지 않았단다.

버스에서 우리가 내렸을 때 그곳은 장수동 신개발 지역이었어. 듬성듬성 들어선 집들 사이를 지나가니 건물만 덜렁 지어진 학교도 있었어. 소문으로만 듣던 새 고등학교가 이곳에 들어설 모양인가봐. 엄마는 앞서서 터벅터벅 걸어갔어. 여러 번 와보았는지 앞만 보면서. 정우와 나는 쫄랑쫄랑 엄마 뒤를 좇았어. 이건 무슨 일인지, 도대체 어디로 가는지 알기라도 했으면 좋으련만. 나는 잠시 멈추어 서서는 아직 운동장도 없고 건물만 서 있는 학교 건물을 바라보았단다. 초봄이라 밤이면 아직 쌀쌀하데. 그리고 더 쌀쌀한 건 뭔 줄 알아? 우리가 어디로 가는지 모른다는 거. 모르는 곳으로 우리를 데리고 가는데도 엄마에게 대들 수 없다는 거. 그냥 뻗대고 서서 안 간다고 할걸 싶은 마음이 자꾸 났지만 어떡해, 엄마 좀 봐. 삐딱구두도 아니고 그냥 몸뻬에나 어울릴 신발을 신고 있잖아. 엄마가 멈추어 섰어. 그리고 집 하나를 가리켰어. 여기다.

여기? 저 집? 집은 2층 양옥이었어. 강철로 된 문. 엄마는 그 집 문 앞에서 숨을 죽였어.

"여서 기다리자."

나지막한 목소리로 말하는데 참을성 없는 나, 이렇게 묻고 말았단다. 뭔데예?

엄마는 눈을 아래로 깔고는 한참 있다가 말했어.

"너거 아버지가 여서 새살림 차렸다 카대. 그 잘난 위인이 나오나 기다려보자 말이데이."

아버지에게 또다른 여자가. 나는 침을 꼴까닥 삼켰어. 엄마는 그 말을 하고는 대문을 뚫어져라 바라만 보고 있었지. 정우가 엄마 옆에 와서 팔짱을 꼈어. 정우가 원래 싹싹한 아이이긴 하지만 엄마팔짱을 끼다니. 나는 문득 엄마를 빼앗긴 것 같은 느낌이 들었어.

이상해.

난 엄마에게 그리 살가운 마음을 가지고 있지도 않은데 정우가 엄마의 팔짱을 끼는 것에 슬그머니 질투라도 났는지도 모르겠어. 하지만 내 질투가 중요하겠어, 이 순간에? 아버지가 다른 여자랑 살림을 차렸다니까. 대문은 굳게 닫힌 채 열리지 않았어. 우리는 반 시간 동안 그 자리에 서 있었지. 갑자기 엄마가 철대문을 손으로 치기 시작했어.

"경실이 아버지! 경실이 아버지!"

나와 정우는 대문 가장자리로 비켜섰어. 갑자기 겁이 덜컥 났거든. 아버지가 저 문을 열고 나오려나. 하지만 아무리 엄마가 아버지를 불러대도 대문은 열리지 않았어. 동네 개들이 컹컹 짖

어댔지.

"경실이 아버지! 안에 있시모 대답 좀 하라 카이. 정우랑 경실이도 여기 있어예. 대답 좀 하소. 경실이 아버지! 아무리 무정해도 그렇지 이게 무슨 일이라예. 지가 그리 잘못을 많이 했십니꺼? 지가 그리 박하게 굴었십니꺼? 이게 무슨 일이라예. 딸년이 둘이나 있는 양반이…… 경실이 아버지, 경실이 아버지, 나와보소, 집에 가자니께."

고함 소리는 곡으로 변했어. 엄마의 목소리가 눈물에 잠겨서 나중에는 꺼이꺼이 소리만 내더라니까. 정우 좀 보라지. 주먹으로 눈물을 닦고 있잖아. 나는 곡을 하면서 대문 앞에 서 있는 엄마를 싸늘하게 바라만 보았어. 왜 엄마는 무슨 빽처럼 나와 정우를 이곳까지 데리고 왔을까? 난 엄마의 못생긴 뚱뚱한 딸일 뿐인데.

일기장아, 그렇게 사나운 마음을 먹으면 안 된다고? 엄마 아니냐고? 맞아. 하지만 꼭 사나운 마음을 먹겠다고 그렇게 싸늘했던 건 아냐. 이상해. 마음이 움직이지 않는 건. 엄마의 곡소리가 높아지면 높아질수록 곡소리를 따라 개들이 사납게 짖어대면 댈수록 나는 차가워졌어. 엄마에게 단 한 번도 진심으로 사랑을 받아본 적이 없다는 느낌이 그 순간만큼 강하게 든 적은 없었거든. 왜 나와 정우를 앞세워 그 집으로 가냐고! 엄마는 정말 이기적이구나, 싶은 느낌만이 강하게 들었어.

못된 아이, 그게 나야……

그날 밤 대문은 결국 열리지 않았지. 정우가 지친 엄마를 부축하고 나를 흘겨보았을 때도 나는 그냥 묵묵히 걷기만 했어. 우리는 버스를 타지 않고 한 시간 넘게 집까지 걸어왔단다. 통금 시간이 거의 다 되어서야 우리는 집에 도착해서는 서로 아무 말도 하지 않고 방으로 들어갔어. 엄마는 엄마 방으로 우리는 우리 방으로. 아버지는 물론 집에 돌아오지 않았고.

요를 깔면서도 정우는 나에게 한마디도 하지 않았지. 오늘은 지구의도 돌리지 않았고 아틀란티스 이야기도 하지 않았단다. 잠이 들기 전, 내가 정우에게 들은 말은 이런 거였어.

"니 참, 섬뜩하더라. 가시나가 와 그리 독하노? 정도 없나?"

나는 아무 말도 하지 않고 이불을 코까지 덮었지. 그제야 눈물이 쥐똥처럼 찔끔 났지만 나는 가만있었어. 정우에게 들키지 않으려고 말이야. 무슨 까닭인지 정우는 엄마와 잘 통하는 듯했어. 정우가 우리에게 온 후로 엄마가 집에 있고 살갑게 나를 대하곤 했지만 나는 아무것도 변하지 않았다는 생각을 자주 했단다. 엄마는 정우랑 호호거리면서 토요일이나 일요일에는 특별식을 만든다, 수를 놓는다, 했지만 나는 그 둘 곁을 겉돌고만 있었지. 나는 그 두 사람이 만드는 특별식이 그렇게 싫었어. 아니, 맛이 없었다는 건 아냐. 그냥 낯설고 어려웠다는 거, 뿐이야. 도

넛이다, 고로케다, 카레다, 하는 낯선 음식이었어. 마치 엄마와 정우는 연속극에 나오는 사람들 같다니까. 그냥 연기를 하는 것 같았지, 우리 이렇게 다정한 사이다, 하고 말이야.

그렇다고 나는 질투만을 하고 있지는 않았어. 난 정우를 조금은 좋아하고 있었단다. 엄마처럼 저렇게 예쁜 아이가 우리 집에 있다는 게 은근히 자랑스럽기도 했지. 정우는 나에게도 얼마나 잘해주었다고. 남들이 날 놀리면 앞장서서 놀리는 사람들을 욕하곤 했지. 남자아이들은 날 놀리다가도 정우만 나타나면 슬그머니 꼬리를 내리고 도망쳤어. 이유가 뭔지 알아? 정우는 정말 예쁜 여학생이었거든. 그런 여학생 앞에서 뚱뚱한 계집아이를 놀리고나 있다는 게 남자아이들은 부끄러웠을 거야.

아버지는 거의 2주일이 넘도록 집으로 돌아오지 않았어. 4월이 중간을 넘어 제법 봄기운이 난다 싶다가도 다시 어두워지는 그런 날들이 계속되었어. 선우현 선생님은 나에게 정우에 대해서는 더이상 묻지 않았지만 나는 정우의 학교생활이 그전보다 더 나아진다는 느낌은 들지 않았지. 정우는 학교에서 돌아오면 엄마가 차려주는 저녁상을 받고는 엄마랑 다정하게 이 이야기 저 이야기를 하거나 같이 텔레비전을 보기도 했지. 그러다가 정우는, 진짜 엄마 품에 안겨서 잠이 들기도 했지…… 나는? 나는 그 모습을 멀찌감치서 바라보다가 마음이 참 복잡해져서 내 방으로 돌아왔어. 내가 엄마 딸인데, 그리고 정우는 엄마 조칸데…… 아니라면 내가 뭔가 착각하나? 내가 엄마 조칸가? 참 묘한 기분이야…… 누구를 원망할 수도 미워할 수도 없지만 억울한 느낌…… 착잡한 느낌…… 배신당한 느낌……

우리가 단둘이 있을 땐 정우는 나를 채근해서 함께 이야기를 지었어.

일기장아, 아틀란티스 이야기는 그럴듯하게 지어지고 있어.

나는 미미가 사는 곳을 사천이라는 곳에 그대로 두었고 차부에 있는 국숫집도 그대로 두었지만 미미가 선생님을 짝사랑하는 대목에다 다른 이야기를 끼워넣었단다.

토요일 오후. 모처럼 날씨 좋은 날.

독서클럽 회원인 우리는 공원 앞에서 만나서 공원 깊숙이 들어갔지. 잘생긴 소나무 밑에 모여서 그동안 읽은 책들 이야기를 나누었단다. 중학생의 시간이란 참 그래. 학교에서 돌아오면 숙제를 해야 하잖아. 책을 읽다니, 그럴 시간이 어디 있니? 하지만 독서클럽 회원인 우리들은 이를 악물고 시간을 내어서 마음의 양식이라는 책들을 읽곤 했단다. 나는 처음 독서클럽 회원들에게 날 소개할 때 배짱 좋게 욕망이라는 이름의 전차, 어쩌고 했던 허세는 빼고 진짜 내가 읽을 만한 책들을 읽었어. 그 가운데 하나가 로맨스 소설 시리즈로 나오는, 미국 하이스쿨에서 일어난 이야기였단다.

수지라는 아이가 있었지. 나처럼 못생긴 얼굴에 주근깨가 잔뜩 난 여자아이. 나처럼 뚱뚱한 건 아니었지만 키가 너무나 뻘쭘하게 커서 하이스쿨 졸업식에 열리는 무도회에 함께 갈 남자친구가 없는 아이. 하이스쿨을 다닐 동안 짝사랑하고 있던 팀에게 함께 무도회에 가자, 하다가 거절당한 아이. 그 아이가 핑크드레스를 입는단다. 그 드레스는 증조할머니의 옷장 안에 들어있던 오래된 드레스. 재단사인 수지의 어머니는 눈이 멀어가는데도 수지를 위해 오래된 그 핑크 드레스를 고쳐주지. 다른 여자아이들이 남자친구와 함께 무도회에 가는데 수지는 혼자. 어머니는 말한단다. 애야, 이 드레스가 네게 행운을 가져다줄 거야. 네 증조할머니도 이 드레스를 입고 마을에서 열리는 무도회에 갔다가 너의 증조할아버지를 만났지. 나도 이 드레스를 입고 네 아버지를 만났단다, 어쩌고. 그리고 그 드레스를 입고 졸업식 무도회에 짠, 나타난 수지. 팀은 수지의 아름다움에 넋을 잃고 정신없이 바라본다, 등등…… 내가 그 이야기를 하는 순간, 용식이가 불쑥 끼어들었어. 여덟 명의 아이가 원탁처럼 둘러앉아 있던 독서클럽이 갑자기 썰렁해졌단다.

"미국이라는 나라, 참 평화스럽다 아이가."

다들 용식이를 바라보았지.

"하이스쿨이라모 고등학굔데 졸업식에 무도회가 열리고 핑크드레스를 입고 어쩌고."

나는 거의 밤새워 읽어온 책에 딴지를 거는 용식이가 미워서 째려보았지. 그래서 어쩔 건데. 용식이는 코를 팅 풀더니 먼 데를 바라보는 양 한마디 던졌어.

"우리 형님이 지난주에 잡혀갔다, 데모하다가."

우리는 다시 일제히 용식이를 바라보았단다.

"우리 형님이 공산주의자라 카대. 데모했다꼬."

나는 내 분위기를 깨는 용식이를 사뭇 째려보다가 그래도 형님이 경찰에 잡혀갔다는 말을 듣고는 슬그머니 겁이 났어.

"너거 형님, 와 잡혀갔노?"

"유신 헌법, 긴급조치 위반이라든가, 뭐라든가."

"하모 너거 형님, 진짜 공산주의자 아이가?"

미숙이가 물었어. 공산당? 그 잔인한 폭도? 독서클럽 아이들은 조용해졌어. 미숙이, 나, 영미, 금희, 용식이, 해철이, 명남이, 인수.

"나도 잘 모른데이. 울 아버지 엄마, 그제 새벽 고속버스로 서울 안 갔나. 서울에 있는 어디 구치소에 갇혀 있다고 카대."

용식이는 그 말을 하고 고개를 떨구고는 주먹으로 눈물을 훔쳤어. 정말 닭똥 같은 눈물이라더니. 또 우는 사람을 보네. 울 엄마는 아버지에게 새 여자가 생겼다고 울고 정우는 엄마가 운다고 따라 울고 나는 엄마가 우는데도 울지 않았다고 울고. 이 무슨 난리람. 착잡…… 우울…… 그 순간, 나는 아무도 모르는 왕국, 아틀란티스 생각이 또 났어. 그곳은 낙원이라잖아. 그 낙원은 그런데 조금은 어색해. 아틀란티스라는 긴 이름의 낙원.

"아버지도 끌려갈 뻔했데이. 새벽에 순경들인지 뭔지 들이닥쳐서는 형님이 쓰던 방을 다 엎어놓고는 아버지 머리를 막 때렸다니께. 울 아버지, 얼매나 순한 사람인데 평생 그릇방 하던 사람 아이가. 아무것도 모르는데, 주먹으로 얼매나 머리를 때렸는지 피가 다 나더라. 머리에다 붕대 감고 서울로 갔다 아이가. 울 엄마는 기절해서 이웃 아지매가 미음이랑 김칫국물을 가져다주어서 겨우 깨어났다꼬. 병원엘 가자는데도 끝내 안 가고 아부지랑 서울 올라가셨데이."

우리는 아무 말 못 하고 고개만 떨구고 앉아 있었어. 중학생들이 모여서 그런 정치 이야기를 나누어도 되나, 싶어서 은근히 누가 들을까봐 겁도 났어. 그 순간, 우리 모임이 꼭 불법! 같았어. 중학교 다니는 여자아이들과 남자아이들이 토요일에 만나는 것도 비밀로 해야 하는 판국이었거든. 생활지도 선생님이 알아봐, 우리는 혼쭐이 날 거야. 그런데다가 정치 이야기라니. 하지만 이건 정치 이야기가 아니고 용식이 집안 이야기잖아. 그런데 불쑥 미숙이가 나서는 거야.

"우리 성당 오빠들 중에도 잡혀간 오빠들 여럿 있다. 막걸리 마시다가 잡혀가서는 군대에 끌려갔다고 하대."

그러자 영숙이도, 금희도 거들고 나섰어. 해철이, 명남이, 인수도 쭈뼛거리다가 에라 모르겠다, 싶었는지 다 한마디씩 하더라. 주변에 죄다 잡혀간 사람들만 있나봐. 심지어 인삼집 아들인 인수는 조총련에 당숙이 있는데, 당숙이 인수 아버지를 만나고 가자 정보부에서 사람들이 나와 인수 아버지를 데리고 가서는 2주일 동안이나 가두어놓고 이것저것 물었다는 거 있지.

"당숙 만났는데 그게 뭐 죄가 되나?"

뭘 잘 모르는 내가 물었어. 다들, 눈을 흘기면서 나를 바라보더라. 나 말고 이 독서클럽에 있는 아이들은 이 세상에 대해서라면 나보다 백배는 더 잘 알고 있는 것 같았지. 영미가 아주 쬐끄마한 소리로 내 귀에 대고, 간첩……이라는 말을 했을 때 나는 그만 소스라치게 놀라서 눈을 감고 말았어.

그날, 독서클럽 모임은 책 이야기가 아니라 집안 이야기와 세상 이야기로 돌아서고 말았단다.

미숙이는 성당에서 듣고 본 이야기를 들려주었고 영미는 또 자기가 겪은 이야기를, 다른 아이들도. 하지만 나? 나는 그런 종류의 이야기는 없었어. 아버지는 나라에 헌신하는 시청 공무원인데 무슨 일이 있겠니? 나는 형제도 없는데. 정우라는 이복언니는 만날 귀신 씻나락 까먹는 소리에다 사라진 왕국 아틀란티스를 꿈꾼다는 말을 아이들에게 할 수도 없었어. 나는 그냥 아이들 이야기만 듣고 있었어. 용식이가 눈물을 훔치며 들려준 이야기는 지 형 이야기라고 하자. 하지만 해철이의 이야기는 정말,

뭐랄까, 이상했어.

해철이는 겉으로 보기에는 아주 멀쩡한 아이였어. 얼마나 잘 생겼는데. 독서클럽에서 처음 그 아이를 보고 나는 심지어 마음이 설레기까지 했어. 그러나 참 이상한 일. 해철이는 왕자님이 아니라 수몰지구에서 자란 아이였단다. 아니, 수몰지구라니? 아틀란티스처럼 물속으로 사라진 곳이란 말이지.

해철이가 들려준 이야기는 댐이 들어서자 물속으로 가라앉은 마을 이야기였어. 그렇게 오랫동안 부쳐먹던 논과 밭이 잠기고 보상금을 받아 식구들이 새 개발지구, 장수동에 발을 디뎠다고 했어. 잉? 장수동? 아버지가 딴 여자랑 새살림을 차린 곳인데.

그곳에서 해철이네 아버지와 어머니는 딴살림이 아니라 술집을 차렸다고 했어.

술집.

아버지가 목포나 순천, 부산에서 아가씨들을 떼어온다고 했지. 기차를 타고 밤새워 달리고 달려서 중개인에게 돈을 주고 이제 막 잠에서 깨어난, 눈곱이 떨어지지 않은 딸 같은 아가씨들을 데리고 술집으로 오면 해철이 어머니는 술안주로 낼 마른 문어의 머리를 잘근잘근 방망이로 다지고 있었다고 했어. 모주를 끓이는 마당을 바라보며 어린 아가씨들이, 해철이 도련님, 하고 농담을 하는 이른 저녁이면 해철이는 숙제를 하다가 그만 질겁을 하고 교과서를 덮었대. 문어 머리에다 모주에다 이른 저녁에 마당에서 저녁 장사를 준비하며 까르르 웃는 아가씨들에게서는 비릿한 담배 냄새와 화장품 냄새와 그리고, 그리고 배고픈 냄새가 난다고 해철이는 말했어. 나는 배고픈 냄새, 라는 해철이의 말을 듣다가 화들짝 놀랐어. 아니, 배고픔에도 냄새가 난단 말이야.

"해철아, 니는 그래도 낫다. 울 엄마는 점쟁이 아이가."

명남이가 큰 결심을 했다는 듯 털어놓았어. 옥봉동, 쌍부자 도사, 라면 모르는 사람이 없었는데 그 무당이 명남이 어머니였어.

"울 엄마는 눈동자 없는 무당이라 안 카나. 무당이 뭐 별거라고, 니들은 생각하겠지. 하지만 그게 아이다."

명남이는 쌍부자 도사인 엄마에게 점치러 오거나 부적을 맞추러 오는 사람들 이야기를 해주었어. 멀쩡하게 생긴 어른들로부터 아이를 잃어버린 부잣집 며느리에다 자식을 다 떨구어보낸 밀수꾼 아지매까지. 그리고 명남이는 강물에 빠져 죽은 동생 이야기를 했지. 밤에 변소에 갈 때면 동생의 손이 머리를 꽉 붙잡는 것 같다고.

영미에게는 엄마뿐인데 미장원을 한다고 했어. 아버지는 실업자고 가끔 엄마에게 와서 돈을 달라고 행패를 부린대. 엄마를 때리고 뜨거운 고데기를 팔에다 대고 눌러서 엄마는 며칠 병원 신세를 져야 했다네. 고모들은 엄마한테 그랬대, 돈을 주지 그랬어예, 미장원 하니 현금이 얼마나 많을 텐데…… 우리 동생, 몇 푼 쥐여주모 그길로 술 마시러 가는 어진 아이 아인가베예. 그 말을 하는 고모들은 꼭 엄마가 맞을 짓을 했다는 투였어.

금희는? 어휴, 얼마나 다행인지. 금희만은 그런 지독한 이야기가 없었어. 시내에서 서예실을 하고 있는 아버지에다 집에서 살림을 꼼꼼히 잘하는 엄마가 있었어. 금희는 참 착해. 다들, 어려운 이야기를 하자 눈물을 글썽거리며 듣잖아.

기가 차네. 이 독서클럽에 있으면 어려운 현실 따위는 잊어버릴 줄 알았는데 어디를 돌아봐도 지옥이야. 다들 지 이야기를 하고 난 뒤 아이들은 일제히 나를 바라보았어. 너는? 하는 눈으로.

"내는 아무 문제 없다 아이가. 살찐 거 말고는. 울 아버진 공무원잉께."

나는 고개를 숙였지, 죄를 지은 사람처럼. 아이들은 의미심장한 얼굴로 서로 눈짓을 했어. 좀 이상하다는 느낌은 받았지만 나는 더이상 생각은 하지 않았지.

어둑어둑.

저녁놀이 소나무 가지 사이를 지나갔어. 아이들도 지 이야기에 지치고 나 역시 듣는 데 지쳤을 때 우리는 배가 고팠어. 아이들을 데리고 만수씨 찐빵집으로 가자, 싶었단다. 그 가게로. 돈이 어디 있느냐고? 나, 이래 봐도 박경실이야. 그리고 용식이를 집으로 그냥 보낼 수는 없잖아, 집에는 아무도 없을 텐데.

만수씨 찐빵집은 천국이야.

가난한 성냥팔이 소녀가 성탄 전야에 구운 칠면조가 올라오는 남의 집 만찬을 들여다보듯 유리에 김이 서린 43번지 찐빵집에서 피어오르는 김을 바라보고 있으면 이곳이 아틀란티스가 아닌가, 싶어. 잘 끓인 멸칫국물에 만 우동이나 팥고물이 달큰한 찐빵, 그리고 아저씨가 불러주는 노래들. 앗싸, 앗싸, 울지 말고 넘어라, 진부령 고갯길이었지.

게다가 김양 언니가 합세한 찐빵집에는 심지어 김치도 있고 우동도 우동이지만 수제비에다 파전도 있는 거야. 독서클럽 아이들과 함께 나는 찐빵집으로 갔어. 그런데 김양 언니가 찐빵집에서 만수씨 일을 거들고 있는 것까지는 좋았는데, 아니 저 계집애가 누구람? 여섯 살쯤 되었을까? 계집애는 찐빵집 구석에서 꾸벅꾸벅 졸고 있었지. 시간은 벌써 6시. 엄마랑 정우는 이 토요일 저녁에 날 기다리고 있겠지. 하지만 나는 오늘, 찐빵집에서 우리 독서클럽 아이들이랑 있을 거야. 그런데 저 계집애는 누구냐, 말이다.

"경실이, 니 왔나."

만수씨가 바지 앞에 건성으로 두르고 있는 낡은 앞치마에 손을 닦으며 벙글벙글 웃음으로 날 맞았어. 더운 김이 나는 찐빵집에서는 만수씨가 이제 막 우동 국물을 내고 있었는지 얼굴이 잘 삶은 가재처럼 벌겠지. 아니, 이른 시간에 기분 좋게 막걸리

한잔이라도 걸쳤나. 아니었어. 만수씨는 술을 마시는 사람이 아니었지. 한데 만수씨는 아주 들떠 있었어.

"니가 요새 하도 안 와서…… 잘 살고 있거니 했데이. 니, 내 신개발품 좀 맛볼래?"

그러다가 만수씨는 나 혼자가 아니라 일곱 명의 중학생들이 내 뒤에 서 있는 걸 보고 깜짝 놀랐어. 나는 언제나 혼자 여기로 왔거든. 아니면 정우를 데리고 오거나. 그런데 이렇게 많은 아이들이 함께 오다니.

"아저씨, 오줌 마려."

계집아이가 만수씨의 앞치마를 잡아끌고 있었어.

"난영아!"

만수씨 어깨 너머로 살찐 김양 언니의 어깨가 흔들리는 거라.

"가자. 엄마가 데려다주꾸마."

엄마라고? 김양 언니는 아이를 데리고 찐빵집 뒷문으로 갔어. 저 계집아이가. 만수씨는 멋쩍은 듯 웃으며 나에게 들어오라, 하더니 내 뒤에 서 있던 아이들한테도 들어오라고 손짓을 하더라. 우리는 찐빵집으로 들어갔어. 만수씨는 엽찻잔을 쭉 늘어놓더니 신개발품이니만큼 오늘은 공짜라고 호기 있게 말했어.

"오늘은 내가 한턱낼 테니 아무 걱정 말고 묵자."

나는 마치 집에라도 온 양 굴었어. 그런데 문제는 뭔지 아니? 그렇게 독서클럽 아이들이 찐빵집으로 들어오면서 나는 또 거짓말을 해야 하는 사태가 벌어지고 만 거지. 내게 가진 돈이 어디 있겠어. 우선 외상으로 하고 엄마에게 거짓말을 해서 돈을 타내야지. 엄마는 아버지가 집으로 들어오지 않아도 언제나 돈은 있었지. 또 거짓말을 하려고 하다니, 나도 한심해.

일기장아, 네가 나에게 물어본다면 나는 할 말은 없어. 하지만 용식이나 독서클럽 아이들을 실망시킬 수는 없잖아.

만수씨가 신개발품이라며 들고 온 찐빵은 겉보기에는 아무것도 달라지지 않았지. 그러나 입으로 가져간 순간, 나는 이게 뭐야? 싶었단다. 단팥 대신 양파랑 배추, 그리고 돼지비계가 들어 있는 만두였어. 만두. 선우현 선생님이 만두를 한번 만들어보라고 할 때는 꿈쩍도 안 하더니. 아마도 이건 김양 언니의 생각이었을 거야. 암것도 모르는 아이들은 맛있게 간장에 찍어서는 씩씩하게 찐빵 만두를 입에 가져갔지만 나는 한 입 베어물다 슬그머니 접시에 올려놓고 말았지.

"와, 맛이 없나?"

난영이라는 계집애와 함께 김양 언니가 내 앞에 서서 물었어. 참, 난처했어. 언제부터 김양 언니는 나에게 저리도 싹싹하게 구는 거야. 그리고 이 집이 김양 언니 집이냐.

"오늘 가게 문 닫았십니꺼?"

"그래. 저녁에는 손님도 없는 뜨개질집 열고 있어봐야 뭐하겠노. 만수씨, 아직 독감도 안 떨어졌으이 좀 도와줄라고. 경실아,

글고 야는 내 딸이데이. 시골 친정에 맡겨놓았는데 어제 데리고 안 왔나."

난영이는 날 째려보았어. 어린 계집아인데 저렇게 째려보는 눈이 사뭇 매섭네. 나는 만수씨를 불렀어.

"아저씨! 진짜 찐빵 없능교?"

"와? 맛없나?"

"아입니더. 진짜 찐빵 좀 주이소. 그리고 우동도 한 그릇씩 쫘악 돌려주고예."

나는 잔뜩 화가 난 듯 퉁명스럽게 만수씨에게 말했어. 독서클럽 아이들은 아무 눈치도 못 채고 아주 맛있게 먹고 있었지. 난 맛있게 먹고 있는 아이들의 머리를 바라보았어. 참 이상해. 나는 왜 아이들에게 찐빵이랑 우동을 먹이려고 했을까? 그리고 아이들은 왜 아무것도 묻지 않은 채 이 찐빵집으로 나를 따라왔나.

갑자기 섬뜩한 느낌이 들었어.

꼭 나는 아이들을 매수하려는 것처럼 굴었거든. 거짓말을 했으니 입 다물고 발설하지 말아주쇼, 하는 폼으로 아이들을 바라보았어. 아이들은 네가 이만큼 잘못했으니 이런 것쯤이야 돈으로 사주는 거 의당 해야 할 일 아니었니? 하는 태도였어.

이거, 매수 아냐?

그러니까 진짜 매수는 아니래도…… 마치 눈감아달라는 것처럼 나는 아이들에게 찐빵을 사주고 있어.

아이들은 이런 대접, 네가 우리한테 하는 거 당연하다는 듯 저렇게 즐겁게 국물을 마시고 찐빵 만두에다 간장을 찍어서는 서둘러 서둘러 목 안으로 넘겨.

나는 아이들이 맛있게 먹는 걸 보면서 기분이 좋았으나, 한순간 가슴을 꽉 찌르면서 지나가는 물음들…… 아이들이 혹, 내 거짓말을 아는 건 아닐까?

언제나 그랬듯,

가시방석에다,

모래성이야.

불안해.

난영이가 우리들이 앉은 자리에 턱하니 한자리를 차지하더니 만두를 집어들고는 우적우적 씹었어. 계집애, 넉살도 좋네. 나는 난영이의 턱에 묻은 간장을 닦아주었어. 얘 좀 봐, 아무렇지도 않은 듯 턱을 내게 내밀고. 나는 난영이의 턱을 닦아주면서, 그래…… 일기장아, 꼭 남을 매수하려는 사람처럼, 그렇게 거짓을 얼굴에 쫙 깔고 깔깔거렸어. 이 웃음을 집어담을 그릇이 있다면, 그 그릇은 아주 못생긴 개밥그릇일 거야.

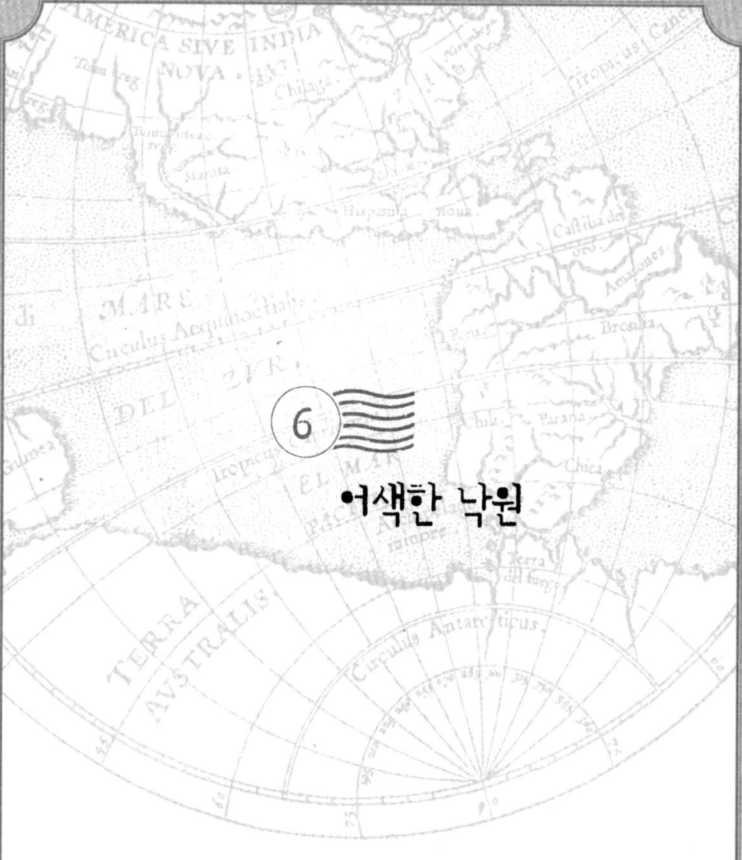
AMERICA SIVE INDIA NOVA
MARE
DEL ZVR
Circulus Aequinoctialis
Tropicus Cancri
Castilia del oro
Amazones
Bresilia
Peru
Chili
Parana
Chica
Terra del fuego
TERRA AUSTRALIS
Circulus Antarcticus

6

어색한 낙원

일기장에게.

내가 잘했다는 건 아냐. 엄마 지갑에서 돈을 훔쳐서 그날 우리가 만수씨 집에서 먹은 빵이랑, 우동값을 낸 거. 나도 알아.

외상을 하고 그 다음날 내가 만수씨에게 지폐를 내밀었을 때 만수씨는 뚱한 얼굴로 믿지 못하겠다는 듯 손에 지폐를 들고 있었어. 그러고는 지폐를 앞치마 주머니에 구겨넣고 단무지를 썰었지. 나는 그냥 서 있다가 찐빵집을 나오려고 했어. 그때 만수씨가 내 교복 윗옷을 잡는 거야.

"경실아! 이 돈 어디서 났노?"

"……"

"니, 좀 이상하다. 우리 좀 나가자."

다른 사람이 그렇게 말했다면 나는 코웃음을 치고 도망갔겠지만 만수씨에게만은 그럴 수가 없었어. 만수씨는 저녁나절이라 바쁠 텐데도 찐빵집에 있는 손님들은 다 젖혀두고 날 찐빵집 뒤로 데리고 갔지. 고개를 숙이고 있는 나에게 만수씨는 고개를 들어보라고 하더라.

"니, 용돈 그리 많나?"

"……"

"훔쳤나?"

"아이라예."

"그라모 돈이 어디서 났노? 아무리 니가 부잣집 딸이기로 이리 많은 돈이 있는 거는 좀 이상하다. 니 어머이가 줬나?"

나는 만수씨에게만은 거짓말을 할 수 없었지. 그렇다고 만수씨에게 엄마 지갑에서 돈을 훔쳤다고는 말 못 하겠더라. 그냥 묵묵부답. 그러자 만수씨는 나에게 돈을 내밀었어.

"니, 내가 전과자라는 거, 모르나? 그래서 다시는 빵간에 안 들어가겠다고 맹세한 이야기, 내가 안 하더나? 훔친 돈은 안 받는다. 도로 가져가라. 용돈 생기모 짬짬이 갚아라. 글고 다시 이런 짓 하모 우리 집 출입을 못 하게 할 끼다."

노한 얼굴의 만수씨는 돈을 내 손에 도로 쥐여주고는 뒤도 돌아보지 않고 가버렸어. 나는 어쩔 줄 모르고 그 자리에 오래 서 있었단다. 이를 어쩌나. 다른 사람은 몰라도 나는 만수씨에게는 나쁜 사람이 되기 싫었어. 엄마보다 울 아버지보다 나에게 다정했던 만수씨였어. 초등학교를 다닐 때부터 나에게 들러붙는 사람들의 눈총과 놀림으로부터 언제나 날 지켜주었던 사람이 바로 만수씨야. 아무도 없는 집에 들어가기 싫어서 나는 얼마나 자주 만수씨 찐빵집에서 숙제를 했다고. 만수씨는 여태껏 싫은 내색 한 번 보이지 않고 날 돌보아주었지. 그런 만수씨를 실망시키다니. 나는 갑자기 갈 곳이 없어진 사람처럼 오랫동안 그 자리에서 있다가 찐빵집이 있는 시장통을 빠져나왔지. 눈앞이 흐릿해왔어. 내가 울고 있는지 그냥, 마음이 너무 아파. 이건 뭐람, 독서클럽 아이들한테 한턱내겠다고 엄마 지갑에서 돈을 훔치는 나는 내가 그렇게 미워했던 아버지나 엄마보다 나을 게 하나도 없었어.

아틀란티스에는 사천이라는 작은 도시가 하나 있었어요. 아주 욕심 많은 사람이 그 도시를 다스리고 있었답니다. 말을 거역하는 사람들을 잡아 가두고 죽이기까지 하는 나쁜 시장이었지요. 그 도시에는 차부가 있었고 차부 옆에는 국숫집이 하나 있었어요. 엄마랑 함께 그 국숫집을 하는 아이의 이름은 미미였어요. 어느 날, 국숫집으로 젊은 남자 하나가 밤늦게 찾아왔답니다. 남자는 국수 한 그릇을 시켜놓고는 국수는 먹지 않고 한참 동안 앉아만 있었답니다. 엄마 일을 거들고 있던 미미는 하도 이상해서 엽찻잔을 들고 갔지요. 국수가 맛이 없는지 물어보았어요. 젊은 남자는 고개를 흔들고는 국수를 먹기 시작했어요. 참 맛있다고 하면서 말이에요. 그 다음날 미미는 그 젊은 남자가 새로 온 담임 선생님이라는 걸 알게 되었어요.

그뒤로 선생님은 저녁이면 언제나 국숫집으로 와서 국수를 먹곤 했지요. 엄마와 미미는 외롭기도 했고 자주 찾아오는 선생님이 좋았어요. 그래서 김치도 싸주고 가끔 선생님이 국수 두 그릇을 드시면 한 그릇 값만 받고는 했지요, 떨이라면서. 어느새 선생님은 미미네 식구처럼 되었답니다. 그러던 어느 날, 선생님은 어떤 여자를 데리고 나타났어요. 은희라는 이름을 가진 아가씨는 셔츠와 허름한 바지에다 운동화를 신고 있을 뿐이었지만 두 눈은 초롱초롱한 사람이었어요. 미미는 오빠 같은 선생님이 데리고 온 아가씨라 관심을 가지고 바라보았지요. 미미가 자꾸 쳐다보자 은희씨는 미미더러 이리 와보라, 했어요. 미미는 두 사람이 앉아 있는 자리에 가서 옆 탁자의 의자를 끌어다 앉았지요. 은희씨는 미미의 어깨를 쓰다듬어주면서 선생님에게 말했어요, 나도 이런 예쁜 애가 동생이었음 좋겠네요. 미미도 단박에 은희씨가 좋아졌답니다. 그뒤로도 은희씨는 사천에만 오면 미미와 엄마에게로 와서 국수를 먹기도 하고 미미에게는 호두과자 같은 걸 선물하기도 했지요. 그러던 어느 날, 은희씨가 국숫집으로 들어오자마자 나쁜 시장이 보낸 경찰이 들이닥쳤어요.

나는 내가 쓴 아틀란티스 이야기를 읽고 또 읽어보았지. 그래, 은희씨를 경찰에 잡혀가게 하자, 용식이 형님처럼. 그리고 엄마와 미미는 슬픔에 빠져 있는 선우현 선생님을 위로하고 경찰서로 은희씨를 만나러 가게 만들자, 싶었지. 하지만 이상해. 이 이야기는 아무 느낌이 없어. 나랑은 아무 상관없는 이야기들 아닌가 말이다.

뭐가 진짜 네 이야기냐고?

진짜 아닌 것, 그 모든 것들이 내 이야기다, 어쩔래?

나는 진짜, 진짜 내가 누구인지 몰라. 뚱뚱하다는 것 말고는 나, 나에 대해서 아는 것이 없어. 그것 말고 내가 나에 대해서 할 수 있는 말은 무엇일까? 중학교를 졸업하면 고등학교, 그리고 대학…… 울 아버지가 돈이 있으니 나는 대학이라는 곳을 가겠지. 근데 왜 이리 가슴속이 갑갑하담. 진짜 나는 어디에 있어!

일기장아, 그래 나는 다시 아틀란티스의 이야기를 지을 거야. 선우현 선생님이 그랬잖아, 아틀란티스는 낙원에 대한 이야기라고. 낙원. 모든 사람들이 그 안에서 행복해지는 곳. 나는 낙원에 살고 있다, 는 느낌은 언제 들까, 하는 것을 요약해서 적기 시작했어. 요약하면 잘 보이잖아, 번호를 매겨가지고 말이야.

1. 나는 뚱뚱하지 않다(아니, 뚱뚱해도 괜찮지만 다른 사람들이 날 쳐다보지 않았으면 좋겠다).

2. 엄마가 집에서 날 돌보고 아버지는 남에게 욕먹을 일 안 했으면 좋겠다.

3. 만수씨가 찐빵집 건물을 샀으면 좋겠다.

4. 우리 독서클럽 아이들이 행복했으면 좋겠다.

5. 언니가 하나, 있었으면 좋겠다.

위에 적은 이 다섯 가지만 갖추고 있다면 나는 낙원에서 살고 있다고 느낄 것 같았지. 휴, 한숨 좀 쉬자. 적고 보니 그러네. 낙원을 가진다는 건 어렵네. 첫번째는 그래, 내가 해낼 수 있을지도 모르지만 나머지 네 가지는 내가 할 수 있는 일이 아니잖아. 그런데 다섯번째는 뭐람? 정우라는 이복언니가 이미 있는데 무슨 언니를 또? 나는 다섯번째에 적힌 것을 보고 이상하다, 싶어서 한참 동안 보고 있었어. 나는 아직도 정우를 언니라고 여기지 않나봐.

에라, 싶어 드러누워 천장을 멀뚱멀뚱 바라보았어.

이 다섯 가지만 있다면 정말 나는 낙원에서 살고 있는 건가.

낙원, 멀고도 어색한 낙원.

그날 저녁, 나는 엄마와 겸상으로 저녁을 먹고 정우가 돌아올 때까지 우리 방에서 숙제를 하고 있었어. 정우가 돌아왔을 때 엄마는 내가 뭐라고 하기도 전에 정우를 데리고 나가버렸지. 나보고는 집 잘 보고 있으라, 하면서. 정우는 영문도 모른 채 얼떨결에 엄마를 따라나서는 것 같았어. 왜 정우만 데리고 나가느냐고 항의를 할까, 도 했지만 나는 그냥 방문을 닫고 들어와버렸어.

속이 상했지. 내가 친딸이잖아. 정우는 아직, 나는 얼굴도 모르는 이모의 딸이잖아.

그 순간 집을 나가버릴까, 싶었어. 어차피 콩가루 집안이니, 나 하나 없어졌다고 표가 나지도 않을 거야. 내가 없어지면 엄마는 예쁜 정우를 내 딸이다, 하고 동네방네 데리고 다니면 되잖아. 아버지가 집을 나간 뒤 나는 몇 번이나 시청에 가볼까, 했어. 하지만 아버지의 차가운 눈빛과 단정한 자세가 자꾸 날 망설이게 했지. 그리고 끝내 시청엘 가지 않았어. 한참 동안 벽에 기대어 이런저런 생각을 하다가 나는 공책을 끄집어냈어. 아틀란티스 이야기. 진짜 내가 생각하는 낙원 이야기를 써보자.

아틀란티스는 푸른 바다로 둘러싸인 작은 섬. 그곳에는 아틀란티스라는 이름의 왕국이 있었습니다. 봄 여름 가을 겨울, 언제나 햇빛이 따뜻하고 바람도 선선했지요. 나무마다 향기로운 과일이 열리고 흐르는 강물에는 우유와 꿀이 흐르고 있었습니다. 그곳에 사는 사람들은 걱정도 없고 언제나 좋은 이야기만 했어요. 서로 다투지도 않았고 부자도 가난한 사람도 없었지요. 집을 나간 아버지도 없고 언제나 같은 반찬만 먹으라고 상을 들이미는 엄마도, 이복언니라는 것도 없었구요. 그곳에서 태어난 여자아이들은 다 늘씬하고 하늘거리는 치마에다 레이스가 많이 달린 블라우스를 입었지요. 긴 머리칼에다 흰 장미꽃을 꽂고 있었구요. 섬에는 황금으로 만들어진 성이 있었고 그 성안에는 왕도 없었고 사람들은 그 성안으로 더위를 피하러 가기만 했지요. 여자아이들과 남자아이들은 같은 학교를 다니면서 서로 이야기도 많이 나누고 함께 강으로 소풍을 가서는 흐르고 있는 꿀과 우유를 떠 마시기도 했어요.

여기까지 쓰다가 나는 공책을 덮고 이불을 폈어. 그러곤 드러누워 진짜 그 섬의 모습을 상상하기 시작했어. 얼마나 좋을까, 아무 근심도 없고 미운 아버지나 엄마도 없고 그리고 경찰에 끌려가는 오빠들도 없고. 그리고 다들 늘씬하고 욕심도 부리지 않고. 독서클럽 아이들에게도 아틀란티스 이야기를 지어보라고 하면 어떨까? 다들 자기만의 낙원을 가지고 싶어할 것 같아. 용식이, 미숙이, 영미, 해철, 인수, 금희, 명남이, 모두 다 마음속에 낙원이라는 꿈을 품고 있겠지, 나처럼. 그런 생각을 하다가 깜박잠이라도 들었나봐. 누군가 흔들어 깨우는데 나는 정우인 줄 알았지. 그래서 밀치고 계속 자려고 하는데 흔들어 깨우는 손이 정우 손은 아니었어. 남자의 손이었어. 억지로 눈을 뜨는데 내 눈앞에 아버지가 희뿌옇게 나타났지.

아버지!

"경실아, 놀라지 마라. 니 얼굴 한번 보고 가려고."

'내 얼굴을? 아버지가 날 보고 싶어했다고?'

나는 너무 놀라 자리에서 벌떡 일어나버렸어.

"아버지, 집에는 안 들어옵니꺼?"

아버지는 헛기침을 한두 번 하더니 일어섰지.

"기다리지 말고 그만 자라."

그러고는 나갔어. 나는 귀신을 본 것처럼 놀라서 가위라도 눌린 듯 움직일 수가 없었지. 그 자리에 앉아서 흔적도 없이 사라진 아버지의 뒤통수만 생각하고 있었어. 세상에 태어나서 지금까지 아버지의 얼굴을 그렇게 가까이 본 적은 없었단다. 하지만 너무나 순간적이어서…… 정말 나는 아버지를 보았나.

엄마와 정우가 돌아오고 정우가 방으로 들어와 이불을 펴고 내 옆에 누워서는 날 불렀어. 나는 대답하지 않고 눈을 감고만 있었지. 갑자기 나타난 아버지 때문에 하도 놀라서 정우에게 어디에 갔었느냐고 물어보는 것도 잊어버렸지. 정우는 날 두어 번 더 불러보다가 내가 꿈쩍 않자 저도 이불을 머리끝까지 뒤집어쓰고는 불도 끄지 않고 가만히 있었어. 나는 그제야 슬그머니 일어나서 불을 껐지. 막 눕는데 정우가 날 불렀어.

"안 자면서 대꾸도 안 하나?"

"그래…… 어데 갔다 왔노?"

"점집에."

"점집?"

"그래. 이모가 가자 캐서."

"점집에서 뭘 할라꼬?"

"점집에서 하는 게 다른 게 있나, 점치는 거제. 부적도 받아오고. 그도 저도 효과 없시모 굿도 한다 카더라. 점쟁이가 하는 말이, 이모는 언제나 붉은 빤쓰만 입으라 카고 잉어 두 마리 사서 강에 풀어주라고 카대."

"무슨 효과를 볼라꼬?"

"아버지 때문 아이가. 집엘 안 오니. 그런데 참 이모 웃기더라. 점쟁이 앞에서 지가 최고로 착한 사람인 거처럼 굴데. 요조숙녀처럼 몸을 배배 꼬고는. 온 정성을 다해서 집을 돌봤는데 남편이 바람났다꼬."

"니는 울 엄마랑 잘 통함시롱 욕은 와 하노?"

"경실아, 욕하는 게 아이고 이상해서 그란다. 이모는 자기에게는 아무 잘못이 없고 다른 사람들만 잘못하고 사는 거맨치로 구니."

정우의 말이 옳아. 엄마는 언제나 그랬지. 외출 준비를 하다가 입고 나갈 옷이 마땅치 않으면 정선이 아지매가 빨래를 잘 못해서 그렇다고 했지. 자기 인생이 이렇게 된 건 내가 태어났기 때문이고. 그런데 아버지가 딴살림을 차린 건 아버지 잘못일까, 아님 아버지를 유혹한, 엄마 말을 그대로 옮기자면 '여시배기나 다를 것 없는 천한 년' 때문일까? 정우 엄마에게서 아버지를 빼앗은 사실을 엄마는 잊어버린 듯했어.

"그리고 경실이 니도 뭐, 부적인가 뭔가 하는 거, 빤쓰에 달아야 한다더라."

"뭐가 어째?"

"니한테 아버지를 쫓아내는 살이 들어 있다 카대."

뻔뻔스런 점쟁이 같으니라고. 나한테 살? 내가 살찐 애이긴 하지만 살 낀 애는 아니라구! 결국 아버지가 집을 나간 건 내 잘못이니 엄마는 좋았겠지.

나는 아버지가 몰래 집에 다녀갔다는 이야기를 정우에게 하지 않았어. 그리고 엄마에게도 할 생각이 없었어. 아버지는 정말 날 보려고 집에 들렀을까? 왜? 그 물음만이 머릿속을 맴돌았어.

그 다음날 학교에 가려는데 엄마가 날 부르더니 그 부적이라는 걸 주었어. 엄마는 밤새워 내 팬티에다 주머니라도 만들어놓았나봐. 갈아입으라고 해서 나는 그렇게 했어. 팬티 고무줄을 잡아당겨서는 부적을 그 주머니 안에 넣어주며 잃어버리지 말고 달고 다녀라, 했어. 나는 아무 저항도 안 하고 그렇게 했지. 저항을 한들 엄마 목소리만 높아질 뿐일 테니. 도시락을 보자기에 싸서 가방 안에 넣어주기까지 하면서 엄마는 신신당부를 했단다.

"경실아, 우리 합심해서 니 아버지, 집으로 데꼬 오자이. 딸이라고는 니 하난데, 니가 날 도와주지 않으모 누가 도와주겄노?"

나는 정우가 있잖심니꺼, 라고 말하려다가 억지로 참았어. 엄마의 화를 돋우어서 될 게 없기도 했고, 얼마 전 엄마 지갑에서 돈을 훔쳐낸 게 마음에 걸리기도 했어. 나도 썩어가나봐. 잘못한 게 있으니 말문을 닫네.

그날, 나는 세계사 시간에 졸다가 선우현 선생님의 분필을 맞았고 수학 시간에도 머리를 쥐어박혔어. 국어 시간에 창문을 바라보고 있다가 주의를 받았고 마지막 시간인 영어 시간에는 심지어 불려나가서 물통을 들고 꿇어앉아야 했지. 아무 정신 없이 보낸 날이었어. 아버지의 얼굴이 머리를 떠나지 않아서 그랬어. 그리고 팬티에 달려 있는 주머니에 든 부적은 얼마나 까끌거리는지. 드디어 나는 학교를 마치고 버스를 타고 오다가 강이 시작되는 곳쯤에서 그냥 내렸어. 강둑으로 가서 한참 넋을 놓고 앉아 있다가 겁도 없이 부적을 강물에다 던지고 말았어. 얼마짜리 부적인데. 엄마가 알면 정말 혼이 날 거야. 그리고 사람 마음은 이상해서 부적이 강물에 쓸려가 보이지 않자 겁이 덜컥 나더라. 정말 무슨 악운을 내가 몰고 오는 건 아닌가, 하고. 집으로 들어가기가 싫어 시장통으로 갔어. 만수씨 찐빵집 앞에서 가게 안을 들여다보다가 나는 들어가지도 않고 그냥 발길을 돌렸어. 사람들이 그곳에 많이 있어서이기도 하지만 난영이가 만수씨 옆에 붙어서 있는 걸 보았거든. 그리고 만수씨를 볼 용기도 나지 않았고. 시장통을 나와서 다시 걸었지. 공원이 있는 쪽으로 아무 생각 없이. 벌써 어둑어둑해오는데 나는 갈 곳 없는 아이처럼 어정거렸어. 공원 입구까지 가서는 다시 발길을 돌려 집으로 가려고 했지. 집 말고는 결국 갈 곳이 없구나. 어른이 되면 나는 정말 집, 이라는 걸 만들 거라고 생각했지. 언제나 돌아가고 싶은 곳. 그리운 곳. 따뜻한 곳. 정이 넘치는 곳. 정 같은 소리 한다, 싶었지만 어떡해, 집 말고는 진짜 갈 곳이 없는데. 나는 정우처럼 역전 여인숙에 방을 얻을 용기는 없었어.

혼자서 고개를 떨구고 걸어가는데 누가 내 이름을 부르는 거야. 미숙이였어. 미숙이는 교복을 벗고 사복 차림이네. 미숙이는 키가 큰 아이였지만 교복을 입고 있을 때는 몰랐는데 사복을 입고 있으니 거의 어른 같데. 젖가슴도 셔츠 위로 봉긋하고 얼굴에는 여드름이 약간 돋아 있긴 하지만 눈도 커다랗고.

"니 오데 가노?"

미숙이가 물어서 나도 되물었지.

"니는?"

"용식이 데리러 안 가나. 혼자 있을 낀데 저녁밥 먹으러 오라꼬."

"너거 집에서는 용식이, 아나? 니, 용식이랑 같이 독서클럽 하는 것도?"

미숙이는 아직도 몰랐나? 하는 얼굴로 날 바라보았어.

"내가 소녀 가장인데 누구한테 묻고 자시고 할 게 있나. 할머니가 계시긴 해도 우리 집에서는 내가 대장이다."

미숙이는 너무 당당해 보여서 은근히 부러울 지경이었어. 티 하나 안 내더니 소녀 가장이었네. 심지어 부반장까지 하는. 나는 미숙이가 갑자기 너무나 존경스러워지기 시작했어.

"니, 우리 집에 같이 갈래? 오늘 성당 분들이 오셔서 반찬도 얼마나 많이 주고 갔다꼬. 용식이 데리고 우리 집에 가서 밥 묵자."

얼결에 나는 그러자, 하고 말았어. 용식이 집은 시장통 가까이 있어서 다시 나는 시장통 근처로 가야 했지. 용식이네는 시장통 옆 주택가에 있었어. 그 옆에는 정미소가 있었는데 불에 타서 건물 흔적만 남아 있었지. 그 앞을 그리도 자주 지나쳤는데 옆 집이 용식이네라는 것을 나는 까맣게 몰랐어. 나무 대문 앞에서 조금 기다리니 용식이가 나왔고 우리 셋은 다시 시장통을 지나서 미숙이가 사는 동네까지 갔어. 성당과 절이 나란히 붙어 있는 곳을 지나서 하수도를 따라가다가 나오는 비탈길, 그 길을 올라가면 조가비처럼 따닥따닥 붙어 있는 하꼬방들, 그 가운데 하나가 미숙이네였어. 양철문을 여니 미숙이 동생 둘이 까만 얼굴을 내밀면서 나왔고, 그 뒤에 애고애고 하면서 할머니도 머리를 내밀었지.

"할무이, 친구 둘 데리고 왔십니더. 어서 들어가이소. 내가 상 봐서 들어갈께예."

미숙이 할머니는 앞을 잘 보지 못한다고 했어. 미숙이네는 부엌 하나에 방 하나가 고작이었어. 방도 얼마나 좁은지 한구석에 밀쳐놓은 이불에다 나일론 옷장 하나가 방 전부를 차지하는 것 같았지. 부엌에는 찬장도 없었고 양은그릇이 부뚜막에 놓여 있었어. 미숙이는 둥근 상 위에 성당 사람들이 주었다는 반찬을 주르르 올리고 밥을 양푼에다 고봉으로 퍼서 숟가락을 세 개 꽂아서는 방으로 들고 갔어. 용식이와 나는 서로 먼 데를 바라보며 부엌에 서 있었지. 미숙이는 부엌으로 다시 나왔어. 우리는 고마 부엌에서 묵자, 하더니 다시 커다란 양푼에다가 반찬과 밥을 부어서는 비비기 시작했어. 밥이 비벼지자 우리는 부엌 바닥에 엉거주춤 쪼그리고 앉아 밥을 먹기 시작했어. 나도 용식이도 미숙이도 얼마나 잘 먹었는지 그 많은 밥과 반찬이 순식간에 사라졌지. 미숙이 동생들이 나와서 우리도 밥 다 묵었다, 소리를 치자 다시 미숙이는 방으로 들어가 상을 들고 나왔어. 다라이에다 고무호스를 놓고는 물을 받아서 미숙이와 나, 용식이는 서로 하겠다고 다투며 설거지를 했지. 그러고는 바깥으로 나왔어. 아직은 밤공기를 마시며 걸어다닐 만큼 따뜻하지는 않았지만 우리는 참 기분이 좋았단다. 부엌 앞은 한길가였지만 그래도 문지방에 나란히 앉아 있으니 훈훈하다는 느낌마저 들더라. 미숙이네는 시내보다 조금 더 높은 곳에 있어서 내려다보니 불빛으로 환한 시내 풍경도 멋져 보이고 말이야.

우리가 용식이에게 형님 소식을 물어보지 않았더라면 좋은 기분은 계속되었을 거야. 용식이네 부모님은 구치소 옆에 있는 여인숙에서 지내며 아들을 면회하려고 했지만 일주일이 넘도록 면회 한 번 못 했다는 거야. 그리고 일주일쯤 지났을 때 이미 형님은 다른 곳으로 옮겨간 뒤였대. 그런데 어디로 옮겨갔는지 아는 사람이 없다고 했어. 용식이 부모님은 아직도 그 여인숙에 묵으면서 아침이면 구치소 앞에 서 있다가 어둑어둑해져서야 여인숙으로 돌아온대.

"우리 그러니까, 각자가 하나씩, 뭐냐, 아틀란티스 이야기를 짓자니까."

미숙이와 용식이는 내가 뜬금없이 한마디하자 어이없어하는 눈치였어.

"그러니까, 니도 괴롭고 나도 괴로우니 마음속으로 그려본 낙원 이야기를 하자니까."

용식이가 참 이상한 아이도 있다는 듯 날 바라보았어.

"아틀란티스가 뭐꼬? 또, 그 고상한 이야기가? 전에 니가 말했던 그 뭐냐, 욕망이라는 전차냐, 기차냐, 하는 그거랑 비슷하나? 그런 고상한 이야기들이 얼매나 어색한지 아나? 사기 치는 놈들맨치로."

미숙이는 용식이만큼 퉁명스럽지는 않았지만 역시 못마땅한 목소리로 그랬어.

"니한테는 아무 걱정 없다 해도 그렇제, 아틀란인가 뭔가 하는 거, 지금 그런 소리가 나오나?"

걱정 없는 아이? 나는 미숙이에게도 그 누구에게도 아버지가 집을 나갔다는 이야기나 이복언니가 있다는 이야기를 해본 적이 없거든. 그러니 아무도 모를 수밖에. 그리고 나는 그 이야기는 일기장아, 네게만 할 작정이야.

"어려우면 어려울수록 꿈이 좀 있어야 할 거 아닌가베."

"꿈?"

"그래, 꿈."

용식이가 끙, 하고는 자리에서 일어났어. 날 한심스럽게 바라보더니 그랬어.

"꿈이 뭔지 니, 아나?"

"……"

"우리 형님, 그 꿈 때문에 끌려갔다 아이가. 새 세상, 만들어보자고 데모하다가."

"그라모 그게 니 형님의 아틀란티스다."

나는 지지 않고 말했어. 새 세상을 만들어보자니, 그게 아틀란티스에 대한 꿈이 아니고 뭐냐구. 서울서 대학까지 다니니 용식이 형님은 얼마나 공부를 잘하는 사람이었겠어. 그리고 새 세상 어쩌고 하는 거 보니까 똑똑하기까지 하네. 아님 공산당이든가. 하지만 공산당 가운데도 공부 잘하고 똑똑한 사람은 있었겠지.

아님 왜 공산당들 때문에 그 난리를 피우냐고.

"용식아, 미숙아. 자, 봐라."

나는 꼭 설교하는 목사처럼 두 아이 앞에 섰어. 양팔까지 쫙 벌리고 말이야. 천국을 보여주려는 것처럼. 웃긴다. 내가 말하는 건 천국이 아냐. 누구나 꿈꾸는 곳, 아틀란티스. 꼭 나는 정우가 된 것 같았어. 정우가 처음 나에게 그 말을 할 때 나도 얼마나 정우를 비웃었느냐 말이야. 그런데 이제는? 아틀란티스 열혈 신도처럼 구네. 아니야. 정말은.

아버지가 집을 나가면서 심지어 엄마가 정우를 앞세워 점집을 찾아다니면서 그리고 정우가 엄마랑 잘 통하면서 나는 점점 더 어디 먼 곳을 꿈꾸기 시작했어. 선우현 선생님은 플라톤인가 하는 옛 철학자가 잃어버린 낙원을 이야기한 거라고 했지. 플라톤의 처지는 내 처지보다 낫네, 잃어버릴 낙원이라도 있었으니. 나는 단 한 번도 낙원 비스무리한 것도 가져보지 못해 어떤 모습이 낙원인지도 몰라. 고기도 먹어본 놈이 잘 먹는다고 낙원이라는 걸 가져본 적이 있는 그리스 사람들이나 낙원 꿈을 잘 꾸겠지. 꿈을 꾸는 것도 쉬운 일은 아냐. 한 번도 가져본 적 없는 낙원을 어떻게 초가집 개량 사업하듯 뚝딱 지으라고?

"니들, 니들 처지가 싫어, 좋아? 우리 독서클럽이라고 하니께 읽지만 말고 쓰기도 해보자, 이거다. 다들, 자기가 꿈꾸는 가장 살기 좋은 곳을 적어보자, 이 말씀. 그게 아틀란티스건 아플라티스건 뭐가 중요하겠노?"

미숙이는 내가 교회 집사처럼, 영성 부흥회를 여는 떠돌이 목자처럼 굴자 머리를 홱 돌려 부엌 안을 바라보았어. 그 부엌을 끼고 있는 방 하나가 전부인 미숙이는 뭘 생각하고 있었을까? 용식이는 묵묵부답이었지.

집으로 돌아갈 시간이야. 벌써 이렇게 늦었네. 나는 미숙이에게 묻지는 않았지만 미숙이네 쌀통에 쌀이 얼마나 들어 있는지 궁금해졌어. 우리가 오늘 그렇게 신나게 먹어치웠으니. 어쩌면 우리 집 쌀독에 든 쌀이라도 퍼와야 할까봐. 아니, 미숙이가 말하는 성당 사람들, 그분들이 미숙이네를 돌보아주니 내가 나서면 미숙이는 엄청 자존심 상해할 거야. 그럼 용식이라도 부모님이 서울에서 돌아오기 전에 우리 집으로 데리고 와서 저녁 먹자, 할까? 아니, 어림없는 일. 내가 독서클럽에 다니고 남자아이나 만난다면 엄마는 도끼눈을 하고는 날 잡아먹으려고 할 거야. 아님 엄마는 내가 일찍 바람날 징조라고 좋아할지도 몰라. 정우도 날 이상하게 바라보겠지. 집으로 가는 길에 아랫배가 아팠어. 그래서 배를 움켜잡고 살살 걸었지. 집에 얼른 가서 눕고 싶은 생각밖에 없었단다.

집 대문 앞에서 망설이다가 들어갔어. 집 안에는 왁자지껄한 여자들의 웃음소리가 요란했어. 현관으로 들어갔더니 거실에는 엄마의 손님들이 가득했지. 다들, 거실 바닥에 앉아서 화투를 치고 있었고 중국집에서 늦은 저녁을 시켜 먹는지 짬뽕이나 자장면을 옆구리에 끼고 있었어. 어떤 손님은 치마를 반쯤 걸어올리고 다리를 뻗고 있기도 했고 어떤 여자는 한 손에는 화투짝을 들고 다른 손에는 젓가락을 들고 있기도 했어. 음식 냄새와 여자들의 화장품 냄새가 섞여서 집 안에는 냄새가 요란했어. 엄마는 들어오는 나를 쳐다보지도 않고 말했지.

"밥은 묵었나?"

나는 아무 대답도 하지 않고 거실을 지나 내 방으로 들어가려고 했단다.

"니는 엄마 친구들한테 인사도 안 하나?"

내 뒤통수에다 대고 엄마가 하는 말.

"경실아, 니는 하나도 안 변했네. 아이고, 저래 가지고 어쩌노. 장딴지가 더 굵어졌구마."

엄마 친구 가운데 한 사람이 하는 말.

"경실아, 고만 묵고 댕기레이. 글고 이 판은 내가 땄응께, 받아라 경실아, 용돈이다!"

또 한 사람이 하는 말. 나는 깡그리 무시했어. 그리고 뒤돌아서서 고개만 꾸벅 숙이고 화장실로 갔어. 자꾸 배가 아프잖아. 배가 아픈 건 아픈 거지만 나는 엄마 친구라는 여자들 때문에 골이 잔뜩 났어. 내가 살찔 때 지들이 도와주기라도 했나 말이다. 아무리 내가 어리기로 내 맘을 콕콕 찌르는 말만 해대는 여자들. 어른이라고 이렇게 막갈 수가 있냐고! 닫힌 문 앞에 서서 나는 일단 성부터 달래야 했어. 그리고 속옷을 벗었을 때.

이게 뭐람!

나는 얼른 치마를 내리고 방으로 들어와 문을 닫았지. 놀란 맘을 정리하기도 했지만 가슴이 콩닥거리는 건 어쩔 수가 없었어. 정우는 엎드려 누워 영어책을 읽고 있다가 날 바라보았어. 나는 가방을 옆으로 던져두고는 정우 옆에 드러누웠단다.

"경실아, 와 이리 늦게 왔노? 어디 갔더나?"

"와, 걱정이라도 했나?"

"그럼!"

나는 정우에게로 기어가서는 그 애의 무릎에 머리를 얹었단다. 정우는 가만히 내 머리를 쓰다듬어주었어.

"이모, 참 그렇데이. 아버지 집에 안 들어온다꼬 이 밤까지 시끄러운께."

나는 그냥 눈만 껌벅거렸어. 엄마는 우리에게 도시락을 다시는 싸주지 않을 거야, 저녁도 차려주지 않을 거고. 그전처럼 바깥으로 싸돌아다니거나 집에 손님들을 가득 데리고 올 거야. 다시 나는 찬밥 신세. 정우도 찬밥 신세. 하긴 엄마가 우리에게 언제까지 밥이나 차려주라는 법은 어디 있담. 이제 내 일은 내가 챙겨야지, 싶은 마음도 한구석으로는 들다가 그냥 조금은 서러워져서 눈을 감고 말았어. 엄마더러 밥이나 해달라는 말이 아냐. 그냥, 엄마가 날 이렇게 내버려두지 않았음 좋겠다는 마음뿐이야.

"그런데, 정우야."

"와, 무슨 일 있나?"

"와 피가 나오노?"

7

네가 아틀란티스를 믿는다면

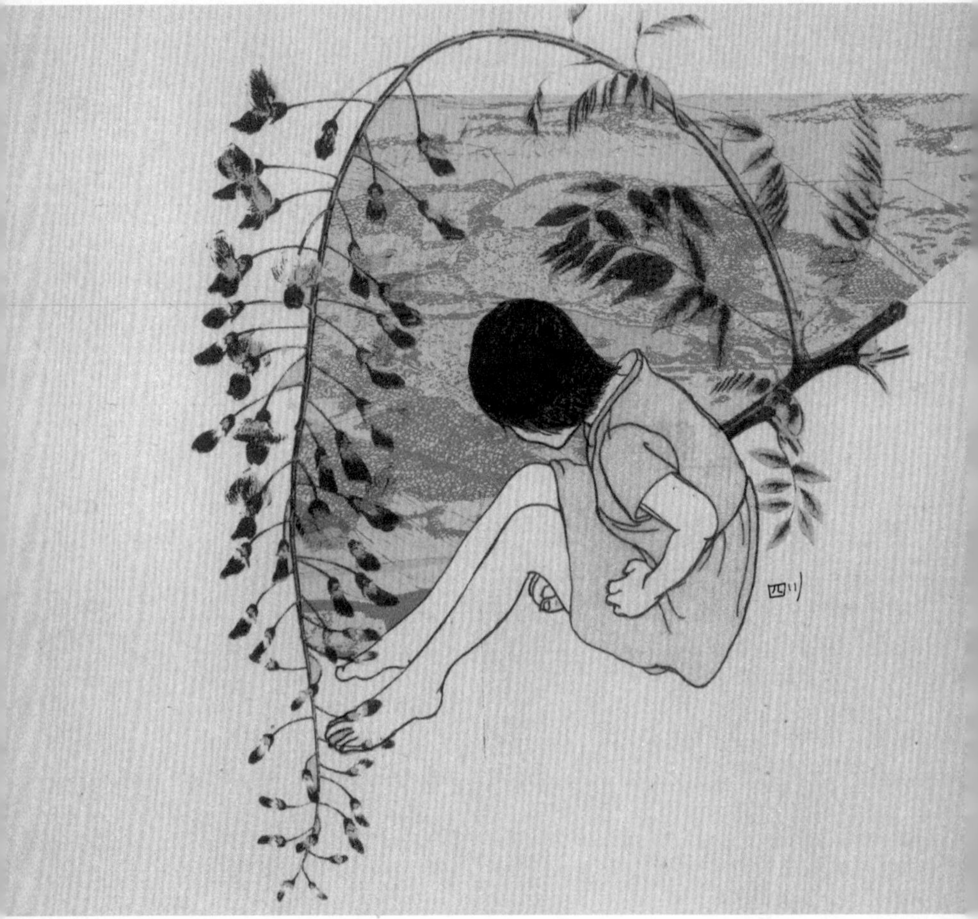

일기장에게.

그렇게 나는 월경이라는 걸 하기 시작했어. 옷장 서랍을 열었더니 내 팬티들은 다들 속주머니를 달고 있었어. 엄마가 부적을 넣고 다니라고 팬티란 팬티에는 다 주머니를 달아두었나봐. 정우가 시키는 대로 나는 광목으로 만든 기저귀 같은 걸 차야 했어. 부적 주머니에 광목 기저귀라니.

정우의 말대로라면 나는 이제 아이를 가질 수도 있는 여자가 된다는데, 이게 무슨 꼴이람. 부적 주머니에다 광목 기…… 그만두자.

"진짜가?"

"뭐?"

"내가 이제부터 아이를 낳을 수도 있다고?"

정우는 고개를 끄덕였어. 그러고는 내 손을 끌어다 제 가슴으로 가져갔어.

"경실아, 봉긋하제? 난 작년에 처음으로 했다 아이가. 그 무렵에 가슴도 봉긋해졌고. 처음에는 간지러워서 죽는 줄 알았다."

여자가 되는데 간지럽데. 나는 아직 가슴이 그렇게 나오지는 않았지만 내 가슴둘레는 정우보다 훨씬 더 넓을걸. 나는 정우의 가슴에서 얼른 손을 떼었어. 이상하게 얼굴이 달아오르는 거야. 아니, 저게 여자라는 표시인가?

그날 밤, 나는 엄마 손님들이 화투를 치는 소리가 하도 요란해서 잠이 오지 않았어. 손님들은 통금이 해제되자 집으로 돌아가는 눈치였지. 그때까지 나는 잠이 들지 않았단다. 달마다 이제 같은 경험을 해야 한대. 나는 아무 준비 없이 문턱을 넘어서 남의 방에 들어간 사람처럼 어색했어. 문턱이 높지도 않았는데 문턱에 걸려 넘어졌다가 다시 일어선 사람처럼, 그리고 그 방 안에 있는 남모르는 사람들이 일제히 날 바라보고 있는 느낌. 엄마에게 이 사실을 알려야 할지 몰라서 나는 망설였어. 엄마가 뭐라고 할지 몰랐거든. 아마도 나는 그 이야기를 엄마에게 하지 않을 거야.

학교 갈 시간이 될 때까지 엄마는 자고 있었어. 그렇게 늦게까지 손님들하고 화투를 쳤으니……

울까, 말까?

내가 여자가 되는데도 엄마는 잠만 자네……

나는 광목 기저귀를 옷장 한구석, 검은 비닐봉지에다 모아두었다가 엄마가 없는 틈을 타서 정우가 말한 대로 빨랫방망이로 탕탕 쳐서는 불에 올려놓고 끓였지. 빨랫비누를 분질러넣고는. 빨래가 끓고 있는 불 옆에 서서 오랫동안 빨래를 들여다보았어. 뭉클거리고 빨래가 끓어오를 때 나는 그 옆에 쭈그리고 앉아서 내가 새끼를 낳을 날을 생각했어. 멀고 막막하고 아파.

내가 점점 싫어하는 계절이 다가오고 있네. 여름. 며칠 뒤면 우리는 하복으로 갈아입어야 해. 짧은 소매옷을 입는 것까지는 좋은데 하얀 교복 상의 아래로 언제나 불거져나오는 나의 뱃살은 어떡해. 할 수 없지. 해마다 돌아오는 여름인걸.

여름이 다가오는데도 아버지는 집으로 돌아오지 않았고 엄마는 거의 매일 손님을 데리고 오거나 나가거나 했어. 자장면, 짬뽕, 탕수육, 팔보채 등등의 냄새에 여자들의 화장 냄새, 땀 냄새, 막걸리 냄새, 그리고 엄마 손님들도 월경을 하는지 그렇게도 지독하게 거실에서 나던 냄새들. 일요일이면 정우와 나는 창문을 열고 엄마가 손님을 데리고 오지 않기만을 바랐지. 다행히 엄마가 손님을 데리고 오지 않은 일요일이면 정선이 아지매를 도와서 정우는 집안일도 했고 밥도 하곤 했어. 엄마의 스타킹과 속옷을 빨기도 하고 밀려 있던 설거지를 하기도 했어. 나도 정우 옆에서 이런저런 일들을 돕기도 했단다. 처음에는 할 줄 몰랐는데 정우가 시키는 대로 오뎅도 볶아보고 전도 부쳐보았지. 엄마, 아버지가 없는 상에서 우리 둘만 앉아서 밥을 먹는 나날들이었어. 정우는 학교 이야기라면 질색을 했고 선우현 선생님 이야기가 나오면 그냥 입을 다물었어. 선우현 선생님의 애인인 추자씨는 가끔 학교에 모습을 나타냈고, 학교 청소를 하다가 나는 창문으로 추자씨를 보기도 했어.

진짜 수수하네……

면바지에다 저렇게 촌스러운 하얀 블라우스를 입고 굽 낮은 누런색 구두를 신은 모양이라니. 게다가 짧은 단발머리.

남의 외모를 보고 사람의 됨됨이를 따지지 말라고 교과서는 말하지. 나 역시 뚱뚱해서 다른 사람의 외모를 두고 이러쿵저러쿵 할 처지가 못 된다는 거, 알아.

하지만 솔직히 말해서 한마디도 나누어보지 않은 사람의 모습을 떠올릴 때 그 사람의 외모가 가장 정확하게 인상을 좌우하지 않아? 나는 추자씨의 모습이 내가 쓴 어느 아틀란티스 이야기 속에 나온 추자씨 모습이랑 너무 닮아서 깜짝 놀랐어. 정윤희나 유지인도 아닌 그저 평범하고 촌스러운 추자씨.

그 사이사이, 나는 미숙이네로 가서 놀고 오기도 했고 독서클럽에도 가고 성이 풀린 만수씨에게로 가서 난영이랑 놀아주기도 하고 그랬어. 그 계집애, 변덕은 좀 있었지만 난영아, 언니도 좀 주라, 하면 제 입으로 가져가던 빵도 주는 맘 착한 아이였지. 김양 언니는 뭐가 바쁜지 이리저리 뛰어다녔어. 들리는 말로는 가게 보증금을 뺀다나 만다나. 가게를 그만두고 만수씨랑 살림을 차린다나 만다나. 나는 만수씨 사랑에 전혀 간섭을 하지 않기로 마음을 굳게 먹은 까닭에 만수씨에게 한마디도 한 적이 없었단다. 만수씨는 『선데이 서울』을 더이상 읽지 않고 가끔 걱정스러운 얼굴로 신문 지방판을 들여다보기도 했어.

김양 언니는 저녁이면 아예 만수씨 찐빵집에서 안주인처럼 굴어. 하지만 그것도 보기 그렇게 나쁘지는 않았지. 만수씨는 나와 김양 언니를 번갈아 보면서, 내가 뚱뚱한 여자들을 좋아하는갑다, 하면서 너스레를 떨기도 하더라. 만수씨가 김양 언니와 친해진 건 좋은 일이라고 생각해. 혼자 살면 뭐해. 붙어사니까 둘 다 좋아 보이더라. 하지만 만수씨의 신개발품 만두 찐빵만은 정이 들지 않았지. 그 만두 찐빵 때문에 장사가 좀 되는 모양이었지만 나는 별로였어. 찐빵이라면 팥소가 들어가야지. 공자묘를 지키는 유학하는 할아버지처럼 단팥 찐빵에 대해서라면 난 완강한 입장이었어. 난 내 뱃속에 단맛이 도는 별을 떠다니게 하고 싶었어. 잘게 썬 돼지고기 살이랑 배추 꽁지 같은 건 나에게 별이라는 느낌을 안 줘. 그런 것들이 별이 되어 내 위장을 떠다니지는 않을 거야. 다디단 단팥만이 뱃속에서 별이 될 자격이 있다고 나는 생각해. 웃기지, 나?

독서클럽에서 만난 우리들은 정말 친해지고 있었단다. 거짓말처럼 들리겠지만 다들 숙제라도 하는 양, 내가 제안한 아틀란티스 이야기를 각자 지어보기로 결정을 했고, 방학이 되면 함께 시외버스를 타고 해철이가 살았던, 그리고 지금은 수몰지구가 된 인공 호수로 놀러 가자고도 했지.

나는 정우와 온갖 이야기를 다 했지만 단 한 가지 털어놓지 않은 이야기가 있었어. 이 독서클럽 이야기. 정우에게 비밀을 가지고 싶은 생각은 없었지만 이상하게 독서클럽 이야기는 안 하게 돼. 정우가 토요일이면 늦게 돌아오는 나에게 어디 갔었냐고 물으면 나는 미숙이 집에 가서 미숙이 동생들 목욕을 시켜주었다고, 눈먼 할머니 머리를 빗겨드렸다고 둘러대었어. 거짓말은 아냐. 진짜 나는 그랬거든. 그러면 정우는 찬합에다 반찬을 가득 담아서는, 담에 미숙이한테 가거든 이거 줘라, 했어. 분홍빛 소시지에다 오뎅무침, 김치나 호박나물이나 보리밥이 가득 들어 있었지. 가끔 정우는 나도 한번 들렀시모 좋겄다, 했어. 그래서 정우와 함께 미숙이네로 가기도 했단다. 미숙이는 한두 번 들른 정우에게 얼마나 살갑게 구는지 몰라. 언니 언니, 하면서. 하지만 미숙이도 눈치가 있는지 정우에게 우리가 독서클럽을 하는 사이라는 걸 말하지는 않았단다.

미숙이가 정우 옆에 찰싹 붙어서는 언니 언니 하면서 마늘도 까고 양파 껍질도 벗기고 하는 것을 보다가 나는 피식, 웃음이 나오기도 했어. 나는 단 한 번도 정우에게 언니라고 한 적이 없어. 정우가 울 엄마를 언제나 이모, 이모라고 부르는 것처럼.

"할머니, 이거도 드셔보셔예."

정우는 비리고도 비린 갈치볶음을 할머니 입에 넣어드리고 할머니가 그 비린 반찬을 꼭꼭 씹어서 넘길 때까지 오래오래 할머니의 목 언저리를 지켜보았어. 혹 할머니 목에 가시가 걸리지 않는지. 미숙이네 동생들은 정우가 콩기름을 둘러 부쳐준 김치 부침개를 손에 들고는 산동네 갓길로 뛰어나가 사방치기를 하곤 했어. 나는 정우가 미숙이네 식구들에게 음식을 해주면 그냥 옆에서 설거지를 해줄 뿐이었어. 그리고 어느 날 정우가 내게 눈을 똑바로 뜨고 물었어.

"경실아, 니 돈 있나?"

돈?

"니는 돈이라모 뚝딱 잘 맹글어내는 아이 아이가."

뭐라고? 나는 뜨끔, 했어. 내가 거짓말을 하고 엄마에게 돈을 타내는 걸 정우도 눈치챘나봐. 나는 슬그머니 눈길을 다른 데로 돌렸어. 얼굴이 화끈거렸거든.

"이대로는 안 되겠다. 미숙이 할머니, 기가 너무 약해서. 이 여름 넘기겠나?"

"내가 돈이 어디 있노?"

정우는 아무 말 하지 않고 날 똑바로 바라만 보았지. 아니, 엄마한테서 돈을 훔치라고? 아니. 더이상은 안 돼.

"내가 홍길동이가? 부잣집 털어서 가난한 사람 도와주라고? 울 엄마 알제? 니 이모."

정우는 다라이에 든 설거지 물을 버리면서 똑 부러지게 말했어.

"니가 돈이 없시모 내가 구해야겄다."

"니가 어찌 돈을 구할 낀데?"

"니만 그 집 딸이가? 나도 그 집 딸이다."

결국 정우랑 나는 소식 없는 아버지를 찾아 시청으로 가기로 했어.

시청 앞에서 우리는 아버지가 나오기만을 기다렸어. 땀이 뻘뻘 나는 6월, 그늘 한 점 없는 시청 입구에서 아버지가 제발 모습을 보이기를 기도하면서. 아버지는 어스름 녘에야 시청 건물에서 나왔지. 아버지 좀 봐. 모시 와이셔츠를 단정히 입고 번쩍거리는 버클이 박힌 혁대에다 모시 바지를 입은 우리 아버지. 누가 저 옷을 다 빨고 다리고 건사를 한담? 나는 아버지를 보자 정우의 등을 떠다밀었어. 예쁜 딸이 앞에 나서야 모양이 좋잖아. 나 같은 뚱뚱보가 이 더운 여름에 아버지! 하고 나타나봐.

정우가 아버지 앞으로 나서자 아버지는 고개를 옆으로 살짝 돌리고 헛기침부터 했어. 나는 먼발치에서 그 둘을 지켜보았지. 아버지는 잠시 후 내가 서 있는 쪽을 흘깃 바라보았어. 그리고 그것으로 그만이었지.

정우가 다시 나에게로 다가오고 아버지는 총총걸음으로 로터리 클럽이 있는 시청 뒤편 골목으로 사라졌어. 나에게 다가온 정우가 내민 건 지폐.

"우리 시장 가서 잉어 좀 사자. 글고 소뼈도 사고."

나는 그냥 사라진 아버지가 원망스러워 돈을 보고도, 정우의 말을 듣고도 그냥 고개를 숙였어. 땀이 나서 살찐 팔로 뚝뚝 떨어지네. 그리고 나는 겨우 정우에게 물었어.

"니 잉어 만질 줄이나 아나?"

"울 엄마 하던 대로 하지 뭐. 보기는 봤다만 한 번도 안 해봤다 아이가."

우리는 시장으로 가서 잉어 한 마리를 샀어. 아버지를 집에 돌아오게 하려고 엄마가 잉어를 산 곳도 이 가게였지. 고등학생이랑 중학생이 잉어를 달라고 하자 민물고깃집 외팔이 아저씨는 우릴 뚱하게 바라보았어. 하지만 그것도 잠시, 정우가 기세 좋게 지폐를 내밀었지. 아저씨는 입을 꽉 닫고는 다라이에서 헤엄치며 놀고 있는 잉어 한 놈을 뜰채로 건져내었어. 그러고는 그 자리에서 죽여서는 비닐봉지에 담아주네. 정우는 정말 잉어탕을 끓여보기라도 한 듯 생강도 사고 마늘도 샀어. 정육점에 들러서 떨이로 팔고 있던 소뼈도 샀지. 다 사고 보니 지폐는 없어지고 동전만 몇 개. 그 동전으로 정우와 나는 시장 모퉁이에서 아이스케키 하나씩 사서 물고는 미숙이네로 향했어.

미숙이네로 가서 미숙아! 하니 미숙이가 낮잠이라도 자고 있었는지 부스스한 얼굴로 나타났어.

"석유, 있나?"

다짜고짜 정우가 미숙이에게 물은 말. 미숙이는 어리둥절 정우를 보았어.

"할머니 몸보신 좀 해줘야 할 거 아이가."

석유곤로에는 석유가 한 방울도 들어 있지 않았고 여름이라 연탄불도 없었지. 정우는 냅다 성당으로 달려가서는 문을 두들겼어. 그리고 조금 있으니 정우가 석유가 가득 든 통을 들고 날렵하게 뛰어오더라.

생강에다 마늘을 넣고 끓인 잉어탕.

할머니는 술술 한 그릇 들이켰어. 처음에는 고소한 내가 난다 하시더니 나중에는 노린내가 난다면서 깍두기를 한 점 드시더라. 그런데, 그다음이 문제였어.

줄설사.

기름기 없는 말간 음식만 드시던 할머니는 기름진 잉어탕 한 그릇에 그만 설사병이 나고 말았어. 그다음 우리가 저녁 내내 한 일은 할머니를 부축해서 10분이 멀다 하고 공동변소로 간 것.

일기장아, 소뼈는 어떻게 했냐고?

씩씩한 정우는 그 와중에도 솥에다 뼈를 고았지. 그리고 미숙이에게 하는 말.

"내일, 소금 넣고 파 넣고 해서 동생들에게 멕여라."

나는 조마조마했어. 동생들까지 줄설사하라고?

미숙이는 그냥 고맙다고 하더니 우리가 나서는데도 내다보지 않았어.

진짜 일은 집에 와보니 벌어져 있었어.

엄마가 정선이 아지매를 데리고 집 청소를 하고 있는 거야. 오늘은 그 많던 화투 손님도 사라지고 없었어. 정선이 아지매는 머리에 수건을 두르고 방을 닦고 후딱 정원도 치우더니 사라졌어. 엄마는 머리도 손질하고 연지도 바르고 화사한 일본식 원피스를 입고는 거실에 마나님처럼 앉아 있었어. 까칠함도 없어지고 높은 고데 머리를 한 엄마는 화장 냄새를 풍기며 아버지가 집을 나가기 전과 똑같은 모양새였지. 그러고는 전축에다가 무슨 판이라도 얹어두었나봐. 집에서 음악을 듣는 엄마, 처음이네, 처음.

"이게 차이꼬푸스끼 아이가. 호두까기 인형."

엄마가 얼음이 든 미숫가루를 훌훌 마시며 말했을 때 나는 뭐라고, 아이스케키? 라고 속으로 중얼거렸어. 엄마는 정말 날 놀래켜. 또 집에 무슨 일이 났남.

"니들 아버지, 오늘 저녁에 오니께 목욕도 하고 머리도 잘 빗어라."

집으로 진짜 아버지가 돌아왔을 때 정우와 나는 정원에서 배드민턴을 치고 있었어. 깃털을 단 배드민턴 공이 연못에 빠져서 우리가 공을 건진다고 엉덩이를 잔뜩 치켜들고 뜰채를 연못으로 가져가는데 아버지가 갑자기 우리 뒤에 나타난 거야. 그러더니 무슨 다정이 들었는지 정우가 들고 있는 뜰채를 빼앗아들고는 직접 공을 건져주었지. 우리는 아버지가 건네주는 공을 받아들었어. 놀라서 아버지에게 인사도 못 하고 어정거렸어. 집 안에 있던 엄마가 북에 두고 온 가족이라도 갑자기 나타난 듯이, 경실이 아버지예에! 하고 옆구리 찔린 염소처럼 자지러지게 외치면서 두 팔을 쫙 벌리고 뛰어나오는 거야. 아버지는 고개를 돌리고 헛기침을 몇 번 하더니 들어가요, 하면서 엄마 손을 잡네. 마치 아무 일도 없었다는 듯. 우리는 그런 두 사람을 낯선 사람 바라보듯 보았어. 다시 배드민턴을 치려고 하다가 우리는 그만두고 정원 모서리에 앉았어. 무슨 일이 벌어질까?

여름 정원은 아슬아슬해. 저렇게 예쁜 꽃들이 줄줄이 서 있고 벌도 왱왱거려. 나는 왱왱거리는 벌을 눈으로 좇다가 정우의 손을 갑자기 움켜쥐었지.

"오늘은 안 된데이!"

정우가 나에게서 손을 빼더니 뭔데? 하는 눈으로 날 바라보았어.

"오늘 엄마, 아버지가 무슨 소릴 하든 듣지 말고 우리 이야기나 짓자. 아직 아틀란티스 이야기는 끝나지 않았다 아이가. 아무리 아버지지만 암말도 않고 나갔다가 돌아와서도 암말도 하지 않잖냐 말이데이. 아무리 우리가 어려도 그렇제."

정우는 날 보지 않고 이제 막 꽃봉오리가 맺히기 시작하는 등꽃을 바라보았어, 힘없이.

"경실아. 아틀란티스는 없다 아이가."

정우는 일어나서 꽃 쪽으로 갔지. 나는 이게 또 무슨 귀신 씻나락 까먹는 소린가 해서 정우를 바라보았어.

"선우현 선생님, 학교 그만두고 서울로 가서 결혼한다는 말 못 들었나?"

"결혼? 추자씨랑? 경사 났네."

내가 암것도 모르고 말을 뱉었어. 그 사실을 난 선우현 선생님에게 들어서 알고 있어서 그러려니 했는데, 정우 좀 봐. 저렇게 슬픈 눈으로 날 바라보는 거야.

"와, 니는 선생님이 결혼한다니 좋나?"

"모르겄다. 너무 갑자기 니가 물으니 내가 뭔 말을 하겄노. 근데 정우야, 선우현 선생님, 진짜 니 첫사랑이가?"

"……"

"진짠갑네."

정우는 두 손으로 얼굴을 감싸더니 봉선화꽃과 맨드라미가 줄을 지어 서 있는 곳으로 갔어. 그리고 정우는 말했지.

"우리, 입맞춤한 사이 아이가."

뭐라고? 내 인생은 요즘 충격의 연속이야. 정우와 선생님이 그렇고 그런 관계라는 건 나도 진작에 눈치는 챘었지만 입맞춤을? 정우는 고등학생 아니냐 말이다. 선우현 선생님, 좋은 사람인가 했더니 그것도 아닌 모양이야. 나는 너무나 놀라서 입술이 바르르 떨렸어. 내가 선생님이랑 입맞춤이라도 한 것처럼.

그 순간 엄마가 나오더니 말했어.

"야들아, 오늘 닭 묵으러 만몽호에 가자. 아버지가 한턱낸다 안 카나!"

나는 달아오른 얼굴로 입을 꾹 다물고 집 안으로 들어가버렸어. 오늘은 안 돼. 이제 엄마가 시키는 대로만 하지는 않을 거야. 오늘 나는 그냥 집에 있을 거야. 엄마나 아버지는 우리들은 애니까 우리들 이야기는 없고 지들 이야기나 있는 줄 알아. 하지만 정우가 선생님이랑 뽀뽀를 했다잖아! 이건 사건인데 닭을 먹으러 가자고? 그때 나는 다시 거짓말을 하기로 했어. 힘센 어른들과 맞닥뜨려서는 이길 도리가 없지. 그러니 거짓말로라도 이 위기를 모면해야 하지 않겠어. 그래, 나는 비겁해. 거짓말을 밥 먹듯 하지. 아니 내 경우라면 거짓말을 찐빵 먹듯 하는 찐빵처럼 생긴 아이. 엄마는 날 따라 우리 방까지 오더니 무슨 좋은 일이라도 있는 양 싱글벙글거리며 말했지.

"긍께 니 부적이 효과를 본 거 아이가. 그 부적, 잘 모셔레이."

나는 그냥 책상 쪽으로 고개를 돌리고 있다가 짐짓 아픈 척하기 시작했어. 목소리까지 살풋, 폼을 잡고서는.

"눈앞이 컴컴하고 배가 살살 아프네예."

엄마는 이게 무슨 소린가 하더니 나에게로 와서 이마를 짚어 보았어.

"열은 없구마. 참아레이. 오늘, 니 아버지가 한턱내는 날 아이가. 집으로 인자 돌아온 기라. 굿할 필요 없게 되었으니 얼매나 좋으냐. 그 점쟁이가 용하기는 용하구마."

엄마는 언제나 엄마만 생각하지.

나는 그런 엄마가 얄미워서 더 아픈 척했어. 정우가 들어와서는 내 뜻을 알아차렸는지 말하더라.

"이모, 아버지랑 다정하게 둘만 다녀오이소. 경실이가 진짜 아픈가베예. 지가 옆에 있을께예."

엄마는 더이상 묻지 않았어. 어쩌면 우리 없이 아버지랑 둘만 있는 걸 더 좋아했는지도 모르겠어. 택시가 오고 엄마와 아버지가 '닭 묵으러' 가고 난 뒤, 나는 정우에게 물었어.

"진짜로 뽀뽀했나? 입만 맞추었느냐 말이다."

내가 다그치자 정우는 곤란한 얼굴로 날 바라보았어.

"니, 뽀뽀해봤나?"

"아니. 하지만 만수씨가 보던 『선데이 서울』에서 다 봤다. 혀도 들어왔나?"

"월경이 뭔지도 모르는 가시나가 뽀뽀는 어째 알았노?"

정우는 얼굴이 빨개져서는 덜렁 드러누웠어. 침묵. 몇 분이나 지났을까, 정우가 냉랭한 얼굴로 말하는 거야.

"선생님 결혼하모 내가 다 훼방 놓을 끼다."

다시 침묵. 그리고 정우는 말을 이었어.

"작년 아이가. 선생님이 떠나기 전에 국숫집에 술이 만땅으로 취해가지고 왔더라…… 엄마는 내일 장사한다꼬 식당 부엌에서 정구지 손질을 하고 있었고. 산책이나 가자고 바깥으로 나왔제. 선생님이 앞으로 고꾸라져서 부축해줄라꼬 했더니 갑자기 뽀뽀를 하더라…… 첨에는 무서웠지만 싫지는 않아서 가만있었다 아이가. 선생님이 젖가슴을 만지는 바람에 얼른 뒤로 물러났다."

충격이었어. 정우는 싫지는 않았다고 했어. 그 순간, 지정 교복점에서 일하는 두꺼비처럼 눈이 툭 불거진 남자 얼굴이 선우현 선생님의 안경과 겹쳐지는 거야. 도둑놈들. 하지만 나는 그렇게 말할 수가 없었어. 정우가 너무나 심각한 표정을 하고 있었거든.

"니, 선생님 사랑하나?"

정우는 다시 침묵했어. 그리고 물을 한 그릇 마신다고 방을 나갔지. 한참 기다려도 정우가 돌아오지 않아서 나는 거실로 나가보았어. 정우는 없었어. 만일 정우가 아틀란티스를 믿는다면, 진짜로 어떤 낙원을 믿는다면…… 정우는 슬퍼하지 않을 거야. 난 순진하게 그런 생각을 하다가 네가 믿는다면, 을 마치 목사처럼 중얼거렸어. 정원으로 나갔더니 정우가 등꽃 아래에 쪼그리고 있는 거야. 나는 그렇게 쪼그려 앉고도 예쁜 아이를 여태껏 본 적이 없었어. 여자가 쪼그려 앉으면 무얼 하나. 내가 지금까지 본 건 쪼그려 앉아 오줌을 누는 여자였어. 그 모습은 그냥 그래. 그런데 사랑에 떠는 정우가 쪼그려 앉은 모습은 지는 햇빛을 받으며 얼마나 아득하던지. 나는 찬란한 빛 속에 떨고 있는 정우에게로 다가서기가 두려웠어.

"그래, 사랑한다 아이가. 나는 선생님 없시모 못 산다."

나직한 정우의 말에 나는 기겁을 했어. 이 일을 어쩌냐 말이다.

"선생님도 니 사랑하나?"

"모른다."

"한 번도 이야기 안 해봤나?"

"선생님, 피하기만 하더라. 그 이야기가 나올까봐……"

나는 당장 내일이라도 선우현 선생님에게 따져보아야 할 것 같았어. 당장 정우를 어떻게 할 거냐고.

아틀란티스가 어디 있는지 아세요? 아틀란티스는 어디에도 없답니다. 그저 내 마음에 있을 뿐이에요. 국숫집이 아마도 나의 아틀란티스는 아니었을까요? 선생님이 매일 저녁 국수를 먹으러 오던 그 국숫집이. 엄마가 있고 국수가 끓는 솥도 있는 그곳이요. 만일 그곳이 나의 아틀란티스라면 나는 그곳을 잃어버리고 만 거지요.

여름방학이 시작된 날, 나는 성적표를 받고 교실 청소도 다 끝난 뒤 선우현 선생님을 찾아서 교무실로 갔지만 선생님은 없었어. 그길로 찐빵집 만수씨에게로 갔어. 그곳에도 선생님은 없었어. 만수씨에게 그 이야기를 하면 만수씨는 뭐라고 할까? 하지만 나는 만수씨에게 그 말을 할 수가 없었었단다. 내가 찐빵집을 나오려는데 난영이가 내 치마 꼬릴 잡더니 언니 언니, 놀다 가라, 하더라.

"난영아, 언니는 좀 처리할 일이 있다 아이가."

"같이 갈 끼다, 나도."

"오데로?"

"니가 가는 데로."

이 아이는 내가 지 엄마처럼 뚱뚱하니까 진짜 언니인 줄 아나 봐. 보채는 난영이를 떼어놓고 나오는데 김양 언니가 들어왔어.

"우리 경실이, 이자 방학이제. 빙수나 한 그릇 하고 갈래?"

"언지예."

"그라모 자주 들러라. 만수씨가 니가 뜸하다꼬 잘 지내나, 카더라."

나는 고개를 흔들고 찐빵집을 나왔어. 어디로 가야 선우현 선생님을 찾을 수 있을까? 그 순간 선생님이 서울로 간다던 정우의 말이 떠올랐어. 고속버스 터미널이다! 그래, 나는 버스를 집어타고 고속버스 터미널로 갔어. 터미널을 아무리 둘러보아도 선우현 선생님은 보이지 않았지. 나는 터미널 의자에 앉아서 선생님이 나타나기를 기다렸단다. 하지만 끝내 선생님은 나타나지 않았어. 어둑어둑해질 무렵에야 터미널을 떠났어. 집까지 걸어왔지. 로터리 두 개를 지나고 강을 지나고 시장을 지나고 시청에다 방송국까지 지나고서야 나는 신발을 벗었어. 물집이 생겨서 발이 아팠거든. 신발을 벗고 잠시 앉았어. 벌써 밤이 되려고 해. 정우는 어쩌나.

참, 일이 너무 급해서 성적표 이야길 하는 걸 잊어버렸네. 나는 우리 반에서 5등을 했어. 여태껏 내가 받았던 성적 가운데 제일 좋은 성적이야. 일기장아, 나는 언제나 중간만 했잖아. 이제 5등까지 올라왔어. 학교에서는 반에서 10등 안에 든 아이들만 모아서 3학년으로 올라가면 특급 학급을 만든다고 했거든. 일류 여고에 들어가게 하는 반이라네. 이대로라면 나도 그 특급 학급에 들어갈 수 있을 거야. 하지만, 정우. 나는 정우 때문에 맘이 너무나 복잡했어. 선생님이 나에게 성적표를 건네줄 때, 나는 한 번 선생님의 얼굴을 빤히 바라보았어. 정우랑 뽀뽀한 선생님을. 선생님도 나를 빤히 바라보았어. 얘가 왜 이러나? 하는 얼굴로. 성적표를 받아들고 내 자리로 돌아오면서 나는 나에게 물었어. 진짜 선생님이 뭘, 잘못했나? 나는 선생님이 선생님이 아니라 남자라는 게 무섭고도 신기했어. 남자지, 선생님도. 술을 먹은 김에 얼결에 친한 아이에게 뽀뽀하고 젖가슴도 슬쩍 만지는. 아니, 그런데 선우현 선생님은 그렇게만 보이지는 않았거든. 선생님에게는 남에게 말하지 못하는 사연이 있을까? 선우현 선생님은 다른 선생님처럼 우릴 들볶지도 않았고 착한 사람이 되라는 말도 하지 않았고 정말, 여학생들을 때리지도 않았어. 체육 선생님처럼 여학생들을 엎드려뻗쳐 시켜놓고 곤봉으로 엉덩이를 때리는 무지막지한 짓도 하지 않았지. 다만 분필을 던지기만 했을 뿐, 그것도 아주 드물게. 교련 시간을 마치고 들어오는 우리에게 차가운 물을 물통에다 받아주던 분이야. 도시락도 우리랑 같이 먹고 이야기도 많이 해주고.

나도 역시 선생님을 좋아했어. 얼마나 착한 선생님인데. 그리고 만수씨 고종사촌. 한편으로는 괘씸했어. 아무리 정우가 예뻤기로 젖가슴까지 슬쩍 만지다니. 그리고 저렇게 울게 만들다니.

갑자기 떠오르는 생각 하나. 정우 말대로라면 선생님은 학교를 그만둔다고 했는데 작별 인사도 안 하셨잖아. 학교를 그만둔다는 이야기는 입 밖에도 내지 않았고. 그럼 희망은 아직 있는 거 아냐? 나는 선생님이 이 도시를 아직은 떠나지 않았을 거라고 생각했지. 나는 자리에서 일어나 신발을 신었어. 절뚝거리며 집까지 걸어갔어. 숨이 꽉 막히는 더운 밤이야.

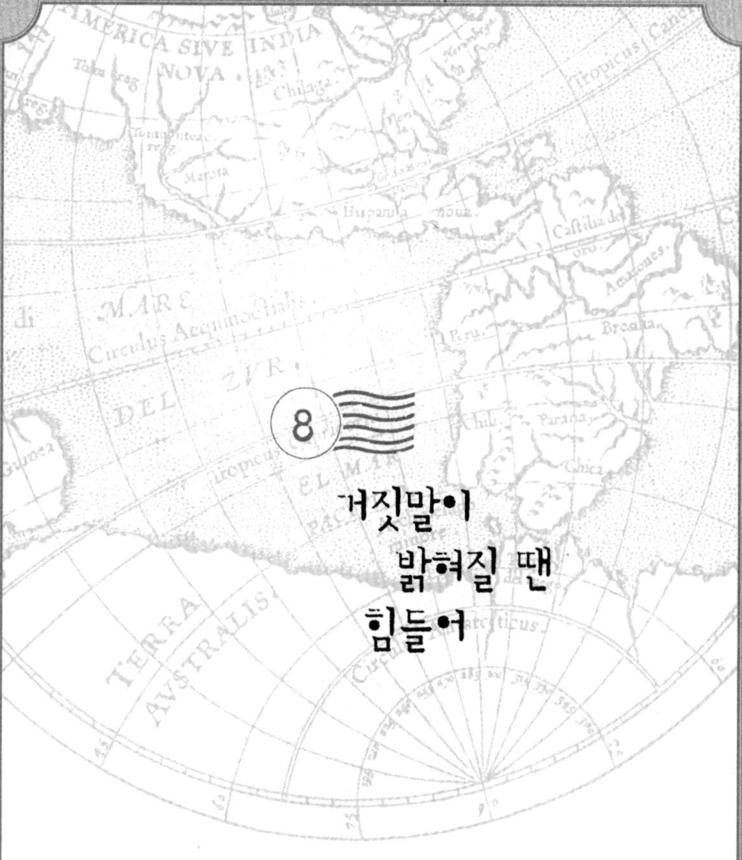

8

거짓말이 밝혀질 땐 힘들어

일기장에게.

정우는 방학이라 제 엄마를 만나러 갔어. 정우가 집에 없는 틈에 나는 정우 공책에 쓰인 이야기를 다 훔쳐보려고 마음을 먹었지. 하지만 저 영악한 정우 좀 봐. 공책을 가져가버렸네. 나는 정우의 비밀을 훔치려는 생각을 하고 있었던 건 아냐. 하지만 알고는 싶었지, 정우의 마음병이 깊은지 어쩐지. 정우는 버스에 오르면서도 아무 말 안 했지만 나는 정우의 고민이 깊어지고 있다는 걸 알았어. 밥도 고양이처럼 깨작거리면서 먹는 정우. 날 위해서는 계란말이에다 장조림에다 이런저런 반찬은 다 챙겨주면서도 막상 우리 둘이서 밥을 먹을 때 정우는 거의 아무것도 먹지 않았어. 나는 아침에 일어난 정우의 눈이 토끼 눈처럼 빨개져 있는 걸 자주 보았어. 정우는 찬밥을 물에 말아서는 오이지를 얹어서 한 순갈 겨우 넘기곤 했어. 나는 그런 정우의 앞에 서서 정우 기분을 나아지게 하려고 온갖 수를 다 썼어. 만수씨처럼 저 푸른 초원 위에, 를 부르다가 김양 언니처럼, 오뚝이 걸음을 걷다가, 그도 아니면 아버지처럼 금방이라도 일어날 것처럼 앉아서 엄마에게 "정종 좀 데워주세요" 하고 흉내 내곤 했지. 하지만 정우는 희미하게 웃을 뿐이었어. 내가 아무리 난리를 피워도 정우는 희미한 웃음, 그것 말고는 더 없었어.

물어서 뭐해. 아무것도 정우는 대답하지 않는걸. 그리고 정우의 성적표는 언제나 비밀. 나는 정우에게 한 번도 묻지 않았지, 전교에서 몇 등을 했느냐고. 정우의 성적이 밑바닥을 돌면 정말 나는 어쩔 도리가 없을 거다, 싶었거든. 정우의 사랑앓이에 내가 무슨 도움을 주냐고. 그리고 상대가 선생님인데.

사실 따지고 보면 정우는 우리 집에 처음 올 때부터 좀 달랐어. 뭐랄까, 정우는 아버지, 엄마와는 상관없는 고아 같은 아이였어. 그것 때문에 내가 정우를 낯설어했는지도 몰라.

정우는 다시 압침이 빼곡히 꽂힌 지구의를 돌리곤 했지. 바다와 북한 말고는 땅이란 땅에는 다 압침이 꽂혀 있었어. 심지어 다윈이라는 영국 학자가 비글호를 타고 들렀던 갈라파고스 섬에도. 아틀란티스와는 달리 그 섬은 아직 사라지지 않았지. 아프리카의 나라들, 중동과 중국의 이름도 잘 모르는 수많은 산맥과 강과 사막들에도 압침은 빼곡히 꽂혀 있어서 정우의 지구의는 아주 무거워.

봐라, 지구는 이렇게 푸르잖아……

정우가 그렇게 말할 때마다 나는 "정우야, 그건 지구의다"라고 반박하고 싶었어. 하지만 지구는 땅보다 바다가 더 넓어서 그렇게 푸른 건 사실 아냐? 하지만 정우가 지구의를 돌릴 때마다 나는 겁이 덜컥 났어. 아직 압침이 꽂히지 않은 대서양, 태평양, 인도양 같은 드넓은 바다를 바라보다가 정우가 저 바다로 뛰어들어서 영원히 나타나지 않을 것 같아 나는 겁이 덜컥 났어. 정우에게 아양이 떨고 싶어서 언니라고 불러보려고 몇 번 시도를 하다가 그만두기도 했어. 언니라는 말이 정말 나오지 않아서. 왜냐고 물어보면 나도 몰라. 정우는, 어쩐지 아직 낯설어. 한 방에서 이불을 나란히 펴고 몇 달 동안 잠을 잤는데도 정우는 정우, 나는 나였지.

정우가 버스에 올라타면서 "내가 없어서 니 혼자 밥 묵겠네" 하면서 손을 흔들었어. 나는 떠나가는 정우를 한참 동안 바라보다가 버스가 내 눈앞에서 사라질 무렵까지 그 뜨거운 햇볕 아래서 있었어. 진짜 오늘부터 나는 혼자네…… 그런 생각을 하자 밥상에 나 혼자 앉아 있는 그림이 떠올랐어. 마른 오징어채 하나만 덩그러니 올려진 밥상. 밥을 먹을 때도 먹을 때지만, 치우려고 할 때가 사실 제일 고역이야. 나는 먹다 남은 오징어채가 담긴 주발을 상에 그대로 두고 밥주발만 설거지통에 넣었지. 그리고 밥상을 행주로 닦았는데, 행주는 어쩌면 그리도 오래된 냄새가 나는지. 그 냄새가 밴 밥상을 접지도 않고 식탁보로 탁 덮어 놓고 정우가 재재거리며 들려주던 정우의 아틀란티스 이야기를 생각하곤 했어. 정우가 없는 자리는 내가 생각한 것보다 더 넓었어. 혼자 밥만 먹는 게 아니라 혼자 자고, 정우가 없으니 혼자 중얼거리기도 했어. 난 몰랐어, 정우의 자리가 이렇게 넓었는지.

정우가 없는 방에 혼자 누워서 이런저런 생각을 하고 있는데 엄마가 문을 열더니 고개를 내밀었어. 엄마는 아버지가 집에 돌아온 후 집 바깥으로만 싸돌아다녔는데 그걸 사업이라고 하더라. 그리고 이상한 건 아버지였어. 내가 5등을 한 성적표를 내밀자 얼마나 좋아하는지.

"이제 내가 딸 있다고 자랑해도 되겠구나. 인물은 없지만 똑똑한 딸이니까. 공직에 있는 몸으로 사람들에게 모범을 보여야지. 그리고 미래에도. 활기찬 미래를 위해서, 경실아, 너 참 잘했다. 건설역군의 모범이네, 내 딸이."

그래. 5등 성적표. 모범. 공직자. 아버지는 지금까지 딸이 있다는 걸 세상에 숨겼나봐. 나는 아버지가 상으로 지폐를 내밀자 감사하게 받았어. 이 돈으로 독서클럽 아이들하고 만몽호에 가면 빵값이라도 내려고. 아님 미숙이랑 함께 김밥을 싸서 할머니와 동생들에게도 주고 우리들도 만몽호 물결을 바라보며 먹어도 좋겠지. 사이다도 사고, 달걀도 삶고.

"경실아, 니 부적 좀 보여다고."

나는 빨딱, 일어났어. 부적은 버린 지가 언젠데. 엄마가 부적을 찾네.

"부적발이 잘 듣는다꼬 시장 사모님이 좀 보여달라 캐서. 내놔봐라. 이제 니 아버지가 집에 들어왔으니께 우리한테는 필요없는 거 아이가. 시장 사모님이 보자 안 카나. 글고 이건 천하의 비밀이다만, 시장님이 여비서랑 바람핀다 안 카나."

쉬잇. 엄마는 주위를 둘러보며 입술에다 손가락을 가져갔어. 그 순간, 나는 무슨 거짓말로 둘러댈까, 하다가 에라, 하는 마음으로 내뱉고 말았어.

"강물에 떠나보냈는데예."

엄마의 도끼눈.

"잉어도 강물에서 살아라, 띄워보내잖아예."

나는 용기를 내어서 한마디를 더 했지. 엄마는 내 앞으로 다가왔어.

"진짜가? 언제?"

이 부분에서는 약간 거짓말이 필요했어.

"아버지, 집으로 돌아온 그 다음날……"

내가 이렇게 둘러치자 엄마는 다시 살금살금 내 앞으로 다가왔어.

"니, 진짜 참말 하나, 아니모 거짓말이가? 허긴 니 아버지, 집으로 돌아왔으니…… 니 말이 맞겄제. 경실아, 진짜가? 그 다음 날 부적, 강물에다 던졌나?"

나는 더이상 거짓말을 덧붙이기 싫어 가만 있었어. 엄마는 아주 가까이 다가오더니 마치 비밀을 발설하는 사람처럼 나직이 말했어.

"니, 내 말 잘 들어라. 니 아버지, 곧 큰일을 도모할 끼니 니도 내도 품행이 단정해야 한데이."

"큰일, 무신 큰일이라예?"

"니 아버지, 내년에 통일주체국민회의, 대의원으로 출마한데이. 그래서 가을이 지나모 시청을 나올 거구마. 대의원이라 안카나. 뽑히모 서울로 대통령 뽑으러 간데이. 통일이 소원인데 얼매나 모양새가 나는 일이겄냐. 글고 잘 들어라. 그다음은 국회의원, 아이가."

엄마는 날 똑바로 바라보았어. 섬뜩했어.

"권력이라는 거, 참 괘안은 거데이. 오데를 가더라도 대접받제, 돈 생기제. 글고 무슨 짓을 해도 다 묻어주는 게 권력, 아이가."

강물을 보려고 둑까지 갔네.

이곳에서 저 너머를 바라보면 울창한 대숲. 그리고 몸을 돌려 저편을 바라보면 산. 그 산에는 옛날 봉황새가 살았대. 알을 낳고는 떠났다나 어쨌다나. 그 자리에 사람들은 봉알자리라는 걸 세워두고 봉황이 돌아오기를 빈다는데. 봉황의 알은 그 오랜 세월을 어미가 돌아오기를 기다렸으니 얼마나 외롭고 추웠을까. 아마도 봉황이 되지 못할 거야. 그렇게 꼬리도 몸도 소리도 아름답다는 그 새가 여기로 올까, 싶었어. 울 아버지처럼 부패한 공무원이 정치를 하네. 아니, 사람들은 알아보고 아버질 안 뽑을 거야. 그렇게 사람들이 순진할까? 나는 그 봉알자리에 절대로 봉황새가 돌아오지 않을 거라고 생각해. 울 아버지 같은 사람이 정치를 하는데 봉황새가 뭐가 좋아서 다시 오겠어. 봉알자리는 알자리로만 남을 거야.

신화들은 그래. 그 안에서 꿈을 꾸게는 하지, 마치 아틀란티스처럼. 하지만 현실을 보면 신화라는 건 그냥 그렇고 그런 거야. 나는 뚱뚱하고 울 아버지는 선거에 나가고 울 엄마는 나보다 선거에 관심이 많고. 하긴 자식이라는 게 뭐냐, 싶어. 엄마는 날, 나는 엄마를, 헌신 헌신, 돌보고 챙기고 그러지는 않을 거야. 사실, 우린 너무 이기적이잖아.

그런데 문제는 독서클럽이야. 아버지는 무어라고 할까? 여러 여중학교와 남중학교 아이들이 한 달에 두어 번씩 만나서 토론을 한다면 말이야. 불량학생으로 찍혀서 정학이라도 당하게 될지도 몰라. 아버지 이력에 오점을 남기는 딸이 되어 선거 날, 집 안에 갇혀 있을 수도 있겠지. 하지만 나는 그 독서클럽을 포기

할 수는 없었어. 그곳에서 만나는 아이들이 진짜 내 친군걸. 미숙이만 하더라도 그래. 우리는 학교에 있을 때면 아는 척도 잘 하지 않았지. 비밀을 지키려고 말이야. 나는 미숙이가 숙제 검사를 하러 내 옆에 서기만 하면 쿡쿡 웃음이 나왔지만 꾹 참았어. 나는 비밀을 간직하고 학교라는 후텁지근한 건물을 바라보곤 했지. 즐거웠어. 불이라도 났으면 하는 어두컴컴한 건물이지만 나는 저 건물에 불을 지르지는 않을 거야. 내 비밀이 저 초라하고 못생긴 시멘트 건물 안에 들어 있는걸.

이럴 때는 나 몰라라하고 앞만 보고 가는 수밖에는 없지, 안 그래. 그리고 독서클럽 아이들이 쓰고 있는 아틀란티스 이야기가 나는 궁금해서 견딜 수가 없었어.

우리는 드디어 만몽호로 나들이를 갔단다. 미숙이가 여름 감기로 골골거리고 있어서 김양 언니에게 김밥 좀 만들어달라고 했더니 김양 언니는 땀을 뻘뻘 흘리며 도시락을 싸주었지. 무슨 걱정거리가 있어 보이는데도 생글거리면서 말이야. 나는 김밥을 썰고 있던 김양 언니 옆에서 난영이와 함께 김밥 꽁다리를 집어 먹으며 슬쩍 물어보았어.

"무슨 걱정, 있능교?"

김양 언니는 보름달처럼 둥근 얼굴을 나에게 돌리더니 지나가는 말로 그러더라.

"걱정은 무신 걱정. 잘 놀다 온나."

"진짠교?"

"그라모, 진짜제. 만수씨랑 힘을 합치모 안 되는 일이 없는 기라."

나는 이 대목에서 움찔했어. 정말 걱정거리가 있는 모양이네. 하지만 김양 언니는 더이상 말하지 않았어. 난영이가 같이 가겠다고 억지를 부리며 울었지만 김양 언니는 난영이의 머리를 쥐어박고 엉덩이를 찰싹, 때리고는 가겟방 안으로 들여보냈어. 여덟 개의 도시락을 들고 찐빵집 앞에 서서 나는 용식이와 미숙이를 기다리고 있었단다. 용식이는 미숙이와 미숙이 동생 둘과 함께 나타났어.

"경실아, 도시락 몇 개고?"

"여덟 개다, 사람 수대로."

"두 개만 나 주라. 나는 안 먹을 끼고 용식이도 니랑 나누어 먹으모 되잖나?"

"와?"

"동생들하고 할머니 점심이 없다 아이가."

문 안에서 우리를 바라보고 있던 김양 언니가 미숙이 보고 들어오라고 손짓을 했어. 미숙이는 들어가더니 봉지 두 개를 들고 나오네. 동생들에게 그 봉지를 주고 미숙이는 활짝 웃었어.

"찐만두다. 인자 걱정은 없구마. 아무리 독서클럽이 중요하지만 내가 우리 집 대장인데 먹을 거는 들여놓아야제."

나는 미숙이 동생들에게 도시락 하나를 덜어주었어. 동생들이 좋아라 봉지를 덜렁거리며 뛰어가자 미숙이는 부끄러운지 고개를 살짝 숙이고 입술을 깨물며 사라지는 동생들을 바라보더라. 그 순간, 나는 정우 생각을 했어. 정우는 섬에 새로 시집간, 남편이랑 횟집을 차렸다는 큰이모 집에서 잘 지낼까. 정우의 새아버지라는, 정우라면 질색을 하는 그 남자가 정우를 구박하면 어떡하지, 싶기도 했어. 나는 잘 몰라. 내가 정우를 진짜 언니로 생각하는지. 하지만 자꾸 정우 걱정이 돼. 선거에 출마한다는 아버지, 정우가 선생님을 사랑한다고 하면 정우를 그냥 둘까? 나에게 한 것처럼 혁대를 풀어 정우의 등을 치지는 않을까. 우리는 아버지에게 방해가 되면 안 된다고 엄마가 누차 말했거든. 아버지에게 탄탄하고도 곧은 길을 내주어야 한다고.

"생각해봐라. 국회의원이 되모 나는 진짜 권세 있는 집 딸인기라. 내는 더이상 농사짓는 집 둘째딸로 살기 싫었다. 너거 아버지가 니 이모 남편이었을 적에 나는 척, 알아보았제. 니 아버지가 날 어데 먼 좋은 나라로 델고 갈 끼라고."

엄마도 아틀란티스를 꿈꾼 적이 있는 모양이야. 먼, 좋은 나라라는 말을 하는 걸 보니. 그러니까 그 바람 때문에 딴살림을 차리고 선거 때문에 집으로 들어온 아버지를 받아들였나봐. 나는 가끔 궁금해. 아버지와 딴살림을 차렸다는 그 여자는 아버지가 떠나고 난 뒤 무엇을 했을까? 엄마처럼 행주를 집어던지고 독한 소주를 병째 마시고 꺼이꺼이 울었을까? 화투를 치면서 아버지가 없는 나날들을 견디고 있을까? 문득, 나는 진짜 진짜로 이복동생이 없기만을 바랐어. 이복언니에다 이복동생. 나는 아버지가 무서워. 잘 모르겠어, 왜 그날 집에 들른 아버지가 내 얼굴을 보러 방으로 들어왔을까.

버스를 타고 우리는 도시 근교에 새로 들어선 몇몇 개발지구를 지나갔지. 개발지구가 새로 들어선다는 텅 빈 들판에는 집은 아직 없고 교회가 먼저 들어서 있었어. 논이 있었던 곳은 누렇게 말라갔어. 누가 논을 팔고 어디론가 떠났는지 명색이 논이라는데 물기란 물기는 다 말랐더라.

버스 안에 앉아 있거나 서 있는 여덟 명의 아이들. 버스는 좁은 신작로를 달리고 달렸어. 우리는 보물섬을 찾으러 떠나는 사람들처럼 들떠 있었지. 더워서 땀을 뻘뻘 흘리면서도 우리들은 얼마나 신이 났는지. 용식이가 해철이의 안경을 빼앗아 써보기도 했고 서로 옷자락을 잡아당기면서 장난질을 치곤 했어.

"저기다, 저기가 내가 다니던 초등학교 아이가."

영미가 차창 너머를 가리켰어. 그곳에는 반쯤 부서진 건물이 덩그러니 남아 있었지. 부서진 것은 학교만이 아니었어. 옛 정미소도 기와집에다 작은 간판을 걸고 있던 옛 식당도, 당나귀가 끌던 구루마도 부서진 채 그전에는 마을이던, 그리고 지금은 마치 유령 마을인 것 같은 그곳에 널려 있었어. 그리고 그 쓰레기들. 부서진 옛 마을에는 쓰레기만 남나봐. 나는 시청 건설부 부국장인 아버지가 저 마을을 부수었나, 싶었지. 아닐 거야. 손에 망치 한 번 들어본 적 없는 아버지가 저 마을을 부수었을 리는 없지. 하지만 아버지에겐 그러라, 고 말을 하면 일사분란하게 움직이던 사람들이 있잖아. 그리고 이제 아버지는 시청을 나와서 정치를 한다는데…… 아버지의 힘은 더 세지겠네. 아버지의 힘이 세지면 세질수록 누구 힘은 더 약해질까.

만몽호 앞에서 버스를 내려 우리는 호수까지 걸어갔어. 그곳에는 새로 유원지가 만들어져 있었지. 여름 더위를 피하여 양산을 쓰고 나들이를 나온 멋쟁이 아가씨랑 라이방을 낀 남자들이, 호숫가에 서 있는 사이다나 맥주를 파는 가게 앞에 내놓은 의자에 앉아서 땅콩과 오징어를 먹고 있었어. 우리는 호숫가에 매어 있는 배를 타보고 싶었지만 그러려면 또 돈을 내야 한대. 집으로 돌아갈 차비를 빼고는 아무도 돈을 가지고 있지 않았으므로 우리는 그림의 떡 보듯 배를 바라보다가 호수보다 조금 더 높이 있는 잔디밭을 낀 소나무숲으로 갔어. 그곳에서는 호수도 잘 볼 수 있었고 벤치도 몇 개 있어서 모여 앉을 수도 있었거든. 가다가 명남이가 넘어지면서 사이다병을 떨어뜨리는 바람에 그 아까운 사이다가 한 병 없어졌어.

"니는 무당집 아들이 앞에 놓여 있는 돌부리도 못 보나?"

인삼집 아들, 인수가 농담을 하자 명남이는 어색하게 웃으며 "니 간첩 당숙이 안 가르쳐줘서"라고 했어. 우리들끼리는 그런 애먼 소리를 해도 괜찮았지. 다른 사람이 그런 농담을 했다면 다들 돌을 들고 머리라도 치려고 했을 거야.

우리는 벤치에 앉기도 하고 잔디밭에 털썩 주저앉아서는 가지고 온 공책을 어색하게 꺼냈어.

"그랑께로 누가 먼저 읽어볼래?"

나는 마치 내가 사회라도 보듯이 먼저 입을 열었지.

"서로 돌려 읽어보자."

금희가 수줍게 말했어. 나는 금희의 작은 눈을 볼 때마다 단춧구멍을 떠올려. 금희는 내 다리를 보면서 대평들 무를 떠올리겠지, 아무튼.

공책을 서로 돌려보자, 하는 금희의 의견은 마음에 들었어. 아무리 우리가 소풍 나온 곳에서 서로의 비밀이 적혀 있는 아틀란티스 공책을 나누어보자, 했지만 얼굴에 벌레가 스멀거리는 것처럼 쑥스럽고 부끄러웠거든.

나는 내 공책을 금희에게 주었고 해철이 공책을 받았지. 해철이 공책 속에 든 내용이 정말 궁금했는데 잘됐어. 해철이는 저만몽호에 잠긴 마을에서 태어난 아이라잖아. 아틀란티스처럼 사라진 마을에서 태어난 술집 아들, 해철이. 나는 해철이가 그 사라진 마을을 어떻게 썼는지 궁금했어. 비밀을 훔쳐보는 마음으로 침을 꿀꺽 삼키며 내 앞에 펼쳐질 해철이의 아틀란티스를 읽어보았어. 그런데 해철이의 아틀란티스는 사라진 마을이 아니었어.

나는 우리 집이 술집이 아니라 그냥 집이었으면 좋겠다. 나는 아가씨들이 아침이면 수돗가로 나와서 토하지 않았으면 좋겠다. 엄마가 술집에서 쓰는 노랑 물수건을 빠느라 수돗가에 오래 쪼그리고 앉아 있지 않았으면 좋겠다. 나는 언젠가는 우주선을 타고 달로 갔으면 좋겠다. 나는 우주선을 타고 화성으로도 갔으면 좋겠다. 서울로 가서 대학을 다녔으면 좋겠다. 좋은 대학을 나와야 우주선도 탈 수 있을 테니. 내가 우주선을 타고 날아가면 우리 술집은 어쩌나?

나는 약간 실망했어. 사라진 마을 이야기가 아니네. 되레 앞으로 올 미래에 대한 이야기네. 어떤 사람에게는 과거가 낙원이고 어떤 사람에게는 미래가 낙원인가봐. 하지만 지금이 낙원인 사람은 없을 거야. 해철이 좀 봐. 술집이 아닌 그냥 집, 아가씨들이 없는 집에다가 우주선, 달이라잖아. 게다가 우주선을 타고 날아가면서도 지금의 술집 걱정을 하네. 지금에 발목이 잡히지 않은 아틀란티스는 없나봐.

내가 해철이의 짧은 아틀란티스를 읽고 이 생각 저 생각, 잠겨 있는데 미숙이의 공책을 읽고 있던 명남이가 미숙이의 옆구리를 콕콕 찌르면서 말하는 거야.

"미숙아, 니 진짜로 수녀 될 끼가?"

미숙이가 명남이에게 눈을 흘겼어.

"말 걸지 말고 읽으라 카이."

우리는 뭔데? 뭔데? 싶어서 둘을 바라보았어.

"니, 여상 가서 경리원이 되고 싶다 카더이."

용식이가 시무룩하게 물었어. 미숙이는 고개를 살랑살랑 흔들더니 입을 꾹 닫아버리더라. 나도 미숙이를 바라보다가 명남이에게서 공책을 빼앗으려고 했어. 명남이는 아직 다 안 읽었다면서 공책을 뒤로 숨겼지. 그래, 차례가 올 테니 기다리자.

우리들이 쓴 아틀란티스 이야기는 다들, 각자가 바라는 낙원에 대한 이야기였어. 다들, 지금이 아니라 어제에 대해서, 아니면 내일에 대해서 적고 있었지. 나처럼 이야기를 지어낸 사람은 아무도 없었어. 내가 쓴 아틀란티스 이야기는 독서클럽 아이들에게 비웃음만 받았지. 공주에다 젖과 꿀이 흐르는 강물 이야기니. 나는 이야기를 짓자 했지 수기를 쓰자 했느냐고 따지고 싶었지만 사실 수기를 쓴 아이는 아무도 없었어. 영미가 꿈꾸는, 때리는 아버지가 없는 아틀란티스. 해철이의 우주선. 물에 빠져서 허우적거리다가 어느 강기슭에서 기적처럼 구조된 동생이 돌아오는 명남이의 아틀란티스, 인수가 꿈꾸는 일본 나고야, 그곳에서 살고 있을지도 모르는 친척 여동생, 그리고 금희가 꿈꾸는 아버지의 서예작품이 국전에서 대상을 받는 거. 이건 꿈이었지. 다들 자기 처지에서 솟아나와 꿈을 덧붙인 이야기이니 수기는 아닌 셈이었지. 그리고 미숙이가 꿈꾸는 포도원이 있는 조용한 수도원도.

"경실이는 꿈 잡고 사는 구름 아이가. 그래도 그 구름 덕분에 이런 나들이도 하고 얼매나 좋냐."

꿈 잡고 사는 폭삭한 찐빵이라고 하지 그랬니? 나는 날 감싸는 미숙이를 흘겨보았어. 그래, 어쩌면 아이들은 나에게는 아무 어려움이 없다고 생각할 거야. 내가 단 한 번도 진짜 내 처지를 털어놓지 않았으니 그럴 법도 하지. 그런데 왜 나는 내 이야기를 털어놓지 않는지 몰라.

용식이 공책에 적힌 이 요상한 이야기가 아니었다면 그날은 다 괜찮았을 거야. 용식이의 공책을 받아들었을 때 나는 섬뜩했어.

정보부원들이 형님을 끌고 가지 않는 세상! 독재자가 없는 세상! 나이가 들어서도 군대를 가지 않아도 되는 세상! 삼팔선이 없는 세상! 형님이 돌아오는 세상! 얻어맞지 않는 세상! 모든 사람들이 집 한 채씩 가지고 있는 세상! 아버지와 어머니가 울지 않는 세상!……

느낌표와 느낌표 사이에 세상이라는 말이 그러니까 거의 스무 번이나 되풀이되는 그 공책을 읽던 우리는 하얗게 질리고 말았어. 용식이는 정치가가 되려고 하나, 아니면 공산당 아냐? 그리고 이 공책에 적힌 내용은 학교에서도 집에서도 거리에서도 금지된 내용이었어. 어른들이 용식이의 공책을 본다면 우린 혼쭐이 나기만 하는 게 아니라 경찰에 끌려갈지도 몰라. 우리만이 아니라 우리 부모들도. 그 순간 나는 선거에 출마할 거라던 아버지가 떠올랐지. 오싹했어. 다들 아무 말 없이 김밥에다가 사이다를 마시며, 눈앞에 펼쳐진 만몽호에 정오의 햇살이 일렁거리고 있는 것을 바라보았지. 나는 용기를 내서 말했어.

"용식아. 이거 없애자."

아이들이 일제히 날 보았어. 어라, 다들 화가 난 것 같아.

그리고 용식이의 눈빛.

일기장아.

나는 그냥 우리가 독서클럽에서 만나고, 만나도 아무 탈이 없었으면 했을 뿐이야. 그런데 용식이 좀 봐.

"내는 니처럼 거짓말하는 놈 아이데이."

용식이는 날 불같은 눈을 하고 바라보았어. 주먹을 꽉 쥐고 부르르 떨면서.

"니처럼 남의 시를 베껴서 니 시라고 하고, 읽지도 않은 책 이름이나 죷어대는 놈이 아이라 카이."

용식이는 내 앞에서 얼굴을 붉히며 씩씩거렸어. 미숙이가 김밥 하나를 입으로 집어넣다가 도시락 뚜껑에 올려놓았지. 나는 그 자리에서 그만 굳어버렸단다. 용식이가 벌떡 일어나서는 호수 쪽으로 가려고 했어. 나는 용식이를 꽉 잡았어.

"니, 뭐라고 했노?"

"니처럼 거짓말이나 하는 놈이 아이라고. 뭘 없애자고 했노? 내가 쓴 거? 뭐가 무서버서 그라노? 니처럼 지어낸 말도 안 되는 이야기가 아이라서? 니 아버지가 시청에 댕긴다고 니도 그리 비겁하나?"

"비겁하냐고?"

"그래, 비겁. 이리저리 돈 받아묵음시롱 재산 늘리고 딸은 저리도 살이 찌고."

그 말을 끝으로 용식이는 고개를 땅으로 떨구었어. 나는 벌벌 떨리는 손으로 용식이를 놓아주었어. 용식이의 입에서 나온 말이 그 말만은 아니기를 했던 내 바람은 무너졌지. 바로 내가 제일로 무서워하던 그 말이었어.

"우린, 친구 아니었나?"

용식이는 뒤돌아섰어. 그리고 말했어.

"친구라고 생각했제. 처음은 어찌되었던 간에. 그런데 니는 와 내가 쓴 걸 없애자 카노? 니 친구한테 그런 말 할 수 있다고 생각하나?"

"……!"

"경실아, 진짜 우리 친구가? 잘 생각하레이. 또 거짓말하지 말고."

글쎄. 그다음은 뭘 물어봐야 할까? 용식이는 언제부터 내가 썼다는 그 시가 내 시가 아니라는 걸 알았을까? 그런데도 왜 날 독서클럽에 넣어주었을까? 나는 미숙이를 바라보았어. 미숙이는 용식이랑 제일로 친했고 날 독서클럽에 들어오라고 한 애니까 어쩌면 답을 알고 있을지도 모르겠다, 싶어서. 하지만 미숙이는 땅만 바라보고 있었지. 용식이는 호수 쪽으로 내려갔어. 다른 아이들도 처음에는 놀라서 아무 말도 못 하고 있다가 용식이를 따라서 우우, 호수 쪽으로 내려갔지. 이런 상황은 다 피하고 싶었나봐. 나는 외톨이가 되어 그 자리에 얼음처럼 굳어 있었지. 얼굴에는 땀이 비 오듯 흐르는데 마치 아이스케키가 된 것처럼 나는 뜨거운 햇빛 아래에서 허물어지고 있었어. 미숙이가 나에게로 다가와서는 날 흔들었어.

"와, 그런 말을 했노? 그걸 없애자니, 어쩐다니."

나는 아무 말 하지 않고 그 자리에 서 있었지.

다시 나는 차가워지고 있었어. 울지도 않았고 화도 나지 않았지. 다만 어쩔 줄 모르겠더라. 그래. 내가 거짓말을 한 건 맞잖아. 한데 미숙이에게 궁금한 게 딱 한 가지 있었어.

"니도 알았나?"

"미안하다."

"그라고도 나보고 독서클럽 같이하자꼬 했나?"

"미안하다니께."

"와 그랬는데?"

이번에는 미숙이가 와락 눈물을 터뜨렸어. 얘가 왜? 거짓말을 한 건 난데?

"니 아버지가 시청에 댕기니께 여중생이랑 남중생이 어울려서 댕겨도 그 빽 믿어볼라꼬 그랬다."

"그라니께 니는 울 아버지 때문에 나한테 독서클럽에 들어오라 캤나?"

"미안하다 카이……"

"나중에 탈이 생기모 울 아버지 빽 한번 써볼라꼬? 글고 다른 아이들도 다 아나?"

"미안하다 카이……"

"이게 다가? 아니모 또 나만 모르는 거, 더 있나?"

"미안하다 안 카나!"

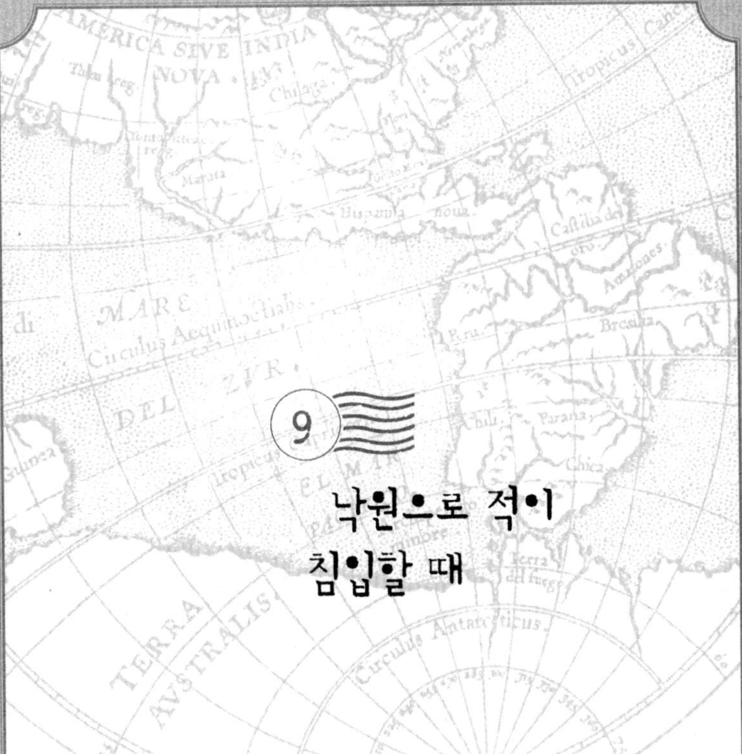

9

낙원으로 적이 침입할 때

AMERICA SIVE INDIA NOVA
Archipelago di S. Lazaro
MARE
DEL ZVR.
Circulus Aequinoctialis
Nova Guinea
EL MAR PACIFICO
TERRA AVSTRALIS
Circulus Antarcticus
MARE DI INDIA

일기장에게.

나는 방학 내내 하라는 공부는 안 하고 정우를 기다리면서 새로운 아틀란티스 이야기를 짓고 있었어. 독서클럽 아이들하고 그렇게 헤어진 후에 나는 가끔 만수씨네로 가는 것만 빼고는 집에만 틀어박혀 있었지. 더이상 독서클럽에 나가는 일은 없을 거야. 아이들도 더이상 나더러 나오라고 하지 않을 거고. 다 괜찮은데 미숙이 때문에 조금 걱정이 되었지. 동생들하고 눈먼 할머니. 밥은 먹고 있을까? 하지만 미숙이에게로 가는 길은 나에게는 너무나 먼 것 같아.

내가 한 거짓말은 거짓말이라고 쳐. 날 이용하려든 아이들이 난 밉고도 미웠지. 미숙이가 마지막 덧붙인 말.

"내가 소녀 가장 아이가. 소녀 가장이 영악하지 않으모 안 된데이."

영악. 그래, 미숙이는 날 이용할 줄 알 만큼 영악했어. 그런데 나는?

……나는 거짓말쟁이.

용식이는 처음부터 알아보았다고 했지. 형님이 가지고 있던 책에서 어떤 시를 읽었을 때 바로 그 시라는 것을! 나는 아버지 책 가운데 끼어 있던 낡은 시집에서 그 시를 발견했고. 우스운 일은 경찰서에 끌려가는 열혈청년 용식이 형님과 부패한 공무원이자 미래의 대의원인 아버지의 독서목록이 같았다는 점. 나는 양심도 없나봐. 내가 한 거짓말보다 날 이용하려든 아이들에게 더 화가 나니. 다른 아이들은 아무 말 하지 않고 용식이의 말을 듣고만 있었지. 해철이도 명남이도 인수도 영미와 금희도 그냥 듣고만 있더니 용식이와 미숙이 뒤를 따라 날 혼자 두고 가버렸어. 그 아이들 가운데 누구도 날 감싸지 않아서 나는 정말 섭섭했어. 뉘우치라고? 그냥 국으로 입을 닫고 남의 시를 베껴서 상탄 사실이나 반성하라고?

그래야겠지……

여름인데도 움직이지 않고 방에만 틀어박혀 있었더니 살이 더 쪘어. 심통이 나서 혼자 꾸역꾸역 밥을 밀어넣어서 그렇기도 했나봐. 다른 사람들은 여름이면 땀도 많이 흘리고 입맛도 떨어져서 살이 빠진다는데. 나는 아냐. 엄마는 뭐가 바쁜지 아침에 나갔다가 저녁 시간이 지나고 거의 통금 시간이 다 되어서 집으로 돌아올 때가 많았어. 아버지 역시. 둘이 바깥에서 만나서 그 사업이라는 걸 하나봐. 엄마는 말했어. 사람들을 많이 만나야 선거를 하는 거라고. 안사람이 마당발이어야 대의원이 된다고. 그래서 이곳저곳 사람들을 만나서 밥도 사주고 술도 사주고 한다고. 나를 흘겨보면서 살 좀 빼라고 신신당부를 했어.

"혹 니도 사람들 앞에 나설 일이 있을지도 모르니께."

나는 고개를 흔들었어.

아니! 절대로 사람들 앞에 나서지 않을 거야.

나는 엄마에게 정우가 언제 돌아오느냐고 묻기도 했지. 하지만 엄마는 정우에게는 아무 관심이 없는 듯했어. 처음에는 그렇게 살갑게 굴더니 선거가 무섭긴 무섭나봐. 엄마는 정우라는 애가 이 세상에 없기라도 한 양 정우 이야기를 입 밖에도 끄집어내지 않았단다. 나는 혹시 엄마가 정우를 쫓아내지는 않을까, 겁이 났어. 큰언니의 남편을 빼앗아서 결혼했다는 게 알려지면 사람들의 입방아에 오르지 않겠어.

정우는 방학이 끝날 무렵 돌아왔어. 얼굴이 시커멓게 타서는.

"정우야!"

"이 가시나가. 언니라 부르라 캐도!"

저녁 어스름에야 현관에 보따리를 잔뜩 들고 나타난 정우를 보고 나는 너무나 반가워서 거의 눈물이 나려고 했어. 정우는 그사이에 더 어른이 되었는지 검은 치마에다 연두색 스웨터를 입었는데, 그 스웨터에 볼록하게 올라온 젖가슴이라니.

"이 보따리나 좀 받아라."

보따리 안에는 마늘이며 볶은 깨에다 고춧가루, 말린 생선, 채소 같은 게 한가득 들어 있었어. 그리고 정우는 예쁘게 생긴 소라 껍질 두 개를 선물이라면서 나에게 내밀었지.

"니, 밥은 묵었나?"

정우는 집에 오자마자 내 밥걱정부터 하네. 나는 콧등이 시큰거렸어. 어쩌면 나에게는 정우밖에 없을지도 몰라.

우리는 보따리를 풀어서 그 안에 든 것들을 대충 꺼내놓고 찬밥을 물에 말아서는, 정우가 가져온 말린 꼴뚜기를 고추장에 찍어서 저녁을 먹었어. 맛이 있긴 했지만 먹는 둥 마는 둥 밥만 꿀떡 넘기면서 나는 정우의 눈치를 살살 보다가 참지 못하고 드디어 묻고 말았지.

"선우현 선생님은?"

정우는 설거지를 하다 말고 날 바라보며 수줍게 웃었어.

"우리 결혼할 끼다."

"……!"

"내가 여고만 졸업하모. 결혼하고 간호학교 댕길라꼬."

"뭐라고?"

"방에 가자. 차근차근 이야기해주꾸마."

정우는 방으로 들어와서 문을 단단히 닫고 이야기를 시작했어.

"선생님이 섬으로 와서 이 이야기, 저 이야기 많이 했제. 그리고 이야기 끝에…… 그러니까…… 아주 오랫동안 생각한 끝에…… 결혼하자고. 내가 여고 졸업하면…… 선생님은 2학기까지만 학교 댕기다가 부산으로 간다 아이가. 그리고 오래전부터 마음먹은 일 할 끼고."

나는 놀란 가슴을 진정시키기 위해 청심환이라도 먹어야 할 판이었어. 바닥에 그냥 훌렁 드러누웠지.

"큰이모는 뭐라 카시는데? 글고 선생님이 오래전부터 맘먹은 일이 뭐꼬?"

"엄마는 좋다고 했제…… 선우현 선생님 말이라모 팥으로 메주를 쑤어도 좋다고 하니께. 처음에는 많이 놀라기도 했다. 아직 우리 정우가 어려서예…… 카더라. 하지만 엄마도 내가 고3이 되는 나이에 날 낳았다 아이가. 그리고 선생님이 계획하는 거, 나는 발설 못 한데이. 그냥 나쁜 짓, 하는 거 아니라는 거만 알아라."

나는 정우에게 아버지가 곧 시청을 나오고 선거에 출마할 거라는 이야기를 그 순간 해줄까 말까, 망설였어. 엄마랑 아버지는 뭐라고 할까?

나는 얼굴도 모르는 큰이모 안부를 물어보았지. 언젠가 나도 큰이모를 만나러 그 섬에 가고 싶어. 정우처럼 큰이모는 예쁘게 생겼을까? 아님 울 엄마처럼? 미지의 섬에 사는 큰이모…… 회도 잘 뜨고 매운탕도 뚝딱 끓인다는 큰이모. 산속에서 산미나리나 산취나물, 산마늘도 잘 찾아낸다는 큰이모. 나는 큰이모가 엄마였다면 어떨까, 하는 생각도 했어. 저렇게 매정하지는 않겠지.

"장사도 잘되고 새 남편도 괜찮타 카더라. 글고 새 남편도 내가 이삼 년 뒤에 시집간다꼬 하니께 짐을 하나 더나부다, 하고 얼매나 잘해주든지 내가 다 놀랐다 아이가. 배 타고 낚시도 하러 댕기고, 저녁이모 같이 장사도 하고, 그라면서 잘 지내고 왔다."

그래. 우리 둘 중, 하나는 잘되어야지. 나는 정우가 시집을 갈 거라는 말에 놀라기도 했지만 곰곰이 생각해보면 어때? 싶더라. 옛날 여자는 열서넛만 되어도 벌써 시집을 갔다잖아.

"니, 시집가는 거 무섭지도 않나?"

"안 무섭다. 그리고 이거 다 비밀이데이. 내가 때가 되모 아버지랑 이모한테도 말할 테니께."

엄마가 집으로 돌아왔을 때 우리는 방 안에 나란히 누워서 이야기를 하느라 엄마가 돌아왔는지도 몰랐어. 방문이 열리고 엄마가 얼굴을 빼꼼히 밀어넣었을 때 우리는 발딱 일어났지. 정우가 온 걸 엄마는 현관에 있던 신발을 보고 미리 알았나봐. 정우가 인사를 하고 부엌으로 가서 가지고 온 것들 가운데 말린 갈치를 내밀자 엄마는 이게 뭐냐? 하는 눈으로 정우를 보았지.

"이모한테 주라고 엄마가 싸주데예. 말린 갈치조림을 이모가 잘 드신다꼬 함시롱."

엄마는 눈을 아래로 깔고 침을 한 번 꿀꺽 삼켰어. 나는 엄마의 내리깔린 눈에 몇십 년 세월이 맺혀 있지 않나, 혼자서 물었단다. 너무나 길었거든, 그리고 너무나 짧았고.

"니 어머이는 잘 있나?"

엄마는 마른 갈치로는 눈도 돌리지 않고 건성으로 정우에게 물었어. 정우는 마른 갈치 다발을 들고 어쩔 줄 모르고 서 있었어.

"갈치는 고맙데이…… 글고 정우야. 내가 니한테 할 말이 쪼매 있다."

"뭔데예?"

나는 부엌 입구에 서서 엄마가 또 무슨 소리를 하려나 싶어 잔뜩 긴장했지. 저렇게 목소리가 착 가라앉아 있는 엄마. 정우를 보고도 반가운 기색 하나 보이지 않는 엄마.

"매도 먼저 맞는 게 낫다고 했으니께. 잘 들어라. 니, 다른 사람들 앞에서는 아버지를 아버지라고 부르지 말고 이모부라 캐라."

저럴 줄 알았어. 짐작은 했지만 너무나 뻔뻔스런 엄마의 말에 나는 말을 잃고 말았지.

"와예?"

"니 아버지, 선거에 나간다 아이가. 남의 입에 오르는 거 나쁘니께……"

정우는 비린내 나는 갈치 다발을 선반에다 천천히 올려놓았지. 천천히, 천천히. 그리고 엄마를 무섭게 노려보더니 곧 그 눈길을 거두었어. 어쩔 수 없다는 듯.

"알았심니더."

그러고는 부엌을 나와서 방으로 들어가서는 천천히 문을 닫았어.

천천히, 천천히. 나는 문이 닫히는 소리를 들으며 그 자리에 꼼짝도 하지 않고 배반당한 첩보원처럼, 배반당한 삼팔선처럼 서 있었어.

"그리 중요함니꺼?"

나는 엄마 앞으로 나섰어.

"선거가 그리 중요하냐고예?"

"와, 니가 인자 날 가르칠라꼬? 이 가시나는 엄마 편은 안 들고 누구 편을 드노? 정우가 진짜 니 친언니가? 그라고 친언니라캐도 그렇지. 니는 아버지 도와주고 싶은 생각도 없나? 낳고 입히고 멕이고 학교 보내주고 했더이. 니한테 내가 용돈을 안 주더나, 교복을 안 사주더나? 책도 사달라는 대로 다 사주고 입을 것도 뭔도 없이 해주고. 먹을 거라모 니 몸을 보모 알제. 남들은 하루 두 끼도 못 묵고 사는데 니는 살이 디룩디룩 올라서는. 문제는 뭔 줄 아나? 니 아버지가 아닝 기라. 내가 문제데이. 사내들이 열 여자를 거느리모 호탕하고 재주 있는 거이지만 지집이지 언니 남정을 빼앗았다 카모 욕이 되는 기라. 알겠나."

"선거가 진짜, 죽고 살 일입니꺼? 정우한테 그런 모진 짓을 하면서 선거……"

"이 가시나가!"

갑자기 엄마는 내 머리채를 잡고는 벽으로 날 밀었어. 나는 벽에 꽝 부딪혔어. 그런 내 앞으로 엄마가 다가와서는 사정없이 주먹질을 하는 거야. 나는, 정우야! 정우야! 소리를 쳤단다. 정우가 방에서 나와 엄마를 나에게서 떼어냈을 때 나는 코피를 흘리고 있었어. 엄마가 씩씩거리면서 말했어.

"앞으로 주둥이 잘못 놀리모 삭발을 해서는 니 방에 가두어 두고 말 텡께! 니만 똑똑하나? 니, 한 번이라도 내 생각은 해봤나? 니 혼자 놔두고 돌아다녔다꼬 지금 니가 내한테 벌줄라고 하나? 니는 내 심정, 한 번이라도 생각해봤나? 언니 신랑 빼앗아서 같이 사는 여자 심정이 뭔지 알기나 하나?"

그런데, 그걸 내가 알아야 할까. 그 일은 내가 태어나기도 전에 일어난 일이잖아. 나에게는 아무 책임도 없는 일인데 엄마는 엄마라고 날더러 엄마를 이해하래……

엄마가 날 때린 것은 그날이 처음이었어. 엄마는 가끔 날 쥐어박기는 했지만 주먹질을 한 적은 단 한 번도 없었단다. 그런데 엄마가 날 때리다니. 이렇게 피가 날 만큼. 정우와 엄마는 아버지가 없을 때면 사이가 좋았다가 아버지가 나타나면 모세가 홍해를 여는 것처럼 쫘악 갈라지는 사이. 그 한끝에서 모세인

엄마는 십계명이 든 돌판을 들어올리며,

부모를 섬겨라! 했고,

그 돌판에 든 십계명을 보던 천한 백성인 정우는 머리가 서넛 달린 코끼리 신을 우상으로 섬기다 들킨 양,

그라지예…… 했어.

그리고 나? 그 갈라진 물결 사이에 서서 돌판도 아니고 코끼리 우상도 아닌 다른 것을 보고 있던 나는.

아틀란티스에는 미미라는 공주가 살았어요. 미미의 주위에는 시종도 많았고 미미를 따르는 토끼나 다람쥐, 나비, 새들도 많았지요. 아침에 일어나면 미미는 착한 시종들과 함께 귀여운 동물들을 데리고 정원을 걷기도 했어요. 밤이면 시종들과 동물들 사이에서 잠이 들었지요. 미미에게는 엄마가 없답니다. 미미의 엄마는 태어나자마자 죽었대요. 가끔 미미는 엄마가 보고 싶었지요. 울 엄마는 어떻게 생겼을까? 미미의 아버지는 외국 먼 나라로 전쟁을 하러 나가서는 아틀란티스 성을 비울 때가 많았지요. 미미는 외로울 때가 많았지요. 그런 어느 날, 사람들이 와서 아버지도 전쟁터에서 죽었다고 알려주었어요. 미미는 혼자가 되었어요. 그리고 이제 아틀란티스를 혼자 다스려야 했지요.

주문처럼 나의 아틀란티스 이야기를 생각했어. 믿을 곳이 이

세상에 없다면 내 머릿속이 믿을 곳이야. 나는 아틀란티스 이야기를 쓰다가 죽을 것처럼 그 순간, 아틀란티스라는 곳에 살던 미지의 공주, 미미를 생각했지. 이건 귀신 이야기는 아니니까. 울 엄마처럼 귀신은 아니니까. 그때 나는 처음으로 이 세상에서 더 살고 싶지 않다는 생각을 했어. 위인전에 나오는 수많은 위인처럼 세상에 대항해서 살아날 힘이 없다는 생각을 했어. 그리고 코피를 닦고 정우의 부축을 받으며 내가 일어났을 때 엄마는 부엌 바닥에 앉아 울고 있었지.

정우와 나는 며칠 뒤에 만수씨네로 갔어. 이제 개학이 얼마 남지 않아서 학교 시작하기 전에 사야 할 학용품도 많았고, 그래서 시내로 나갔다가 만수씨에게로 갔지. 우리 만수씨는 땀을 뻘뻘 흘리면서 화덕 앞에 서 있었단다. 우리가 들어가자 만수씨는 너무나 반가워했어. 특히 정우를 보더니 반색을 하는 거야. 만수씨는 이미 다 알고 있나? 하지만 그런 것 같지는 않았어. 만수씨는 정우를 오랫동안 보지 못했던 거야.

"정우야, 니 얼마 만에 왔노? 아직도 내가 개발한 신상품 맛, 못 봤제?"

나는 만수씨에게 "그 지루한 찐만두!"라고 말하려다가 입을 닫았어. 선우현 선생님이 그 말을 할 때는 자부심이다 소신이다, 하더니 김양 언니 말은 찰떡처럼 입에 맞나봐. 나는 정우가 찐만두를 베어물고는 다시 접시에 놓았을 때 통쾌했어. 나만 그런 건 아니군.

“아저씨, 진짜 괜찮네예. 이 만두 껍질을 얄팍하게 만들어서 만둣국 팔아도 좋겄네예. 그리고 우리 섬에서는 작은 물고기 넣고 끓인 국에다 이런 만두, 두어 개 넣어서 어탕도 안 끓입니꺼, 맛, 참 좋심니더.”

뭐라고? 나는 죽도록 싫은 이 고기만두가 맛있다고? 난 토라져서 정우에게는 눈길도 안 주고 만수씨에게 소리를 쳤지.

“만수씨! 이리 느끼한 만두 줄라모 단무지 팍팍 같이 주이소!”

만수씨가 나에게로 왔어.

“니는 진짜로 이상한 아다.”

“단무지 달라는 손님이 이상한교? 단무지라도 같이 묵어야지 안 그라모 느끼해서 죽겠구마.”

“경실아.”

만수씨의 눈길이 갑자기 엄격해졌어.

“니, 내가 김양이랑 잘 지낸다고 심통 부리나?”

심통 같은 소리! 나는 심통은커녕 김양 언니랑 만수씨가 붙어 있어 좋기만 했는데. 그리고 언제부터 내가 만수씨 사생활에 간섭을 했냐고. 아무리 단골이지만 나는 내 분수는 알아.

“이 찐만두, 내가 심혈을 기울여서 개발한 기다. 김양이 그리 하자고 해서 그런 것만은 아닝께로. 글고 김양도 불쌍한 여자다.

남편이 죽고 난 뒤 시집에서 쫓겨났다 안 카나. 서방 잡아묵었다고. 딸 하나 친정에 맡겨두고 뜨개질집 혼자 하니 마음이 허해서 묵고 또 묵었다 카대. 경실아, 니는 아직 어려서 잘 모르것지만……"

어리다고?

"사람 사는 게 딱 맞춤떡처럼 되는 것만은 아닝께로."

"소신, 어쩌고 하더이 다 헛말이었네예."

"니가 그걸 다 기억하는구나. 니 말이 맞긴 맞다. 하지만서도 니, 여기 이 근방 한번 쭉 둘러봐라. 찐빵집이 몇 개나 되는지. 다섯 집도 넘는다 아이가. 이라다가 이 건물 사기는커녕, 경쟁에서 밀려나는 기라. 저 건너편, 찐빵집 있제? 그 집에는 밤이모 고등학생들한테 막걸리도 판다 카더라. 내는 그랄 수는 없으이 신상품이라도 개발해야 할 거 아이가."

그 말도 맞았어. 만수씨 가게가 있는 시장통은 하루가 멀다 하고 새 가게가 들어섰어. 먹는 장사, 아니면 입는 장사라고 작은 식당에다 싸구려 옷가지들을 파는 가게들까지. 진짜 이러다가 만수씨 가게는 망할지도 모르겠어. 하지만 옛 주인과 지금의 만수씨까지, 그렇게 오래된 찐빵집이 망할 리가 없을 거야. 만수씨는 심각한 표정으로 앞치마를 만지작거렸어.

"문제는 집세다 아이가. 카악, 고마 이 건물 사뿌려야 하는데. 작년보다 훨씬 값이 올랐다 카대. 여가 좀 좋은 자리가. 노른자

위도 이런 노른자위가 없시니께로. 아직 집주인이 나가라고 하지 않아서 다행이긴 하다만."

잠시 만수씨의 얼굴에 그늘이 지나갔어. 가만히 누런 엽찻잔을 들고 입으로 가져가지도 않고 만지작거리고만 있는 거야. 정우가 선우현 선생님 이야기를 끄집어낼 때까지 만수씨는 그러고 서 있었어.

"선생님이 곧 들른다꼬 전해주라 카대예."

"현이가? 어데 있노, 그넘의 자석. 코빼기도 볼 수 없어이. 정우는 그래도 만나고 댕기는 모양이네."

정우는 더이상 말을 하지 않고 생글거리기만 했어.

그런데 만수씨에게 무슨 걱정거리가 있나? 전에 김양 언니가 그런 비슷한 말, 하기도 했지. 집세 문젠가? 나는 궁금했지만 그렇다고 만수씨에게 시시콜콜, 다 물어볼 수는 없었지.

새학기가 시작되고 일주일쯤 지났을 때 나는 아침 조회에 들어오는 선우현 선생님의 굳은 얼굴을 보고는 가슴이 철컹 내려앉았어. 어쩐 일인지 꼭 나 때문에 선생님이 그런 얼굴을 하고 있는 것 같았거든. 아니나 다를까.

"박경실. 조회 마치고 교무실로 좀 온나."

교무실로 갔더니 교장 선생님이 어떤 낯선 남자랑 날 기다리고 있었어. 선우현 선생님이 침통한 얼굴로 그 옆에 서 있고. 이건 무슨 일이람. 나는 문득 오늘 미숙이가 학교에 오지 않았다는 걸 생각했어.

"앉아라."

교장 선생님을 이렇게 가까이 대하는 건 처음이야. 멀리서만 바라보았는데. 교장 선생님 옆에 앉아 있던 남자가 담배를 피워 물었어. 담배연기 사이로 매처럼 사납고도 날카로운 남자의 눈빛을 나는 보았지. 흠칫했어.

"니, 건설부 부국장님 딸이가?"

아버지?

"예."

"박경실이라고 했제…… 니, 이용식이 아나? 문미숙이도?"

가슴이 철렁! 얼굴에다 누가 찬물을 끼얹은 것 같아.

"예. 아는데예."

나는 대답을 하다가 선우현 선생님을 바라보았어. 선생님은 정말 어두운 얼굴을 하고 볼펜만을 돌리고 있었어. 나는 좀 도와달라는 표정으로 선생님을 바라보았지만 선생님은 입을 꽉 닫고 신경질적으로 볼펜만을 돌리더라. 볼펜이 손에서 떨어져나가 바닥으로 떨어졌어.

"그라모 우리 같이 좀 가자."

"어데로예?"

나는 이번에는 교장 선생님을 바라보았어. 이게 무슨 일인가 싶어서. 교장 선생님은 낯선 남자를 데리고 교무실 바깥으로 나갔지. 선우현 선생님과 나, 둘만 교무실에 있었어. 아침 햇살이 창으로 들어오네. 햇빛 속에 가느다란 먼지도 보이네. 그 먼지들이 햇빛 속에서 재재거리며 움직이는데…… 선우현 선생님은 그냥 고개를 숙이고만 있다가 딱 한마디하셨어.

"마음 크게 묵어라."

남자는 다시 교무실로 들어왔고 교장 선생님은 아직도 교무실 바깥에 서 있기만 했지.

"가자."

"어덴데예?"

남자가 그 매 눈으로 날 매섭게 노려보았어.

"가보모 안다."

남자가 국방색 차에다 날 구기듯 박아넣었어. 나는 학교 현관 쪽을 바라보기만 했어. 그곳에는 선우현 선생님과 교장 선생님이 걱정스런 눈으로 지켜보고 있었고 아이들이 창문에 매달려 우릴 지켜보았어.

그곳은 경찰서였단다.

너른 경찰서 사무실에는 우리 독서클럽 아이들이 다 앉아 있는 거야. 참, 이상하지. 아이들을 보니까 갑자기 안심이 되는 거 있지. 그리고 아이들도 날 구세주 바라보듯 하는 거야. 그런데 용식이는 어디에 있나. 금희는 얼마나 울었는지 눈이 퉁퉁 부어 있고 해철이와 인수는 누구에게 얻어맞기라도 했는지 뺨이 불그

죽죽했어. 미숙이는 고개를 빳빳하게 들고 사무실로 들어오는 날 바라보았지. 앉으라는 자리에 앉아서 나는 날 데리고 온 남자가 말을 하기만을 기다리고 있었어. 남자는 어디론가 전화를 하더니 다시 나갔어. 나가면서 말했지.

"조용히 하고 있어라. 서로 이야기를 나누면 불침을 놓을 끼니!"

나는 아이들한테 말 붙일 엄두도 못 내고 불안에 가슴을 죄며 그 자리에 앉아 있었어. 지옥이라더니, 진짜 내가 지옥 속에 있나봐. 그런데 저 아저씨는 밤에 숙직이라도 했는지 늦은 아침을 먹네. 배달해온 설렁탕에 든 국수를 후루룩 짭짭. 우리들에게는 한 번도 눈길을 주지 않고. 다 먹고 트림을 하고 그 아저씨는 코를 탱 풀고 일어나서는 우리 쪽으로 다가왔어. 해철이에게로 다가온 아저씨는 해철이 뒤통수를 탁, 때리더니, "이 새끼들, 대가리에 피도 안 가신 놈들이 가시나들하고 연애라도 했나!" 그 아저씨는 아무것도 몰라서 저런 소리를 하는 거야. 나는 내가 왜 이곳에 붙잡혀왔는지 은근히 알아차렸어. 아마도 용식이 때문일 거야. 용식이의 아틀란티스 공책에 든 이야기. 그 이야기 때문이었을 거야. 거 봐, 내가 없애자고 했잖아.

사무실을 나갔던 남자가 다시 들어오더니 해철이를 불렀어. 해철이가 쭈뼛쭈뼛 일어나서 나갔지. 남자는 해철이를 데리고 사라졌어. 침묵.

한 시간쯤 지났을까, 해철이가 돌아왔어. 얻어맞기라도 했는지 부어오른 뺨을 손으로 만지작거리며. 그다음은 영미 차례. 그다음 그다음은. 마지막으로 미숙이가 불려가서 돌아온 후 남자는 내 이름을 불렀어.

"어이 뚱보!"

나는 고개를 숙였어.

"어이, 박경실이! 뚱보, 니 말이다."

10

꿈 말고 뭘 더?

텅 빈 작은 방에 놓여 있는 건 탁자 하나, 초라한 의자 둘. 그리고 그 탁자 위에는 내 아틀란티스 공책이 놓여 있었어. 내 것만이 아니라 다른 아이들 공책까지. 나는 그 공책을 보고 깜짝 놀랐어. 내 공책은 집에다 두었는데, 아니, 경찰이 벌써 집에까지 다녀갔나 싶었어. 그 순간 눈앞에 엄마와 아버지의 얼굴이 떠오르는 거야. 나는 죽었다, 싶었어. 그리고 이 초라한 방, 시멘트 냄새와 담배 냄새가 섞인 이 방 안에 있는 탁자 위에 놓여 있는 우리들의 아틀란티스 공책을 나는 잠깐 바라보았어. 끔찍해. 저 남자는 어디에서 우리들의 공책을 가져다 이 냄새 나는 방에 두었을까?

"박경실이, 니 박부국장 딸이제. 박부국장 얼굴을 봐서라도 내가 살살 할 테니께 있는 그대로 말해라, 알겄나!"

"……"

"말을 와 안 하노? 내가 한 말 못 알아들었나?"

"언지예. 알았심니더."

남자는 내 코앞에 바짝 얼굴을 들이밀었어.

"내가 개인감정이 있어서 이러는 거 아닝께, 다 나라 일 아이가. 글고 요새처럼 불온한 놈들이 날뛰는 세상이닝께. 니들 나이 때는 깜빡, 하다보모 샛길로 빠지는 건 예사데이. 니들은 좋은 세상에 사는 기다. 니들 나이에 아버지들은 공산당에 맞서서 총까지 안 들었나. 중학교를 다니는 건 어림도 없었으니. 좋은 세상에 니들은 산다 아이가. 굶지도 않고. 감사히 생각해야 한다, 이 말인 기라. 알아듣겼나?"

나는 의자에 앉았고 남자도 내 맞은편 의자에 앉았단다. 시멘트 냄새가 너무 독했어. 나는 이 방을 나가면 다시는 시멘트 냄새를 맡지 않으리라, 맹세했지. 마치 이 방에 서 있는 내가 인생의 끝에 선 할머니가 된 것처럼.

"니가 그 독서클럽인가 뭔가 하는 데 대장이라 카던데 맞나?"

처음 들어보는 말. 내가 대장이라니.

"아닌데예. 우리한테는 대장 같은 거 없는데예."

나는 겁에 질려서 도리질을 했어.

"다른 아이들이 다 글카던데. 니가 대장이라꼬."

"아인데예……"

순간 나는 미숙이가 나에게로 와서 독서클럽 같이해보자는 말을 했다는 걸 발설할 뻔했어. 괘씸한 것들. 이번에는 날 대장으로 만들다니.

"니가 아틀란티슨가 뭔가 하는 이야기 지어보기로 했담시롱. 그라고 다른 아이들이 다 따라했시니 니가 대장이지 뭐꼬."

그 말은 맞는 말이었어. 내가 그 제안을 했었지. 하지만 나는 대장은 아니야. 정말로 그랬어. 우리는 원탁의 기사처럼 둥그렇게 앉아서 토론을 했으니까.

"글고 만나모 빵값이랑 그런 거 니가 다 냈다면서? 그러니께 니가 대장이지. 내 말이 틀렸나?"

나는 아무 말도 할 수가 없었어. 다 맞는 말이었어. 내가 빵값이랑 소풍 갈 때 싸가지고 간 김밥값도 냈으니. 심지어 엄마 지갑에서 훔쳐서.

"자, 다시 한번 묻겠다. 니가 주동이가?"

"아입니더."

남자의 매 눈에서 매서운 광채가 다시 흘러나왔어.

"니 협조 안 하모 니 아버지 자리까지 위험하데이. 니 아버지, 공무원 아이가. 협조하모 내가 선처를 잘할 테이. 그라모 배후가 누구고? 니들 같은 중학생이 혼자서 이런 엄청난 짓을 할 리가 없을 테이. 배후가 누군가 말이다."

"우리가…… 무슨 짓을 했는데예?"

"이 가시나가!"

남자의 손이 올라갔어. 하지만 용식이가 쓴 아틀란티스 이야기 말고는 정말 나는 우리가 무슨 잘못을 했는지 몰랐어. 남중생하고 여중생이 만나서 놀고 했으니 품행이 방정하지 못하다는 이야기라면 이해가 되겠지만.

"잘못했심니더."

나는 무조건 손을 앞으로 모았어. 남자가 정말 때릴 기세로 벌떡 일어나서 너무나 무서웠지. 진짜 무슨 큰일이 날 것 같았어. 아버지가 나 때문에 시청에서 쫓겨나고 대의원 선거에도 못 나가고. 나는 눈물이 날 뻔했지만 우선 꿀꺽 넘겼어. 마음을 단단히 먹어야 했어.

"아틀란티스가 뭐꼬? 공산당들이 사는 데가?"

"아인데예. 옛날, 플라톤이라고 하는 그리스 철학자가…… 잃어버린 낙원……"

"보라 캐도. 중학생이 그런 걸 우찌 다 알았노? 긍께 지금 정부를 전복하고 공산당이 고마 정권을 잡는 천당, 만들자, 그 이야기가? 누구한테 들었노? 그런 못된 놈의 이야기는 어데서 들었나 말이다. 철학자, 귀신 씻나락 까먹는 소리 하고 있네."

"……?"

"니 이용식이 형이라는 놈, 공산당인 거, 몰랐나? 그라니께 그 용식이 형이 니들 배후가?"

나는 용식이 형님을 단 한 번도 만난 적이 없었어. 나는 정말 용식이 형님을 본 적이 없었다고.

"니는 잘 모르겠지만 일이 얼마나 심각한 줄 아나? 용식이 공책에 무신 소리가 들어 있었는 줄 아나 말이다. 그런 공책을 학교까지 가지고 와서는 소지품 검사 때 걸리고 말이야. 그라니께 말해봐라, 아틀란티슨가 뭔가 하는 거, 암호가? 중학생들까지 모아서 나라의 가슴에 비수를 꽂으려고 했나. 배후는 그라니께 서울 대학생들에게 세뇌당한 고등학생들이가? 이름 좀 대라, 대보라니께."

나는 오줌이 마려웠어. 금방 오줌이 나올 것 같아서 얼굴에 땀이 났어. 더이상 참을 수 없어졌을 때 나는 하는 수 없이 남자에게 물었지.

"소변 좀 보러 가모 안 됩니꺼?"

남자는 담배를 물다가 말했어.

"그 자리에 싸라. 가시나라고 봐중께 온갖 잔머리를 다 굴리네."

그 방 안. 일기장아, 나는 그 아름다운 파리에서 발레를 하는 소녀를 다시 보고 싶었어. 나는 그 순간 그냥, 싸늘해졌어. 싸늘. 새로 나온 냉장고처럼. 아님, 빙수처럼. 아님, 나는 나처럼 싸늘해졌어. 결정적인 순간에는 눈물 한 방울 흘릴 수 없는 사람처럼. 오줌을 누고 싶다는 생각도 사라지자 나는 미숙이 할머니의 벙어리 눈이 생각났어. 내가 나이팅게일처럼 희생을 인생의 목표로 하고 사는 건 아냐. 하지만 나는 희생이라는 말이 용케도 생각나면서 어쩌면 내 부모보다 그 눈먼 할머니가 미숙이를 다시 보는 게 더 좋을 거라는 생각이 나는 거야. 절대로 미숙이가 나에게 독서클럽 하자는 말을 했다고 말하지 않을 거야. 나는 남자에게 말했지.

"그냥…… 심심해서 썼는데예. 그냥 이야기 아입니꺼."

그 순간, 손이 날아왔어. 남자가 내 빰을 때리고 머리를 때리고 발로 내 다리까지 찼어. 나는 앉았다가 섰다가 그리고 그 자리에서 꼬꾸라졌지. 그 방, 그 작은 방에는 시멘트 냄새가 지독하게 올라왔고 이곳을 나가면 나는 다시는 이 냄새를 맡지 않으리라 맹세했지. 내 아틀란티스에 사는 미미는 이제 부모가 없는 그 섬을 잘 다스리고 있나? 나는 미미가 데리고 다니는 작은 토끼와 새들, 맘 좋은 시종들을 생각했어. 언제나 꿀이 담긴 접시와 젖만 나오던 주전자도. 그 산책길의 꽃들과 그리고 그 아름다운 섬……

남자는 내 공책을 열었어. 그 공책의 마지막에 적혀 있던 이야기를 남자는 또박또박 읽었어.

"엄마도 죽고 아버지도 죽고 니들 마음대로 하는 세상, 맹글고 싶었나? 미미가 어쩌고 어째? 나라를 다스린다꼬! 이런 되라질 년!"

경찰서에서 나오니 벌써 이른 가을 해가 지고 있었어. 경찰서 앞에서는 우리의 부모님들이 기다리고 있었어. 그 가운데 울 엄마도 있었단다. 엄마는 날 보자마자 끌어안고 우선 울기부터 했고, 정우는 그 옆에서 비닐봉지에 든 두부를 나에게 내밀었지. 포장을 끌러 두부를 한 조각 뭉텅 잘라서 다짜고짜 정우는 내 입에다 밀어넣었어. 택시를 타고 집으로 왔을 때 나는 아버지가 현관에서 우리를 기다리고 있는 것을 보았지. 아버지는 날 보자마자 뺨을 갈기더니 가위로 내 머리칼을 싹둑, 잘랐어. 엄마도 정우도 기가 질려서 아무 말도 못 하고 얼굴만 감싸고 있었어. 아버지는 날 끌고 가서 방 안에다 밀어넣었지. 방문을 걸어잠그고 난 뒤 문에 서서 아버지답게 조용히, 또박또박 말했어.

"한마디라도 더 하면 니 방이 니 무덤이다!"

그다음은 조용했어. 나는 어둑어둑해질 때까지 벽에 기대어 앉아 있다가 손거울에 나를 비추어보았어. 마치 누가 베어먹고 간 찐빵 같은 내 얼굴 한쪽에만 달랑 머리칼이 있었어. 나는 가위를 찾아보았어. 가위는 책상 서랍 안에 들어 있었어. 나는 손거울을 든 채 가위로 나머지 머리칼도 싹둑싹둑 자르고는 방 안에 널린 머리칼을 모아 쓰레기통에 버렸어. 그리고 축, 늘어졌지. 아무것도, 아무것도 생각나지 않았어.

정우가 살며시 밥상을 들고 들어와서는 내 몰골을 보고 기겁을 했어. 쥐가 파먹고 간 내 머리통을 보았으니 그럴 만도 했지.

정우는 밥상을 한쪽에 놓아두고 꺼이꺼이 울기 시작했어.

"다 내 탓이데이. 내가 니한테 그 아틀란티스 이야기만 하지 않았시모 이런 탈은 없었을 낀데."

나는 꼼짝도 않고 방 벽에 기대어 허공만 바라보고 있었지.

"니는 와 그리 독하노?"

정우가 훌쩍거리며 내 손을 잡으며 물었어.

"와 머리칼을 잘랐냐고? 꼴이 귀신 꼴이다, 경실아."

나는 정우에게 잡힌 손을 빼내며 얼굴을 벽 쪽으로 돌렸어. 정우는 상을 내 앞으로 밀어주며 먹어라, 했지. 아무리 뚱보인 나도 이 순간, 뭘 먹을 수 있을 것 같지는 않았지만 정우가 손에 숟가락을 쥐여주는 바람에 국이라도 한 숟가락 넘겨야 했어. 미지근한 국을 넘기는데 그제야 눈물이 나오는 거야. 나는 숟가락을 입에 넣은 채 눈물을 한 방울 떨어뜨렸지. 그리고 그만이었어. 울지 않으리라, 나는 다짐하고 다짐했어. 문이 열리고 엄마가 들어와서 밥상 옆에 앉아서 울고 있는 우리를 물끄러미 바라보았지. 그러고는 문을 닫고 나갔어.

엄마는 내 걱정을 했을까? 아니면 선거 걱정만 했을까?

"다 내 탓이다 아이가. 내가 니한테 이야기 써보자는 소리만 안 했어도 이런 일은 없는 긴데."

나는 정우의 어깨를 잡았어.

"그라지 마라. 니 잘못 하나도 없다. 아틀란티스 이야기 안에 무엇이 들어 있었노? 니 꿈 말고 더 들어 있는 게 있었더나?"

나는 이렇게 내가 어른스러운 소리를 하고 있는 게 참 이상했어. 하지만 그 방 안에서 나는 이미 어른이 된 것 같아. 나는 숟가락을 다시 잡았어. 국에다 밥을 말아서 천천히 목구멍으로 넘겼어. 모든 것이 그전 같지는 않을 거야……

"이모가 그리 싹싹 빌지만 않았으모 니는 이미 죽은 목숨 아이었나. 이모가 속 많이 앓았데이."

정우가 엄마 이야기를 했을 때 나는 국을 넘기다가 다시 한번 숨을 멈추었어. 엄마가?

"그라지 마라. 내가 보기에는 이모가 싸가지가 없는 사람이기는 해도 속까지 그런 건 아이다. 엄마는 엄마 아이가."

정우는 선우현 선생님이 경찰서로 가서 아틀란티스 이야기를 해준 사람은 자신이라고 말했으며 만수씨까지 경찰서에 갔었다고 했어. 만수씨 찐빵집에서 우리들이 찐빵을 먹기도 했으니 경찰서에서 부른 거겠지.

"이모가 젤로 애 많이 썼데이. 니 편 들다가 아버지한테 얻어맞아가면서."

다시 엄마 이야기.

나는 정우의 퉁퉁 부은 눈을 바라보다가 다시 밥을 먹기 시작했어. 손이 후들거렸어. 아버지는 정말, 정말, 이상한 사람이야. 이 와중에 내 편을 들었다고 엄마를 팼다니……

두 달 동안 정학 통고를 먹고 나는 다시 방 안에만 누워 있었지. 다른 아이들도 다. 우리에게서 따로 떨어져서 조사를 받던 용식이는 정학이 아니라 퇴학을 당할지도 모른대. 용식이는 경찰서에서 국으로 입 다물고 있지 않고 형사들에게 대들었대. 이게 무슨 잘못이냐고. 새 세상에 대해서 생각을 해보는 것도 잘못이냐고.

머리칼이 자라지 않아서 바깥으로 나갈 수도 없었어. 나는 손거울로 내 얼굴을 가끔 바라보았지. 이 와중에도 내 얼굴은 보름달. 코는 납작코에다 눈은 단춧구멍. 꽁지 빠진 새 같은 머리에다. 아무리 들여다보아도 나는 그냥 뚱뚱하고 평범한 앤데 이 나이에 벌써 경찰서 과거까지 있네. 나는 만수씨처럼 쓰바…… 라고 중얼거리다가 갑자기 입을 다물기도 했어. 나는 미미잖아, 아름다울 미자가 두 개인 미미.

그동안 나는 내 아틀란티스 공책을 다시 찾고 싶었지만 공책은 되돌아오지 않았어. 새 공책에다 새 이야기를 적어보려고 하다가 나는 그만두었어. 또 경찰에 갈 일 있어? 자기들 마음대로 해석해버릴 텐데. 하지만 내 머릿속에서 이야기는 자꾸 솟아났어. 나는 이야기들을 내 머릿속에만 넣고 있을 수는 없었어. 그래서 다시 공책 한 권을 정우에게 사달라고 부탁했어. 이 공책만은 잘 지켜야 해. 그래서 나는 공책을 비닐봉지에 꽁꽁 싸서는 뒷마당에 있는 장독대에다 감추어두고 이야기를 쓸 때만 들고 나왔지.

그래도 다행인 건 정우였어. 집에 아버지 손님들이 오거나 엄마 친구들이 오거나 하면 아버지를 그냥 아버지라고 부르는데도 엄마는 더이상 정우를 야단치지 않았지. 이제 정우가 아버지를 아버지라고 불러도 엄마는 부끄럽지 않은 모양이야. 엄마는 두 달 동안 방 안에 뒹굴고 있는 나에게 잘해주었어. 양과자도 사서 슬며시 들여주고 아주 예쁜 블라우스를 두 번이나 사주었지. 하지만 그 블라우스를 내가 입겠어? 집에만 있는데. 나는 레이스가 예쁘게 달린 하늘거리는 옷을 옷장에다가 처박아두었어.

두 달 뒤에 학교에 갔을 때 나는 미숙이가 더이상 학교에 나오지 않는다는 걸 알았지. 솔직히 말해서 그 영악한 계집애, 다시 보고 싶지도 않았지만 슬그머니 걱정이 되는 거야. 그래서 정우에게 미숙이네로 가보자 했지. 사실, 미숙이를 만나는 건 아버지가 금지했어. 미숙이 말고도 독서클럽의 다른 아이들도 물론. 특히 용식이는 금지 1호였어. 용식이 아버지는 그릇상을 정리해서는 더 큰 도시로 떠난다고 했어. 아마도 학교를 다른 데로 옮길 모양이야.

선우현 선생님이 교실 문 앞에서 쭈뼛거리는 날 보고 얼른 자리에 앉아라, 했어. 나는 비어 있는 책상 쪽으로 갔어. 아이들이 일제히 날 바라보고 있어서 가슴이 두근두근했지. 언제나 외톨박이였는데 이제 이 일로 더 외톨박이가 될 거야. 누가 나에게 말을 걸겠어. 내가 다가가자 내 옆에 앉게 될 아이는 슬그머니 비어 있는 책상에 쌓아두었던 책들을 치워주더라. 나는 고개를 숙이고 슬그머니 앉았어. 선우현 선생님은 출석부에다 뭔가를 적고는 교실에서 나갔지. 그러고는 나에게 한 번 슬쩍 눈길을 주셨어. 나는 모른 척했단다. 첫 수업이 시작되기 전에 시간이 5분쯤 남았을까? 나는 첫 시간이 뭔지 몰라서 책가방에 잔뜩 든 책들을 만지작거리고만 있었어. 옆에 앉은 아이는 은정이였는데 내 어깨를 두들겨주는 거야. 그러면서 말했지.

"경실아. 국어 시간이데이. 수업 마치모 내가 두 달 동안 니가 못 배우고 지나간 거 알려주꾸마."

은정이가 이렇게 호의를 보이자 나는 안심이 되었어. 다들 날 놀려먹으려고 하지는 않나봐. 나는 고개를 끄덕였어. 고마워, 라고. 첫 수업이 끝난 뒤 은정이뿐 아니라 반장인 동희까지 나에게로 와서는 이것저것 가르쳐주었고 점심시간이 되자 다들 제 도시락을 들고 나에게로 오는 거야. 같이 밥 먹자, 하면서. 나는 이게 무슨 일인가, 싶었어. 왜 나에게 다들 친절하담? 학교를 마치고 교실을 나서는데 은정이가 같이 가자며 날 따라나섰지. 아니, 얘들이 쥐약이라도 먹었나, 왜들 친절해.

"다들 걱정했다 아이가. 미숙이도 학교에 안 나오고 해서. 글고 니들, 진짜 잘했데이."

"뭘?"

"아틀란티스 사건이라고 니들 이야기를 부르잖나?"

"아틀란티스 사건?"

"니들이 경찰서로 불려가고 난 뒤 우리도 소문으로 다 들었데이. 니들이 이야기를 쓰는 클럽을 만들었다고. 다들 말은 안 하지만…… 멋지데이."

나는 얼굴이 화끈거렸어. 더이상 그 이야기는 듣고 싶지 않았거든. 은정이가 이렇게 선선하게 말을 하는데도 나는 그 자리를 벗어나고 싶었어. 머리칼까지 깎였는데 멋지다고?

"나도 가끔 내 이야기를 담고 싶은데 담을 그릇이 없던 참이었데이. 니들 이야기를 듣고보니께, 아, 저라모 되겠구나, 싶더라."

뭐라고? 나는 은정이를 뚫어져라 바라보았어.

"니 흉내 내지 마레이. 이건 내 이야기 아이가. 글고 니도 머리 깎여서 방구석에 감금되고 싶나?"

"흉내 내는 거 아이고, 나도 그런 이야기 하고 싶다 아이가."

"따라하지 마레이. 그러다가 니, 망한데이."

나는 은정이를 그 자리에 세워두고 씩씩거리며 어두워지는 거리를 걸어갔어. 겁이 나더라. 왜 은정이는 날 따돌리지 않고 뚱보인 날 따라하고 싶어하나, 싶었지.

'저, 가시나…… 암것도 모릉께 그라지. 알아봐라, 따라하고 싶은가.'

문득, 나는 날 겁쟁이라고 부르던 용식이 생각이 났어. 이제 나는 겁이 나서 세상에 더이상 나가고 싶지 않은 사람처럼 구는 건 아니냐고. 정우에게 한 말대로 그 공책 안에 나는 내가 꾸던 꿈 말고 뭘 적었을까?

꿈 말고 뭘 더?

그 순간 '울분'이라는 말이 생각났어.

토요일 오후에 정우는 우리 집 부엌에서 김치랑 뭐랑 먹을 걸 찬합에다 잔뜩 싸서는 나를 앞세워 미숙이네로 갔어. 미숙이네 앞길에서 동생들이 뛰어놀고 있더라. 니, 언니는 어디 있냐, 고 동생들에게 물었더니 집에 있대.

정우가 문 앞에서 미숙아, 미숙아, 불렀어.

문을 빼꼼 열고 나온 미숙이는 정우랑 날 보더니 다시 문을 닫고 들어가려고 했어. 정우가 재빨리 미숙이 손을 잡았지.

"잘 지내나?"

정우 손에 잡힌 미숙이는 고개를 옆으로 돌리고 땅만 바라보고 있었고 그런 미숙이에게 나도 무슨 말을 해야 할지 몰라 하늘만 올려다보았지. 그런데 정우 좀 봐. 문을 열고 부엌으로 들어가버리는 거야.

"아이고, 이게 무신 꼴이고? 쌀은 있나? 간장도 다 떨어지고 없는갑네. 글고 물도 안 나오나?"

슬그머니 미숙이가 정우를 따라 부엌으로 들어가고 나는 문 앞에 혼자 서 있었어. 정우에게 언니, 언니 하던 미숙이였으니 정우 말이라면 잘 들을 거야.

나는 문지방에 엉덩이를 걸치고 앉았어. 지나가던, 코가 줄줄 흘러내리는 아이들이 나보고 뚱뚱보, 돼지! 라고 놀리며 지나갔어. 놀리라지. 나는 무언가, 아주 큰일을 겪고 세상을 다시 보는 어른 흉내를 내며 얼굴을 빳빳하게 들고 앉아 있다가 문이 열리는 바람에 앞으로 고꾸라졌어.

"경실아! 니 여기 있었나? 이거 물통이다. 가서 물 좀 받아온나."

빨간 물통 두 개를 내 손에 쥐여주고 정우는 부엌으로 사라졌어. 나는 공동 수도가 있는 곳으로 가서는 물을 받았지. 물통을 낑낑거리며 들고 오는데 미숙이 동생 둘이 사방치기를 하다가 날 보더니 달려왔어.

"뚱보 경실이 언니야. 우리가 들어주꾸마."

"이 가시나들이! 고만 언니라고 불러라 카이."

동생들은 내가 그러든지 말든지 내 손에서 물통 하나를 빼앗아서는 둘이서 낑낑거리고 날랐어. 정우에게 물통을 주고는 나는 다시 문지방에 걸터앉아 있었어. 지나가던 꼬부랑 할머니가 나를 보더니 혀를 끌끌 찼어.

"몸은 오지기도 오지게 살찐 가시나가 문지방에는 와 앉아 있노? 재수 없다 아이가. 얼른 내려온나."

나는 발딱 일어났어. 할머니를 상대해서 대거리를 할 수도 없어서 할머니가 사라지기만 기다리면서 눈을 바닥으로 깔고 있었어. 부엌에서는 벌써 국 냄새가 나네. 정우가 보따리에 싸가지고 왔던 북어로 국을 끓이는지 냄새가 제법 구수했어. 정우는 음식을 아주 잘하니 고등학교 졸업하고 시집가도 아무 문제가 없을 거야. 선우현 선생님은 내가 학교에 다시 나갔지만 단 한 번도 따로 불러서 주의를 주거나 야단을 치거나 하지 않았어. 위로도 하지 않았고. 그냥 니가 알아서 니 길 가라, 하는 눈치였어. 선생님이 관심을 가져주지 않아서 조금은 섭섭했어. 하긴 관심을 가져주면 부담스러웠겠지. 몇 년 뒤면 형부가 될 사람, 아니냐고.

조금 뒤 미숙이가 나왔어. 문 바깥에 서 있는 나에게 잠깐 눈길을 주고는, 물통 나르는 걸 도와주고 다시 사방치기를 하러 간 동생을 찾으러 갔는지 잠시 후 동생들 손을 잡고 나타났어. 동생들을 집 안으로 들여보내고는 미숙이가 날 불렀어. 할 말이 있다고. 나는 들은 척도 하지 않고 먼 하늘만 바라보았어. 미숙이가 내 손을 잡았지.

"니는 참 독하다."

미숙이가 그 말을 했을 때 나는 정우도 나에게 그런 말을 했다는 게 생각났어. 내가 독하다고? 나는 얼른 손을 빼냈어.

"니는 와 나한테 원망도 한 번 안 하노?"

"……"

"국으로 입 다물고 있시모 다가? 독서클럽 하자고 한 것도 나고 문제가 생기모 니가 대장이라고 다른 아이들에게 말하라고 한 것도 난데, 와 내 귀싸대기 한번 안 갈기노?"

"……"

"나는 묵을 것도 없는데 니는 그리 뚱뚱해서 내가 닐 미워했다 아이가. 너거 아버지가 시청 댕기니께 힘이 세서 내가 닐 미워했다 아이가. 니 어무이, 얼마나 예쁘게 고데를 하고 다니는지, 울 엄마는 죽었는데…… 니는 다 가지고 있어서…… 내가 가지지 못한 거, 다 가지고 있어서…… 정우 언니도 있고…… 니 필통도 얼매나 예쁘노? 니가 뚱뚱해서 모양이 안 나기는 했지만서도 니가 입은 외투가 우리 학교에서 젤 비싼 거 아이가. 집에 가모 일도 안 하고 해주는 밥이나 묵으니 얼매나 좋겄나 싶었데이."

미숙이의 목소리가 차츰 흐느낌으로 변하는 것 같아 나는 그 자리에 있기가 싫었어. 사과를 하는 미숙이 마음이 진짜다 싶어 더 그랬어. 진짜를 보면 슬그머니 피하고 싶은 이 마음, 나는 언제부터 가지게 되었을까? 미숙이는 내가 부러웠나봐. 하지만 미숙이가 부러웠던 건 내가 아니라 내가 가지고 있던 거였지. 나는 미숙이를 위로할 생각은 안 하고 "괜찮다"라고 한마디하고 터벅터벅 혼자서 산동네를 걸어내려왔어. 몇 번 동네 아이들이 나를 향해, 무 다리, 똥돼지라고 놀려댔지만 나는 상대도 해주지 않았어. 그냥 서글프고 힘들었어. 나는 미숙이를 부러워했지. 예쁘고 똑똑한 아이라고. 내가 가진 거, 미숙이에게 나누어주고 싶었어, 그럴 수만 있다면. 그리고 내가 자신할 수 있는 건, 미숙이도 내가 가진 게 진짜 무엇인지를 안다면 그렇게 나를 부러워만 하지는 않을 거야.

AMERICA SIVE INDIA
NOVA
Hispania noua
Castilia del oro
Amazones
Brasilia
Peru
Chili
Parana
MARE
Circulus Aequinoctialis
DEL ZVR
TERRA
AVSTRALIS
Terra
del fuego
Circulus Antarcticus

11

나, 경실이야

일기장에게.

2학기 동안 나는 학교를 마치면 만수씨 찐빵집으로 가서 찐빵을 집어먹으며 난영이랑 놀거나 숙제를 했어. 학교에서는 누구하고도 말하기가 싫어서 점심시간이면 슬그머니 교실을 나갔어. 내가 경찰서를 갔다오고 난 뒤, 엄마는 무슨 일이 있어도 도시락을 싸주었단다. 도시락을 싸주지 않아서 내가 경찰서에 다녀온 것처럼. 도시락을 싸다가도 엄마는 갑자기 멈추어 서서 멍하니 서 있다가 깜짝 놀란 듯 내 이름을 부르곤 했지. 내가 엄마에게 중요한 사람이 되다니. 선거보다 내가 엄마에게 더 중요한 것처럼 보여. 난 엄마가 당혹스러운 눈길로 날 바라보면 슬그머니 눈을 돌렸어. 엄마의 눈길은 아무리 다정해도 불안해.

솔직히 나는 그런 생각이 들어.

엄마는 날 돌보지 않아. 사실, 엄마는 내가 아니라 엄마 자신을 돌보는 걸 거야. 엄마가 나를 바라보는 눈길이 깊어지는 것을 나는 눈치챘지. 하지만 나는 저것이 진짜 깊음이 아니라는 걸 알아. 언제라도, 더 급한 일이 생기면 저 눈길은 사라지고 나는 혼자 남을 거야. 그래도 괜찮아, 사실은. 다만 나는 가끔 내 방을 걸레로 닦다가 몇 올 머리카락을 집어올릴 때 엄마를 생각했어. 머리카락에 얽힌 이 떼지 못할 정, 아님 인연…… 나는 그 인연을 진짜 내가 사랑했음 했어. 엄마도 그랬기를 바라.

점심시간이면 나는 운동장에 나가서 혼자 벤치에 앉아 있기도 했어, 멍하니 땅을 바라보면서. 엄마가 싸준 도시락은 난영이에게 주었지. 난영이는 장조림이니 명태조림이니 하는 짠 걸 좋아해서 내가 도시락을 내밀면 입이 벙글, 커졌어.

가을이 한창이야. 천고마비의 계절이라는데 이 가을에 나는 살이 더 찌지는 않았어. 다행이랄까. 그렇다고 빠지지도 않았지. 여전히 버스를 타려고 기다리고 있으면 남자아이들이 날 바라보다가 쿡쿡 웃기도 했지만 난 그냥 그런가부다 했어. 한두 번 있는 일이 아니라서 그랬기도 했지만 사실, 내 머릿속에는 너무 많은 생각들이 오락가락해서 신경 쓸 겨를이 없다고 말하는 게 맞을 거야. 어른들이 그렇게 자주 말하는 사춘긴가? 그럴지도 모르지. 하지만 그것 때문만은 아냐. 가끔 자다가도 경찰서 그 방이 떠오르기도 하고 아버지가 내 머리칼을 자르던 순간이 떠오르기도 하고 무엇보다도 용식이가 날 비겁자라고 말하던 순간이 자꾸 생각났어. 그때마다 나는 땀을 뻘뻘 흘리며 잠에서 깨어났지. 잠에서 깨어나면 잠이 다시 들지 못하고 이불 속에서 뒤척였어. 잠든 정우를 바라보다가 이 순간에 정우가 내 옆에서 잠을 자고 있어서 얼마나 다행인가, 싶었어.

나는 아이를 낳을 수도 있잖아. 월경을 하니까. 그런데, 그게 그래. 월경을 하느라 배가 몹시 아픈 날이면 나는 용식이가 날 비겁자라고 하던 순간이 자꾸 떠오르는 거야. 왜 그랬을까. 아픈 배도 아픈 배지만 용식이의 말이 더 내 마음을 찌르는 거. 내가 비겁자니 그렇겠지. 나는 용식이가 스스로를 비겁자라고 생각하는 순간과 마주치지 않길 바라. 그 순간은 정말 너무나 힘들거든.

엄마는 정말 바빠. 선거 준비를 한다나 뭐라나. 그리고 아버지는 시청 일을 그만뒀지. 저녁에 집에 돌아가보면 손님들이 가득했고 무슨 요릿집이라도 되는지 고기 굽고 생선 조리는 냄새에다 막걸리 소주 냄새가 진동을 했지. 엄마는 정선이 아지매 말고도 곰보 아지매, 그리고 영산홍집이라는 술집에서 주방장으로 일한다는 일문이 아저씨를 집으로 데리고 와서는 부엌에서 끓이고 튀기도 조리고 지지고, 그것도 모자라 생으로 회도 뜨고 그랬어. 이곳저곳에는 노랑타월이 개여 있었어. 엄마는 큰 이모가 횟집을 하고 있는 섬까지 갔다 왔어. 돌아왔을 때는 마른 멸치와 미역이 든 박스를 얼마나 많이 들고 왔는지. 그걸 선거에 필요한 사람들에게 돌린다고 했어. 타월도 그렇고. 그러니 집에 가봐야 시끄럽지. 나는 찐빵집 한귀퉁이를 내 방 삼아 앉아 있었던 거야.

만수씨의 좋은 점이 뭔지 아니?

눈치를 한 번 쓱 보고는 묻지 않는다는 거. 만수씨가 모른 척하고 나에게 찐빵 접시를 내밀면 나는 받아서는 천천히 먹었어. 난영이는 찐만두를 더 좋아해서 내 접시에는 손도 대지 않았지. 예쁜 기집애. 나는 난영이의 얼굴을 보면서 혀를 한 번 내밀고 찐빵을 맛있게 먹곤 했지. 김양 언니가 날 바라보면서 뭔가 할 말이 있다는 듯 입을 떼려고 하면 만수씨는 김양 언니를 말렸어. 이상했지만 더는 물어볼 수가 없었어. 만수씨는 부드럽다가도 내가 다가가 뭔가 묻기라도 하면 질겁을 하고는 바깥으로 나가서 이마의 땀을 닦았지. 뭘까, 왜 만수씨는 저렇게 이상하게 구는 거야.

그렇게 가을이 지나가고 있었어. 제법 쌀쌀한 바람이 부는 날도 있었고 자율학습까지 마치고 집으로 돌아오는 버스 안에 앉아서 용식이나 독서클럽 아이들 생각을 하기도 했어. 아이들은 뭘 하고 지낼까? 꽉 찬 버스 안에서 이리저리 흔들리며, 혹은 운이 좋아 자리를 차지하면 차창에 기대어 나는 지난여름, 우리가 만몽호로 나들이 갔을 때를 생각했어. 용식이의 공책을 읽기 전, 내가 용식이에게 이거 없애자, 하기 전까지 그 나들이는 참 좋았는데. 한순간에 그렇게 끝날 수가 있다니. 미지근한 사이다를 마시느라 병을 하늘로 높이 올리면 푸른 병으로 비쳐들던 여름의 햇빛. 나는 아직 그렇게 나이가 많지 않은데도 벌써 추억이라는 게 생겼나봐. 기억하고 싶은 추억도 있고. 경찰서 취조실같이 도리질을 하며 잊어버리고 싶은 추억까지.

만수씨가 찐빵집에 없던 저녁이었어. 학교를 마치고 정우는 날 데리고 집으로 가려고 찐빵집으로 왔지. 김양 언니가 찐빵집으로 들어오는 정우를 보면서 그렇게 반가워하는 거야. 내가 앉아 있는 곳으로 정우가 와서 앉자 김양 언니는 부산을 떨면서 우리 자리로 왔어.

"만수씨가 알모 혼이 나겠지만, 내가 니들한테 할 말이 좀 있다…… 내가 뭔 말 좀 해도 되겠나?"

아니, 우리랑 말을 한두 번 해봐서 김양 언니는 저렇게 머뭇거리남. 정우가 보조개가 쏙 들어가는 웃음을 지으며 말해보라고 하자 김양 언니는 의자에 털썩 주저앉았어.

"만수씨, 어데 갔는지 니, 아나?"

"어데 갔는데예?"

"니들 아버지 만나러 안 갔나. 이 점포 때문에. 점포 주인이 보증금 말고 전세금으로 돈을 달라고 해서. 얼매나 비싼지 우린 엄두가 안 난다 아이가."

이게 또 무슨 일인가 싶었어. 정신이 확 돌아오더라. 만수씨가 왜 우리 아버지를 만나러 갔을까? 나는 뒤통수를 꽝 쳤어. 설마? 이 찐빵집이 우리 아버지 꺼? 내가 물어보자 김양 언니는 고개를 끄덕였어.

"언제부터 전세금 달라고 했는데예?"

"지난여름부터……"

나는 정우를 바라보았어.

"언니야!"

자동적으로 내 입에서는 언니라는 말이 나오는 거야. 그리고 그다음은,

"니, 무신 좋은 생각 없나?"

정우는 내가 언니라고 부르자 잠시 날 바라보았지. 그러다가 기어들어가는 소리로 말했어..

"무신 생각이 있겠노? 니도 아버지, 잘 알제?"

김양 언니가 손에 들고 있던 행주로 얼굴을 감쌌어. 나는 아버지를 떠올렸어. 아버지는 단단한 바위 같은 사람 아냐? 무슨 말을 해도 들을 사람이 아니지. 그리고 나는 지난번 경찰서 일로 아버지 앞에서는 고개만 숙이는 사람이 되었는걸.

"아니, 니들한테 뭘 해달라는 뜻은 아이고……"

행주를 얼굴에서 떼어낸 김양 언니는 자리에서 일어나 찐빵솥 쪽으로 천천히 갔어.

"니들이 뭘 하겠노. 그냥 안타까바서…… 이제 쫓겨나는갑다.

싫어서. 여기에서 건진 보증금이랑 만수씨가 저금해둔 돈 합치모 변두리에다 찐빵집, 다시 차려도 될 거지만…… 만수씨가 그리 애달복달 안 하나. 돌아가신 영감님이 꼭 이 건물 사라고 했담시롱. 내는 여기가 아니고 다른 데에 가도 된다꼬 했지만서도…… 내 말은 안 듣는데이, 만수씨. 글고 내라는 전세금이 이건 사람 잡는 금액 아이가. 한꺼번에 그 많은 돈을 어데서 구하노?"

용식이는 날 비겁하다고 했지. 내가 맞서지 않는다고. 맞섰다가 학교를 퇴학당할 뻔했던 용식이는 지금도 나에게 비겁하다고 할까? 나는 광대뼈가 튀어나왔지만 정말 부리부리했던 용식이의 눈이 날 매섭게 바라보는 것 같았어.

바라보라지!

내가 한마디라도 더 하면 아버지는 날 쫓아낼 거야. 하지만 만수씨가 이 찐빵집을 더이상 못 하게 되면? 나는 꼭 더이상 갈 곳이 없어진 사람처럼 불안했어. 집에서보다 더 많은 시간을 이 찐빵집에서 보냈지. 정우는 내 손을 꽉 잡았어. 그것 말고는 더 할 수 있는 일이 없다는 것처럼. 이 순간에 정우가 우리, 파리 가자! 하면 얼마나 좋을까? 나는 그러면 미친 척하고 따라나설 텐데. 아니, 아틀란티스 가자! 해도 괜찮겠지. 그런데,

내 눈앞에 서서히 가라앉던 그 섬이 나타나는 거야. 신의 노여움을 샀든 뭐든 그 까닭은 알 수 없지만 서서히 사라지는 섬.

손으로 잡으면 잡힐 것 같은 이름 모를 섬 하나.

만수씨가 술을 좀 하고는 찐빵집 문을 열고 들어왔어. 술은 마시지 않던 만수씬데. 불콰한 얼굴을 보니 웃고 있네. 찐빵집에는 우리 말고도 서너 명의 손님이 있었는데 손님들한테 일일이 인사도 하면서. 김양 언니가 만수씨를 붙들고 뭔가 이야기를 하려는데도 만수씨는 우리에게로 다가오는 거야.

"아이고, 우리 경실이, 경실이 언니도 있네. 니들, 밤이 늦었는데 여게 앉아 있어도 되나? 난영이, 니는 아직 잠도 안 자나."

술이 불콰해서는 너스레를 떨더니 김양 언니를 향해서 외치는 거야.

"난영이 좀 델고 가서 재우소. 아를 와 이리 오래 가게에 두는교!"

그러고는 다시 우리를 향해서 말했지.

"너거들도 집에 가거레이. 내가 데불다주까? 바깥이 얼매나 어두운데. 바람이 사납기도 하데이. 아이고마, 소주 한잔했는데 취하네, 취해."

우리는 동시에 고개를 흔들었지. 아버지를 만나고 왔다는데 혹시 아버지가 좋은 소식이라도 주었나? 만수씨는 김양 언니가 난영이를 데리고 가겟방으로 가자 찐빵솥 쪽으로 가서는 김이 무럭무럭 나는 솥을 한번 열어보는 거야. 그러고는 갑자기 솟아 나오는 김에 얼굴이라도 데었는지, 아차! 하면서 솥뚜껑을 떨어뜨렸어. 요란한 소리를 내면서 뚜껑은 바닥으로 떨어졌어. 무슨 일인가 싶어 김양 언니가 가겟방에서 나오자 만수씨는 들어가라는 손짓을 하고는 천천히 솥뚜껑을 집어올려서는 새 행주를 끄집어내더니 닦는 거야. 그리고 얼굴도 한 번 길게 닦았어.

손님들이 다 가고 난 뒤 선우현 선생님이 마지막 손님으로 찐빵집에 나타났단다. 다짜고짜 선생님은 찐빵솥 옆에서 단무지를 썰고 있던 만수씨에게 물었지.

"우찌 결말이 났십니꺼, 형님?"

"나중에 하자. 아이들도 있는데."

만수씨는 돌아보지도 않고 단무지만 썰었어. 만수씨가 입을 꽉 다물자 내가 자리에서 일어나 만수씨에게 갔지. 만수씨가 날 바라볼 때 나는 되레 만수씨를 쏘아보았어.

"어데 갔었는데예?"

"야가 와 이라노?"

"알고 싶으니께 묻지예. 김양 언니가 글카대예, 우리 아버지가 이 건물 주인이라꼬. 울 아버지 만나러 갔다왔십니꺼?"

만수씨가 한숨을 내쉬더니 내 키 높이만큼 무릎을 구부리고 앉았어. 나를 바라보면서 만수씨는 말했지.

"경실아, 내는 이 건물을 살 팔자는 아닌갑다. 아니, 영원히는 아이고 지금은 말이다. 알아듣겠나? 니 아버지가 이 건물 주인인 건 맞다만 그건 니가 참견할 일이 아이데이. 이건 어른들 이야기 아이가. 글고 고마 집에 가라. 현이가 왔싱께로 현이가 니들 집에 바래다줄 끼다. 더 늦기 전에 가거라, 마."

선우현 선생님의 옆에 서서 걸으면서 나는 선생님이 무슨 말이라도 해주기만을 바랐어. 아니면 조금 뒤떨어져서 우리 뒤를 따라오는 정우라도. 하지만 우리는 아무 말 하지 않고 조금은 차가운 바람이 불어오는 가을 거리를 걸었어. 벌써 군고구마를 파는 아저씨가 거리에 보여. 선생님은 멈추어 서서 군고구마를 사서는 정우에게 건네주었어. 우리는 노점상들이 아직 집에 들어가지 않고 카바이트 불을 켜고 물건들을 파는 거리를 지나서 우리 집이 있는 골목까지 왔어. 집 대문이 멀찌감치 보이는 곳에서 선우현 선생님은 멈추어 섰어.

"자, 인자, 나 갈란데이. 좋은 꿈 꾸고 잘 자라."

선생님이 몸을 돌리는데 나는 선생님의 팔을 잡았어.

"와, 경실아. 니, 할 말 있나?"

"선생님!"

"와?"

"선생님. 찐빵집, 우찌 됩니꺼?"

선생님은 잠깐 서 있다가 쓸쓸히 웃었어.

"들어가레이. 니, 다른 힘든 일도 많을 낀데 만수형 걱정은 하지 마레이. 힘센 사람이다, 우리 형."

정우가 선생님에게 가라는 손짓을 했어. 선생님은 정우의 손을 잠깐 잡더니 터벅터벅 걸어갔어.

집 안은 조용한데 아버지가 아직 거실에 앉아 있었어. 요즘, 아버지가 이 시간에 혼자서 집에 있는 건 드물었어. 손님이 집 안을 가득 메우고 있거나 아버지는 집에 없었어. 그런데 오늘은 집에 있는 거야. 엄마는 없는 눈치였지. 엄마는 오늘 인근 부대에 새로 부임해온 연대장 부인이 한턱낸다고 부인네들을 초대했다고 하더니 그곳에 간 모양이야.

아버지는 서류를 가득 쌓아두고 들여다보느라고 정신이 없었어. 우리가 들어오는 걸 보고 눈살을 잠깐 찌푸렸어. 왜 이렇게 늦게 들어오냐, 하는 눈치였지. 우리는 아버지가 묻기 전에는 그냥 아무 말도 안 할 작정으로 인사만 하고 우리 방에 들어가려는데 아버지가 날 불러세웠어.

"경실아."

나는 또 무슨 벼락이 떨어질까, 겁이 나서 꼼짝도 하지 못하고 그 자리에 얼어붙었어. 아버지는 내 머리칼을 자르고 난 뒤 단 한 번도 날 그렇게 불러본 적이 없었거든. 아버지도 날 피할 수 있으면 피하는 눈치였고 나는 두말할 것도 없이 아버지랑 마주치는 걸 피했어. 아버지가 집을 자주 비웠으므로 그건 가능했어.

"김만수, 43번지 찐빵집, 김만수 말인데, 건방진 놈, 소신 뭐라고 하면서."

"……!"

"선거 도와주면 보증금으로 만 2년은 더 살게 해준다고 하는데도."

나는 빳빳해졌어.

"무식한 놈처럼 씩씩거리면서 거절을 하다니."

나는 아버지의 그다음 말을 기다렸어. 하지만 아버지는 그 말을 끝으로 입을 닫고 들여다보던 서류 쪽으로 눈을 돌렸어. 그 순간, 나는 생각했어. 이 기회에 아버지에게 만수씨 이야기를 해볼까? 내 눈치를 보던 정우는 금방 내 머릿속에서 무슨 생각이 오가는지를 눈치챘나봐. 정우가 내 손을 조용히 끌었어. 가자, 경실아, 늦었데이. 내일 학교 가야제.

"니는 와 날 말렸노?"

이불을 나란히 펴고 누웠을 때 정우에게 나는 그렇게 묻고 말았지. 정우는 내 머리칼을 가만히 쓰다듬어주었어.

"경실아. 아무도 아버지 마음, 못 바꾼데이. 이미 결정이 난 일인 기라. 그라고 만수씨가 거절했다 안 카나. 만수씨…… 아버지 말대로 소신 있는 사람 아이가."

소신 같은 소리! 김양 언니랑 사귀더니 찐빵이 아니라 만두를 만드는 사람이 만수씨 아니냐고. 나는 아직도 만두 때문에 토라진 모양이야. 이렇게 쪼잔한 일에 아직도 마음을 걸고 있는 나는 진짜 이상한 아인가봐.

"아버지가 사는 세상은 니가 사는 세상하고는 다른께. 울 엄마가 사는 세상, 울 엄마 새 남편, 그리고 이모가 사는 세상은 다 다른 기라. 니 아직도 몰랐나? 세상은 하나라도 그 세상 안에 얼마나 많은 세상이 있는지."

나는 압침이 빼곡히 박혀 있는 정우의 지구의를 바라보았어.

푸른 지구……

축구공만한데 그렇게 넓은가봐. 정우가 말한 대로 저렇게 많은 세상이 이 공 안에 들어 있다니.

"내가 처음에 이 집으로 올 때 나는 고마 숨어버리고 싶었제. 어디로든 아무도 모르는 곳으로. 용기를 내서 들어와봤더니 니가 있더라. 니가 없었시모 내는 이 집을 아주 오래전에 나갔을 끼라."

처음 듣는 이야기였어. 정우가 이 집에 머문 것이 나 때문이었다고?

"나 때문에?"

"니는 나처럼 외로운 아이 아이가. 척, 보고도 알아보겠더라. 안 그라모 별로 식탐도 없는 아가 와 그리 뚱뚱하겠노?"

나는 천장만 바라보았어.

그 말을 들으니 기분이 조금 좋아졌어. 하지만 다시 시무룩했졌지. 그럼 만수씨 찐빵집은 없어지나. 그럼 나는 엄마한테, 아버지한테 맘이 상하면 어디로 가나. 아니, 만수씨 때문이 아니고 내가 갈 곳이 없어져서 걱정을 하고 있었단 말이야? 나는 한숨을 폭, 내쉬었어. 나도 이기적인 건 마찬가지……

"그런데 경실아, 니가 경찰서에 조사받으로 간 뒤에 이모가 나한테 묻더라, 니가 독서클럽 이야기는 안 하더냐고. 그때, 참 이상하더라. 진짜 와 나한테도 비밀로 했노?"

"나도 잘 몰라……"

정우는 아무 말 하지 않았어.

"니가 날 언니로 여기지 않는 거, 나도 안데이…… 니 말대로 하루아침에 언니다, 하고 짠 나타났으니 실감이 났겠나. 그래도 조금은 섭섭하더라, 니가 내한테도 말 안 해서…… 그리고 지구의 말이다."

지구의…… 압침이 가득 박힌 정우의 지구의.

"경실아, 나는 시집을 갈 테니께 지구의는 필요 없다 아이가. 선우현 선생님이랑 집을 만들 테니께로. 니, 내 지구의 주까?"

나는 지구의를 보았어. 정우는 시집가면 세상이 끝날 것처럼 이야기하지만 결혼이라니, 그게 쉬운 일이기만 할까, 싶어. 나는 고개를 흔들었어.

"정우야, 니 지구의다. 니한테 얼매나 필요하겠노."

정우는 암말 하지 않았지만 나는 알아, 내가 언니라 부르지 않아서 정우가 섭섭하게 생각한다는 걸. 미안해, 정우야…… 아직도 그러니까 자동적으루다 언니라는 말이 안 나오네. 아직도 잘 안 돼…… 진짜 시간이 지나야 하나봐. 하지만 내가 조금은 널 좋아하는 거, 너도 알지…… 착한 정우 언니. 그리고 독서클럽은 내 영토였어. 누구하고도 나눌 수 없는 내 영토. 나는 그 비밀만은 지키고 싶었을 뿐이야. 그리고 너의 지구의. 그냥 니가 가져라. 그 지구의가 니 집일 수도 있을 거야. 너의 선우현 선생님하고 둘만 있는 밤이 되면 뱅그르르 돌리렴. 그건 너의 영토니까. 딱 하나 부탁이 있어, 정우야. 우리 언제 같이 별을 바라보자. 너는 예쁘게 생겼으니 너랑 같이 별을 바라보면 별도 나에게 조금 눈길을 줄지도 모르잖아.

"정우야, 니 시집가거든 무슨 일이 일어나는지 나한테 다 말해줄 끼가?"

"이 가시나가. 절대, 말 안 할 끼다. 그게 내 비밀이지 니 비밀이가?"

"그라모 언니, 라고 부르는 것도 어림없데이."

"두고 봐라, 오늘처럼, 니 언젠가는 내가 언니라 하지 말라 캐도 언니, 언니 할 테이."

정우는 얼마 후 잠이 들었고 나는 천장만 멀뚱멀뚱 바라보았어. 늦은 밤이었지. 나는 새근거리는 정우의 숨소리를 들으며 정말 그날이 올까, 생각해봤어. 자동으로 내가 정우를 언니라고 부르는 날.

그 밤에 나는 고약한 꿈에 시달렸어. 만수씨를 찐빵집에서 내

쫓지 말아달라고 말을 하려는데 내 입을 누가 꿰매어두었어. 아버지는 내 앞에 앉아서 도미머리조림, 딱 한 가지를 반찬으로 늦은 점심을 먹고 있었어. 경찰서 시멘트 방에서 말야. 엄마는 그 옆에 서서 데운 정종을 아버지에게 따라주며 더 데워올까예? 라고 물었어. 아버지는 식당 종업원에게 하는 것처럼, 그래 주세요, 라고 말했지. 아버지에게로 다가가려고 하면 할수록 누군가가 발을 본드로 바닥에 붙여놓았는지 움직여지지 않는 거야. 발버둥을 치면 칠수록 발은 더 강하게 바닥에 들러붙었고 나는 버둥거리다가 잠에서 깨어났어. 아직 날이 밝지 않았고 정우도 자고 있었지. 이마에다 손을 올리고 나는 눈을 감고만 있었어. 이건 울 엄마가 제일로 싫어하는 자세. 가시나가 이마에 손을 얹고 있으면 재수가 없다나, 어쨌다나. 그러니까 그 재수 없는 자세로 나는 밝아오는 아침을 바라보았어.

만수씨의 찐빵집은 드디어 문을 닫았어. 이삿짐을 실은 리어카에 마지막 무쇠솥을 올리고 난 뒤, 만수씨는 난영이를 안으며 내게 말했지.

"어이, 쓰바. 인제 새날이 시작된다 아이가. 새 찐빵집에도 자주 와라, 경실아."

나는 만수씨가 그 말을 끝으로 찐빵집 유리문에 잠시 눈길을 주는 것을 보았지. 나는 암말도 못하고 정우 옆에 서 있기만 했어. 드디어 리어카를 끌고 밀면서 만수씨와 김양 언니가 좁은 시장통 골목을 빠져나가자 나는 차라리 잘된 거야, 싶었어. 아버지가 건물 주인인 저 찐빵집에 앉아서 찐빵을 먹으면 모래를 씹는 거, 아닐까 싶어서. 하지만 만수씨의 짐이 실린 리어카가 사라지자 나는 그 자리에 꼼짝 않고 서서 움직일 수가 없었단다.

난, 잘 몰라…… 만수씨의 찐빵집, 그 집을 드나들던 나. 지금의 나는 처음 만수씨를 만났을 때보다는 훨씬 자랐는데도 아직 내 마음에는 그때, 그 아이가 어슬렁거리는 것 같아. 텅 빈 밥상 앞에 우두커니 앉아 있다가 집을 나와 이리저리 정처없이 헤매다가 우연히 들어선 시장통. 그리고 그 한 모서리에 깨진 접시처럼 박혀 있던 그 찐빵집. 나를 바라보던 만수씨. 어, 정말 여기가 도시네, 저리 오지게 뚱뚱한 애가 있다니. 나는 그 눈길 아래에서 마치 사탕을 훔치는 아이처럼 주눅이 들어 말했지. 아저씨, 찐빵 다섯 개. 검은 봉지에 더운 김이 오르는 찐빵 다섯 개가 들어갈 때, 나는 마치 별 다섯이 검은 봉지 안으로 들어가는 양, 눈을 반짝이며 바라보았지. 별 다섯이 든 검은 봉지를 흔들며 강으로 가서 둑에 앉아 먼 강물을 바라보며 찐빵을 먹을 때.

배 안에 별이 떠다닌다!
별이 있어서 나, 혼자 아니다!

나는 흘러가는 강물을 향해 소리를 질렀어. 웃다가 혼자 깔깔거리다가 다시 앉았을 때,

강물은 흘러갔고
내 배 안에는 별이 그렇게 총총, 떠오르는 거야……

정우는 선우현 선생님을 만나러 가고 나는 혼자 집으로 터벅터벅 돌아왔어. 허전했어. 불안하기도 했고. 그런 날 누군가 불렀어. 용식이야. 집 근처에서 용식이가 날 기다리고 있다가 날 보고는 경실아! 하고 부른 거야. 난 얼마나 놀랐는지 몰라. 홀쪽하게 살이 빠진 용식이라니. 용식이의 눈은 퀭했어. 시간이 조금 지나서 그랬을까? 나는 용식이에게 더이상 화가 나지도 않았고 그 아이가 날 찾아와주어서 반갑고 신기했어.

용식이는 내 앞에서 모자만 꼬깃꼬깃 만지더니 겨우 입을 뗐어.

"이번 주에 우리 이사 간데이."

"큰 도시로 간다면서?"

"맞다, 큰 도시로."

"그라모, 잘 지내라. 고맙데이. 나한테도 말해줘서."

난 쌀쌀하게 말했지. 용식이는 날 쳐다보지도 않고 천천히 말했어.

"다른 거는 다 괜찮은데…… 니, 가끔 미숙이한테 들러주라."

나는 이게 무슨 소린가 싶어, 용식이를 빤히 들여다보았어.

"니, 미숙이 사랑하나? 와 그리 관심이 많노?"

용식이는 난처한지 모자를 자꾸 만졌어. 나는 용식이 다음 말을 기다렸지.

"모르겄다. 사랑…… 거창하네. 그게 아이고 니 말고는 그 말할 사람이 없다 아이가. 첨에는 몰랐는데…… 니는 내 친구 아이가."

나쁜 자식! 친구한테 비겁자라고 욕하나? 나는 버럭 화가 나서 한마디 거친 말을 하려고 하다가 고개를 숙인 용식이가 우는 것 같아서 멈추었어.

"니가 비겁자면 나도 비겁자다. 나도 니한테 다 미루었다 아이가. 형님맨치로 끌려가서 맞을까봐. 울 형님은 어디에 갇혀 있는지도 아직 모른데이…… 난, 너무 화가 나서…… 그냥 너무 화가 나고 분해서…… 그릇방 하는 울 아버지가 그리 울어쌌는데…… 울 어무이…… 입이 다 돌아갔다 아이가. 얼매나 모지노…… 글고 너는 변죽도 좋고, 글고, 글고, 니 아버지는 힘도 세니께…… 니라모 그 경찰서에서 잘 빠져나올 거 같아서."

용식이는 얼굴과 상반신을 반쯤 돌리고 있었지만 나는 알았어, 그 아이는 나에게 이런저런 이야기를, 한 사람이 오래 살던 곳을 떠날 때 하고 싶은 이야기를 한다는 걸. 용식이의 어깨라도 감싸주고 싶었지만 나는 그러지 못했어. 어쩐지 내가 어깨를 감싸준다 해도 아무 위로가 되지 않을 것 같았거든. 어쩌면 나는 아직도 마음 한구석에서는 용식이를 원망하고 있었는지도 몰라. 하지만 용식이가 땅바닥을 바라보며 한참 가만히 죄진 사람 모양 서 있는 걸 보자 내 마음도 조금은 뭉클했어.

"미숙이는 아무도 없데이. 우리는 부모가 있지만…… 미숙이는 진짜 혼자 아이가…… 학교도 더 못 다니고…… 미숙이 학교 보내주던 성당 어머니가 중풍이 들어서 이제 미숙이를 못 도와준다대…… 학교는 못 다니니 공장에 나가겄제…… 니가 가끔 가봐라, 잉? 알았나?"

"편지 보내라이. 우리 집으로는 말고. 미숙이한테 보내모 나도 읽어볼 테이."

나는 팽하고 코를 풀었어. 울까봐 겁이 났던 거야.

돌아서면서 벌겋게 달아오른 얼굴로 용식이가 겨우 기어들어가는 소리로 말했어.

"진짜 우리 아틀란티스, 잊지 마라. 그곳에서만 우리 말을 할 수 있을 거 아이가."

멀어지는 용식이의 모습을 멍하니 바라보다가 나는 힘없이 대문을 열었어. 집으로 들어와서 나는 현관문을 열지도 못하고 현관문 앞에 쪼그리고 앉았어. 갑자기 설움이 밀려오면서 차가운 내 눈물샘을 뜨뜻하게 만드는 거야. 울기 시작했어. 나는 어쩔 줄을 모르겠어. 목 놓아서 울기라도 하면 누가 들을까봐 소리 죽여 울었어. 엄마가 현관문을 열고 나오다가 쪼그리고 앉아 울고 있는 나를 보고 깜짝 놀라더니 그것도 잠깐, 내 이마를 만지며 말했지.

"야가 와 우노? 경실아, 내 딸아. 니 아버지, 조금만 지나모 대통령 뽑으러 서울까지 가는데 니는 와 우노? 애비가 죽었나, 엄마가 죽었나? 니 아버지 곧 대통령 뽑으러 서울 간다니께."

일기장아.

나, 경실이야. 미미가 아니고. 나, 뚱보 경실이. 거짓말 잘하고 못생긴 애 경실이. 미안하다. 그동안 미미라고 해서. 이제부터 나는 경실이야. 언젠가 내가 미미라고 또 거짓말을 하면 날, 방망이로 북어처럼 탕탕 두들겨줘. 그런데 왜 우냐고? 그 이유는 내가 미숙이를 어떻게 도와주어야 할지 몰라서야. 용식이도 모르고 나도 모르는, 미숙이조차 모르는, 미숙이에게 닥쳐올 날을 생각하면서 아무 대책 없이 우는 것뿐이야.

나는 말해, 나의 일기장아.

아틀란티스야, 잘 가, 라고. 만수씨 말대로 쓰바, 새날이 시작되니, 내 맘속에 오래 들어 있던 낙원을 보내고 새 낙원을 나는 짓고 싶어. 옛 낙원처럼 부서져버리고 말지라도, 오해받을 낙원일지라도. 그 낙원 속에서 미숙이가 학교를 다시 다니고 우리가 다시 만몽호로 놀러 가는 세상. 사라진 그 섬의 세상. 그 낙원에서는 우리의 거짓말이 우리의 미래가 되지 않기를 나는 바라.

잘 가, 나의 아틀란티스야.

문학동네 장편소설

아틀란티스야, 잘 가

ⓒ 허수경 2011

초판 인쇄 | 2011년 1월 10일
초판 발행 | 2011년 1월 20일

지은이 허수경
펴낸이 강병선
책임편집 성혜현 | 편집 김민정 정세랑 염현숙 | 독자 모니터 전혜진
디자인 송윤형 유현아 | 마케팅 신정민 서유경 정소영 강병주
온라인 마케팅 이상혁 한민아 정진아
제작 안정숙 서동관 정구현 김애진 | 제작처 한영문화사

펴낸곳 (주)문학동네
출판등록 1993년 10월 22일 제406-2003-000045호
주소 413-756 경기도 파주시 교하읍 문발리 파주출판도시 513-8
전자우편 editor@munhak.com | 대표전화 031)955-8888 | 팩스 031)955-8855
문의전화 031) 955-8890(마케팅) 031) 955-2678(편집)
문학동네카페 http://cafe.naver.com/mhdn

ISBN 978-89-546-1384-2 03810

* 이 책의 판권은 지은이와 문학동네에 있습니다.
이 책 내용의 전부 또는 일부를 재사용하려면 반드시 양측의 서면 동의를 받아야 합니다.

* 이 도서의 국립중앙도서관 출판시도서목록(CIP)은 e-CIP 홈페이지(http://www.nl.go.kr/ecip)에서 이용하실 수 있습니다.(CIP제어번호: CIP2011000115)

www.munhak.com